Narrativa Rusconi

Questo volume appartiene a

....

Dello stesso autore presso Rusconi Libri:

Il paradiso terrestre, 1988²
Voglia di volare, 1990
Domani domani, 1992

Sergio Campailla

ROMANZO AMERICANO

Rusconi Libri

Prima edizione aprile 1994

ISBN 88-18-06103-8

A Gerlando Butti,
dai velieri di Marina del Rey
ai gun-trees *di Killara*

LIKE LIFE

Cammelliere nel deserto. Oppure, viaggiatore nel Caucaso, dove si vive a lungo. O esploratore nei ghiacciai della Groenlandia.

Non avrebbe mai pensato, invece, di fare il lustrascarpe a New York. Proprio, lo sciuscià! Un lavoro che, a quanto ne sapeva lui, in Italia i ragazzi praticavano nel dopoguerra, per i soldati alleati. Ma oggi, in Italia, chi ricorreva a questo servizio? Nessuno. Eppure, le strade erano piene di polvere e, spesso, anche di fango. Mentre a New York le strade si srotolavano come tappeti d'asfalto brillante, in perfetto ordine: ma la gente conservava questa abitudine, questa preoccupazione: di farsi tirare a lucido le scarpe.

Shoeshine boy, perché no? All'inizio, ad Antonello Fontes era sembrata una cosa stramba, che aveva destato la sua curiosità. Ma poi l'eventualità di essere lui non a farsi pulire le scarpe, ma di pulirle agli altri, gli era parsa così improbabile, così fuori dei suoi progetti originari, che lo aveva indotto ad accettare.

Il bisogno, anche, s'intende. Non cammelliere, ma cammello! *Shoeshine boy*. Non più tanto *boy*, per la verità. Ma nemmeno gli altri, neri o portoricani, che nella piazza esercitavano quel mestiere, erano dei *boys* nel senso dell'età. Dei boss semmai, piccolissimi boss, che a loro volta tenevano sotto il tallone dei giovani garzoni, pronti al peggio per racimolare qualche dollaro.

Come in una bottega organizzata. E non era mica facile entrare in una bottega del genere. Posti prenotati e accaparrati, lì come dappertutto. Fontes lo aveva potuto perché sostituiva ufficialmente Morrison, che nell'ambiente era una specie d'autorità. D'altronde, ci voleva l'attrezzatura: la seggiola, il panchetto, gli strumenti, lo spazio al sole.

Così aveva conosciuto il mondo, da cammello, curvo sui piedi del prossimo. Quante scarpe! Scarpe di ogni tipo, come le facce. Veniva tanta gente... Persone comuni che andavano di fretta, e passando erano colte dalla folgorazione: visto il posto vuoto, si accomodavano, in poltrona. Finito il servizio, riprendevano a correre: hop-hop-hop... Uomini d'affari in giacca e cravatta, con scarpe firmate da duecentocinquanta dollari, che all'occhio di Fontes apparivano fiammanti e che lui spazzolava con slancio rinnovato, consapevole dell'inutilità del suo contributo. Gli si era presentato per esempio un signore elegantissimo, impettito, che si era seduto come su un trono: per l'intera durata del lavoro aveva guardato lontano, sprezzante, come se a lustrargli le scarpe non provvedesse una creatura in carne ed ossa, e come se invece si trovasse al palco dell'Opera, alla Carnegie Hall, ad ascoltare una musica sublime. Fontes, ammirato o divertito, aveva strofinato più del dovuto, in pura perdita, ma quello continuava imperterrito a ignorare tutto, tranne la musica degli astri. E venivano pure dei negroni scalcinati, dei figuri male in arnese, con le scarpacce consunte, che rinunciavano a tante pretese ma non tolleravano un'ombra di polvere sulle loro estremità. Si rivolgevano a Fontes perché non era nero o portoricano, e lo consideravano a suo modo un'attrazione, un optional del servizio. Le astuzie della Provvidenza! Mentre Fontes a sua volta li osservava, col suo sorriso accattivante, e alla fine erano contenti dalle due parti.

Si limitava a sorridere, perché il suo inglese era scarso, e inoltre il cliente non va importunato, e non bisogna perdere un briciolo di tempo. Qualcuno, però, ogni tanto gli chiedeva:

« *Where are you from?* »

Fontes non se lo faceva ripetere:

« *From Catania.* »

« *Catanha!? Spain?* »

« *Italy!* »

Allora Fontes ricambiava:

« *And you?* »

« *Bronx* », replicava, come una tigre, il suo interlocu-tore.

Oppure:

« *Atlantic City.* »

« *Mexico.* »

« *Chile.* »

« *Poland.* »

« *Thailand.* »

« *Egypt.* »

« *Philippines* »...

Dio Santo! Venivano insomma tutti a New York, e passavano da quella piazza. Cosicché l'azienda rendeva, e anche Morrison, a letto con due costole rotte, non poteva lamentarsi. Chi non lo sa che in America si può diventare ricchi con qualsiasi mestiere, anche vendendo noccioline sulle bancarelle, anche – perché no? – spazzolando scarponi?

Nella zona tra la Quinta Avenue e la Cinquantanovesima Strada, lungo Central Park, sino a Columbus Circle, e di lì alla Broadway, il movimento cominciava alle cinque del mattino, con il carico dei bagagli e le partenze frettolose dei clienti ancora assonnati verso gli aeroporti internazionali; e proseguiva senza soste, con i nuovi arrivi, sino a notte inoltrata. Sul lato del parco, il fronte continuo dei grandi alberghi: il Barbizon, il St. Moritz, il Park Lane, lo splendido Plaza, con le bandiere inastate dei vari paesi, che accoglievano e rovesciavano attraverso la bocca delle loro porte girevoli una massa di visitatori... Fuori, a tutte le ore, li aspettava la fila dei taxi, pronti a condurli nelle più lontane destinazioni. E parallela a quella dei taxi, la fila delle carrozze, per i pigri o per i romantici, con i cavalli che lasciavano a terra le tracce della loro presenza. Ma gran parte dei turisti preferiva andare a piedi, sciamare per le strade, ammirare i mitici grattacieli e le vetrine scintillanti dei negozi, scoprire la città a palmo a palmo. E ad ogni angolo, sin dalle prime ore del mattino, stava appostata una turba di venditori, addossati contro un muro, con un panchetto, o una valigia posata su un cartone, una stuoia a terra, o un furgoncino, a offrire felpe colorate o calze, berretti con le sigle di New York o delle squadre di baseball, orologi Rolex o Gucci a venti dollari, hot dog e Pepsi-Cola... Mentre i barboni, indifferenti afflitti minacciosi, chiedevano l'elemosina mormorando frasi incomprensibili.

Nelle ore di punta il ritmo diventava frenetico, la gente sembrava non fermarsi mai. Il business aveva i suoi superiori diritti, coinvolgeva tutti nella sua febbre, ricchi e poveri. Quel movimento visibile di persone, così differenti tra loro, sconosciute le une alle altre, era anche un movimento occulto ed eccitante di denaro, che come una linfa, una linfa vitale, come un fiume sotterraneo, si trasferiva da un punto all'altro, da una tasca all'altra, da una cassa all'altra, da una banca all'altra, in maggiore o minore misura, e con ciò consentiva una vita più facile o meno facile, la rendeva felice o la negava.

Anche per questo la gente non si fermava, nemmeno per l'intervallo del pranzo e della cena. Semmai si aveva l'impressione opposta, guardando l'interminabile successione di locali affollati: che mangiasse sempre, a tutte le ore, ma in fretta, restando in piedi o disputandosi un tavolino, come capitava. Alle nove o alle undici di mattina, alle tre o alle cinque o alle sette di pomeriggio, dietro le vetrate dei ristoranti, delle pizzerie, delle catene di McDonald's, Sbarro, Sizzler e degli innumerevoli altri, il consumo continuava incessante. E lo si vedeva anche la sera, quando molti di questi locali, soprattutto nelle vie periferiche, abbassavano le saracinesche, e una schiera di lavoratori, di pendolari, di poveri diavoli, abbandonava Manhattan, troppo costosa per trovarvi un rifugio fisso, riversandosi nei quartieri più vivibili, o nei ghetti anonimi e disperati. E dietro di loro, effetto di quel consumo, restavano a ostruire i marciapiedi i cumuli di sacchi neri e gonfi di spazzatura, la montagna di cartoni e di scatole; che i camion durante la notte trasportavano via, per distruggerli nella voragine delle discariche e degli inceneritori. E guai se l'operazione di svuotamento fosse saltata per un solo turno, perché in quel caso la città, il giorno dopo, riprendendo a divorare, si sarebbe presentata in una luce deformante e sconcia. E tuttavia, anche quei resti, prima di essere rimossi, suscitavano l'interesse di qualcuno: c'era sempre qualcuno che razzolava tra i rifiuti, cercando delle lattine vuote, dei residui di cibo, degli stracci...

Ma in nessun altro giorno della settimana si respirava un clima di allegria e di festa come il sabato pomeriggio. E quel sabato pomeriggio era particolare, perché finiva la carriera di sciuscià di Antonello Fontes: dopo la pausa domenicale infatti era previsto il rientro del grande Morrison, sia pure ancora malconcio; e Fontes tornava a spasso, cioè senza lavoro! Ma perché lamentarsi? Era rimasto, fuori programma, quindici giorni a New York, aveva guadagnato qualcosa, e adesso poteva godersi in libertà la giornata di sole... Aveva persino ricevuto un dono, da un anonimo. Quella mattina, arrivando, aveva trovato un paio di scarpe, vicino al panchetto: un paio di scarpe praticamente nuove, in finta pelle grigia, appena graffiate sulla punta... Qualche passante, un turista – chissà – le aveva abbandonate lì. Forse per il proprietario erano strette, o larghe, o scomode, ma gli era spiaciuto gettarle nella spazzatura, le aveva depositate lì, con discrezione, perché fossero riutilizzate. Chissà da dove venivano quelle scarpe! Da quale parte del mondo! Magari avevano viaggiato dentro una valigia, dal Giappone o dall'Europa; poi il proprietario aveva deciso di sbarazzarsene, finivano a Central Park South, per essere calzate da altri piedi. Non quelli di Fontes, dato che nemmeno a lui andavano bene, cosicché a sua volta le aveva portate a un altro *shoeshine*, a Prescott, un giovane nero con i capelli ricci a turbante, che lavorava poco lontano.

Gliele aveva offerte:

« *Do you want them?* »

« *Sure!* »

Ecco fatto. Se non gli andavano bene, Prescott poteva a sua volta regalarle ad altri, o venderle. Questo era il riciclaggio della ricchezza universale! Quelle scarpe camminavano per le strade del mondo passando tra piedi che si ignoravano, ma solidali.

A Fontes, piuttosto, avrebbe fatto comodo che gli regalassero dei pattini a rotelle. Nella piazza, lungo la Quinta Avenue, i corridori in tuta sfrecciavano in mezzo al traffico, sui pattini, con evoluzioni incredibili: saltavano sul marciapiede, scavalcavano gli ostacoli, poi rientravano a zigzagare tra le automobili. Non temevano di finire sotto le ruote, anzi probabilmente si divertivano per il pericolo, e gli automobilisti non protestavano, rassegnati a quelle acrobazie. Fontes aveva chiesto il prezzo di quei pattini a rotelle, diversi dai modelli usati in Italia: questi americani avevano i cuscinetti in gomma speciale, e non stridevano sul terreno; ma costavano almeno centocinquanta dollari, troppi!

Se spendeva centocinquanta dollari, dava quasi fondo alle sue sostanze, gli rimaneva soltanto il biglietto *open*, di emergenza, per il ritorno in Italia!

Niente pattini. Passeggiava a piedi, nella piazza dove aveva lavorato per due settimane, in prossimità del celebre Plaza Hotel con le sue guglie verdi, di fronte a cui stavano perennemente posteggiate lunghissime limousine. Il sabato pomeriggio i giovani, che durante gli altri giorni sembravano scomparsi da Manhattan, uscivano fuori, si riunivano in gruppi, si impadronivano della città. Attorno alla grande fontana su cui dominava la statua di una donna seminuda, stavano seduti a frotte, parlando animati, ridendo, ingurgitando bibite. C'era un viavai di turisti; un giovanotto biondo, con i colori di uno scandinavo, faceva un gran baccano, suonando una chitarra elettrica. I piccioni planavano a stormi, anche loro abituati a quel transito. I pittori ritrattisti, circondati da capannelli di curiosi, e tuttavia estranei a quella confusione, in pochi tratti ricostruivano la fisionomia dei clienti, in cambio di qualche dollaro.

In ogni direzione sfrecciavano i pattinatori, in gara tra loro, o solitari con le cuffie alle orecchie, sospinti da un'invisibile energia. Come filavano! Non pensavano a niente, se non a superare gli ostacoli, o a sentir musica...

Spostandosi, l'attenzione di Fontes fu richiamata da un nero in tuta candida, il quale si ostinava a fare jogging a un incrocio regolato da un semaforo: procedeva in cerchio, tra un marciapiede e l'altro della strada, mettendo in crisi gli automobilisti: lui aveva scelto quel percorso, non si allontanava da lì, gli altri si arrangiassero... A un certo punto, effettuando una giravolta, si trovò di fronte una carrozza e dovette fermarsi di botto: ma non se ne preoccupò, fece una carezza sul collo del cavallo, e riprese il suo giro da kamikaze. Il cocchiere esclamò qualcosa, senza convinzione, quindi andò ad accostare davanti agli alberi di Central Park, in fila con le altre carrozze. Un cocchiere elegante, vestito a due piani: di sopra con tanto di cilindro, giacca e papillon neri, e sotto i jeans e le scarpette da ginnastica.

Chi si arrabbiò invece fu un uomo baffuto, che per poco rischiò di esser investito da un bus. Il conducente si era distratto un attimo per rispondere a un passeggero che gli aveva chiesto delle informazioni, e non si era accorto che alla sua sinistra qualcuno stava attraversando. Frenò all'ultimo istante, arrivando a toccare la spalla del pedone baffuto. Il quale cominciò a inveire; non bastandogli le parole, montò in furia facendo sbattere il tergicristallo del bus, poi scardinando lo specchietto retrovisore. Il conducente per fortuna non replicò, proseguì come se niente fosse accaduto.

Ovunque, alte sui lampioni, le bandierine della maratona di New York. E poster sulla corsa imminente tappezzavano le vetrine dei negozi, insieme ai cartelli colorati che gridavano gli sconti: sconti per la maratona, veri e fasulli, sconti del 30, del 50, del 60 per cento!

A New York un avvenimento dopo l'altro metteva in moto la città, rovesciava nelle sue strade masse di nuovi visitatori, creava un flusso inarrestabile di interessi. Si era appena spenta l'eco della festa di Halloween, con le maschere, i tafferugli e le violenze, i raduni semifolli a Greenwich Village. Ancora erano esposte le zucche, piccole grandi enormi, nei locali pubblici, nei magazzini, addirittura troneggiavano in una fastosa composizione nel Winter Garden adiacente alla Trump Tower. Fontes passando davanti a una pizzeria ricordò che un paio di giorni prima in quel locale una ragazza vestita come la strega di Halloween provocava da dietro il vetro i passanti: faceva smorfie orribili, aguzzava gli occhi, agitando le mani artigliute e violacee. I compagni che le stavano alle spalle ridevano scrutando la sorpresa e le reazioni della gente. Quando Fontes era uscito dal locale, la ragazza aveva cominciato a recitare il suo teatrino anche con lui: lo aizzava, lo sbeffeggiava minacciosa, mostrava i denti e le unghie, si divertivano tutti! Fontes allora, per imitazione, aveva risposto facendo le boccacce, agitando le mani a lato delle orecchie, ma in fondo si sentiva un po' inquieto...

Più giù, nella Quinta Avenue, un altro assembramento, questa volta per un matrimonio. Sulla scalinata della chiesa gli sposi salutavano raggianti. Gli invitati a grappoli li circondavano, sulla strada una folla curiosa stava a guardare lo spettacolo. Doveva essere un matrimonio importante, di personaggi eccellenti, di finanzieri o divi dello schermo o di qualche re del tabacco o d'altro, o degni figli di finanzieri divi re... Si vedevano tanti signori in frac e signore in toilette smaglianti, nugoli di fotografi facevano lampeggiare i flash. Dove vivevano, del resto, le celebrità se non a New York? Quella chiesa sulla Quinta Avenue doveva essere una chiesa per ricchi. Domani i giornali avrebbero parlato della cerimonia.

Beati! A Fontes invece era andata male, con il matrimonio. Lui non avrebbe chiesto né tutti quei soldi né quella pubblicità. Si sarebbe accontentato di poco, di una vita ordinaria; di una vita ordinaria ma in compagnia di Nancy. Nancy però lo aveva piantato in asso; e lui non era stato capace di riconquistarla, aveva anzi fatto a vuoto quel viaggio in America...

Non ci voleva pensare. Argomento chiuso. Voleva chiuderlo. Il mondo ruotava lo stesso, indifferente. A nessuno interessavano i problemi di Antonello Fontes, nemmeno a Nancy ormai, figurarsi agli altri.

Okay. Okay. C'erano tante donne in giro. C'era di tutto, in giro. Una frenesia generale... Circolavano degli asiatici col copricapo bianco, forse dei pakistani. Si notavano anche parecchi ebrei, con il cappello nero a tese larghe; alcuni portavano la barba nera fluente.

Con i pullman di crociera giungevano, alla vigilia della maratona, le comitive al seguito dell'organizzazione. Gruppi di turisti, appena arrivati, procedevano canticchiando, vogliosi di farsi notare, eccitati di essere a New York. Anche dei corridori circolavano, con le magliette della maratona, protetti da strane tute di plastica trasparente. Un poliziotto a cavallo, imponente, con casco e manganello, vigilava su quella corrente umana. Ma in caso di disordini improvvisi, cosa avrebbe potuto fare, da solo?

Ormai Fontes si trovava in prossimità di Times Square. A New York, in un modo o nell'altro, si finiva sempre a Times Square. I messaggi pubblicitari lampeggiavano a ripetizione, sui loro congegni elettronici. Al botteghino vendevano i biglietti del Madison Square Garden per la partita dei New York Knickerbockers. Dalla vetrina di un locale a luci rosse attrasse l'attenzione di Fontes il sedere di una spogliarellista, sagomato a forma di zucca, in omaggio a Halloween. Più oltre, un tale, per effetto della droga o forse no, prendeva la mira contro la propria immagine riflessa da uno specchio e fingeva di sparare: « Bum! », esclamava accanito, « Bum! ».

Tornava indietro. Preferiva non allontanarsi troppo, col buio. Ma aveva un'energia da sfogare, avrebbe camminato per ore e ore. Per due settimane aveva spazzolato scarpe, sempre fermo nello stesso posto, fra migliaia di persone che gli transitavano frettolose attorno.

Adesso era libero, ma non aveva una meta. Girò a zonzo per un po', quindi lasciò la Quinta Avenue e risalì per la Sesta, poi per la Settima. Lo spettacolo mutava sensibilmente da una Avenue all'altra, da una Street all'altra... New York era fatta così: bastava voltare l'angolo, e si presentava una realtà diversa. Da un certo tratto in poi, la situazione, specie quando calava la tenebra, precipitava.

Sulla Settima due neri suonavano battendo delle bacchette metalliche contro i cassonetti della spazzatura: sostenevano un ritmo indiavolato, con il risultato di un fracasso assordante, ma pur con strumenti così elementari riuscivano a esprimere un senso musicale che esercitava un oscuro richiamo; difatti davanti a loro stazionava un muro di curiosi.

All'altezza della Cinquantaduesima Strada, nell'atrio dello Sheraton, si mescolava in entrata e in uscita la fiumana dei visitatori arrivati per l'appuntamento della maratona. L'hotel era uno dei quartieri generali della manifestazione, da lì i partecipanti si dirigevano verso il New York Coliseum, a Columbus Circle, per essere registrati.

Quanta gente arrivava a New York per la sola maratona! Quell'anno si calcolava che avrebbero corso in quarantamila, all'incirca. Una cifra enorme. Più le organizzazioni, gli agenti pubblicitari, gli appassionati... La maratona rappresentava anche un business, naturalmente. Nell'edificio del New York Coliseum era stato realizzato l'Expo delle ditte coinvolte: per vincere bisognava correre su scarpette Reebock o Adidas, bere Gatorade o una specifica marca di yogurt, indossare bermuda firmati o altro tipo di pantaloncini. Un movimento pubblicitario di proporzioni colossali, un'occasione d'oro per compagnie aeree, agenzie turistiche, albergatori. Un manifesto suggestivo immortalava il momento della partenza in un'edizione precedente: un serpente lunghissimo e variopinto di corridori sul ponte di Verrazano, pronti a invadere la città, contro lo sfondo dei grattacieli.

Fontes continuò a vagare, senza una meta. Nonostante che i giorni fossero trascorsi, lo dominava un sentimento di meraviglia: tutto era così diverso dall'Italia, da Catania... A casa sua, nella strada, i vecchi mettevano ancora la sedia fuori dell'uscio... Gli piaceva New York, l'America? Non avrebbe saputo rispondere. Lo attraeva e lo sgomentava. Ma soffriva all'idea di tornare indietro. Voleva immergersi in quel calderone... E magari, sparirvi.

Senza accorgersene, finì di nuovo sulla Quinta, nei pressi del Rockefeller Center, quindi tirò dritto fino al settore dei negozi italiani. Fendi, Valentino, Bulgari, Battistoni, Ferragamo: lo stile italiano era ricercato, simbolo di lusso, di raffinatezza... Anche a Catania, in corso Italia, in via Etnea non mancavano magnifici negozi. E in lontananza si vedeva la cima dell'Etna. D'inverno quel cappuccio era imbiancato... Ecco, New York non aveva l'Etna.

Pensieri a vanvera. A New York, a parte i negozi italiani, non sapevano niente di Catania, dell'Etna e dell'Italia. Anche i personaggi più importanti: Andreotti, Cossiga, Craxi, lì non esistevano. Al massimo, venti persone, trenta, ne conoscevano il nome. Non conoscevano, a maggior ragione, neppure il nome Antonello Fontes... Ma quello nemmeno al suo paese erano in tanti a conoscerlo.

Come al solito, dietro le vetrine, ai tavoli dei ristoranti, la gente era impegnatissima a mangiare. Fontes non aveva appetito, ma per far qualcosa, per ritardare il rientro nel suo lontano alloggio, decise di sedersi anche lui ad assaggiare qualcosa.

Si trovava a due passi da Central Park. Adocchiò un locale lindo, non troppo elegante, anche se in quella zona tutto era più costoso. Diede un'occhiata ai prezzi, e si cacciò dentro.

Era anche meno affollato di altri. Difatti il cameriere venne subito a portargli il menu.

Fontes lesse poco convinto, quindi ordinò: «*Chicken! Chicken with fried potatoes*». E da bere: «*Bier: Budweiser*». La meno cara.

Per un motivo o per l'altro, mangiava sempre pollo. Pollo con patatine fritte, inondate di ketchup. In America non facevano altro che mangiare *chicken*. Per tenere il ritmo, come quei batteristi semifolli sui bidoni della spazzatura, dovevano scannare milioni di polli al giorno. Un olocausto di polli. A cui lui d'altronde dava il suo modesto contributo.

Al tavolo accanto stavano seduti dei tedeschi. Di fronte, un uomo obeso discuteva col suo vicino in inglese. Il cameriere invece era spagnolo, o messicano, comunque di lingua spagnola. Una quantità di camerieri in America aveva un'origine spagnola.

Lui nell'intera New York era stato l'unico *shoeshine* italiano degli ultimi vent'anni. Bah, che ne sapeva? Magari ce n'erano altri.

Di sicuro però non avevano le sue motivazioni. Era venuto negli Stati Uniti per correre dietro a sua moglie. Nancy abitava a Park Ridge, una cittadina nell'area metropolitana di Chicago. S'erano sposati due anni prima, in fretta, con allegria.

La moglie americana. Una ragazza graziosa, Nancy: bionda, di pelle chiara, dotata di senso pratico... L'Italia le piaceva, e la pescheria all'ingrosso del padre di Antonello rendeva bene. Antonello doveva occuparsi della rivendita ai negozianti, ma non c'era tagliato. Non aveva il pallino degli affari, non a caso a suo tempo si era iscritto all'Università a Filosofia, anche se aveva poi mollato. Ma ancora preferiva leggere Platone ed Epicuro...

Nancy a un dato momento s'era stufata, di Catania, dell'Italia, della pescheria, e di lui. Niente l'aveva indotta a cambiare idea. Aveva idee chiare, e un carattere di ferro. In famiglia erano tutti così: padre, madre e fratello. Lavoravano quindici ore al giorno, e non pensavano che al lavoro e ai soldi. Aveva semplicemente un'altra mentalità, e si era sbarazzata del marito, tornando a Park Ridge. Una batosta, per lui. Prima non se n'era reso conto, ma senza sua moglie, senza la moglie americana che il destino gli aveva riservato, di cui era orgoglioso, e di cui aveva tanto bisogno, si sentiva privo di uno scopo, gli passava la voglia di vivere. La madre lo aveva avvertito: «Guarda che è un'altra fesseria! Guarda che quella indietro non ci torna!». Era andata anche peggio. Aveva affrontato un viaggio di quindicimila chilometri in aereo, da Catania a Roma, da Roma a New York, da New York a Chicago, e poi in treno a Park Ridge: e quando era arrivato là, dopo averla aspettata davanti alla porta di casa, quando l'aveva finalmente vista, insieme a un tizio alto, di carnagione chiara, come uno svedese, a braccetto, non aveva avuto il coraggio di rivolgerle neppure la parola. Anche lei lo aveva visto, ma era stato come se posasse lo sguardo su un estraneo, su un animale, su un pezzo di legno: si era girata dall'altra parte, stringendosi di più al suo compagno.

Mangiucchiava il suo pollo, indirizzando ogni tanto pigre occhiate intorno, col pensiero a quella scena, che non poteva togliersi di mente. A Park Ridge era inutile che rimanesse, anzi gli bruciava la terra sotto, per la figuraccia. Così al ritorno aveva fatto tappa a New York, dove si era attaccato a Morrison, che aveva dei contatti con Nancy per via di una comunità battista. Ma anche a New York era inutile che rimanesse...

Arrivavano nuovi clienti. Fontes li osservava, distrattamente. Al tavolo alla sua destra avevano portato un piatto con *bacon and eggs*. Un piatto gigante, che conteneva almeno tre o quattro uova. Un uomo con occhiali pesanti in tartaruga lo stava innaffiando di salse, mentre leggeva il giornale. Fontes non si era ancora abituato a quel modo di mangiare. Con tutte quelle uova non si rovinava il fegato? Ciascuno – è vero – ha le proprie abitudini. Lui aveva quasi finito il suo pollo, e solo allora si ricordò di cospargerlo col rosso del ketchup.

Fu a quel punto che lo sguardo gli cadde su una donna seduta sullo sgabello al banco, rivolta verso la sala: una donna giovane, appariscente. Siccome lo sgabello era alto e la donna stava appoggiata di lato piuttosto che eretta su quel trampolo, le si scoprivano delle gambe lunghe e sode sotto la veste nera.

Di cosa lo rimproverava Nancy? Di guardare il mondo a rovescio, di non stare coi piedi in terra. Andava più d'accordo col suocero, don Luigino, che col marito. Ma don Luigino sapeva che per vivere bisogna rimboccarsi le maniche, anzi nella sua vita si era spezzato il filo della schiena a forza di lavorare; e una nuora energica, un'americana di Chicago, non gli dispiaceva, se piaceva al figlio. Ma conosceva la natura contemplativa e lunatica del suo ragazzo, e aveva capito presto che quel matrimonio era stato uno sbaglio. E quando, dopo la rottura definitiva, lo aveva visto deciso a partire dietro le gonne della moglie, se non si era opposto era perché aveva capito un'altra cosa: che senza quel viaggio, il figlio quel chiodo dalla testa non se lo sarebbe levato più. Il vecchio la sapeva lunga, ed era a suo modo pure lui filosofo, anche se diversamente dal figlio; ma certo non poteva prevedere che il sangue suo, uno che portava il nome dei Fontes, a cui il pane non mancava, grazie a Dio, quasi laureato per giunta, si mettesse a fare il lustrascarpe, per malinconia, per minchioneria.

La donna al banco era notevole. Anzi sembrava che cercasse di farsi notare: bionda, con quell'abito nero, e le gambe scoperte... Nancy non era particolarmente bella, era – come si dice – un tipo: magra, nervosa, con una pelle liscia e chiara, anche se aveva delle larghe macchie di angioma sulla parte alta delle gambe e sul ventre. Emancipata. Si era subito procurata il sostituto: quel tizio con l'aria di uno svedese... Magari era un irlandese. O semplicemente, uno di Park Ridge. Le carni erano più intonate, nel contatto. Quelle di Fontes erano brune, da meridionale, col pelo duro.

Lei già si era consolata. Anche lui avrebbe dovuto fare così, per dimenticarla...

Considerò di nuovo la donna al banco: florida, quasi corpulenta, scoperte non solo le gambe ma anche il collo, e le curve dei seni... A sua volta guardava i clienti nella sala, e in quel lento girovagare incontrò lo sguardo di Fontes, e non lo ritrasse.

Fu Fontes a stornarlo, per l'imbarazzo. Forse un'illusione; ma da quel momento, la sua curiosità crebbe. Chi poteva essere quella donna solitaria? Un pezzo di figliola... non proprio raffinata, ma non volgare. Ecco, forse, la medicina giusta: scoparsi una così. Avvertiva la mancanza di una donna. E Nancy stava nel letto di un altro...

La donna al banco doveva essere conosciuta nel locale, perché ogni tanto conversava con gli inservienti in transito, e anche col padrone. Fontes ormai la seguiva con insistenza; e gli parve, pur nella lontananza, che anche lei almeno un'altra volta indugiasse a esaminarlo attenta.

Sì, aveva occhi scrutatori, quella donna. Ma forse era una parente, o magari la moglie del proprietario. Per la prima volta dopo tanto tempo, Fontes ebbe una tentazione: la immaginò appollaiata sullo sgabello, ma nuda, liberata di quell'abito nero; con quelle membra grandi, carnose, esibite nella posizione irregolare...

La giovane però scese dal suo sedile, si avvolse intorno alle spalle una mantella, e si avviò verso l'uscita.

Eclissata, per sempre. Come Nancy. Lui stava a guardare. Faceva lo sciuscià, per umiliarsi, per punirsi. I piedi a terra, sicuro. Ne aveva pulito di scarpe, nel corso di due settimane. Continuava a imparare, dal basso, da terra questa volta.

Chiese il conto.

Invece, la donna misteriosa ricomparve, qualche minuto dopo. Con passo rapido, andò a parlottare con un cameriere al banco, poi entrò sul retro, in cucina, o nella toilette. L'interesse di Fontes si ridestò, improvviso e senza motivo. La fantasia sul corpo nudo di quella bionda lo aveva se non proprio rimescolato, almeno stuzzicato. Perché resistere, ostinarsi? Non poteva essere una soluzione? Chissà cosa c'era nel suo futuro...

Quando la rivide, statuaria, con quell'andatura ostentata, gli balenò un pensiero, che prima non lo aveva sfiorato: e se fosse stata, semplicemente, una mercenaria? Lo sfiorò quel pensiero per il lampo dello sguardo, per quella scia indefinibile che si lasciò dietro uscendo dal locale... Il sospetto lo pungolò, e insieme lo deluse.

Lo colse un desiderio di sapere la verità. Magari era il suo moralismo, che scattava. Voleva sapere se quel gioco di sguardi incrociati aveva un fine nascosto, e se quella donna era in realtà una professionista. E lui l'ingenuo, il minchione di sempre.

Uscì dal locale, dopo qualche indugio, per non dare nell'occhio. La donna si dirigeva verso Central Park, ma all'incrocio, sull'altro marciapiede, si fermò, come se aspettasse qualcuno o qualcosa.

Fontes, a una certa distanza, si attardò davanti a una bancarella, fingendo di interessarsi all'offerta delle magliette.

Passava tanta gente, ma la bionda solitaria non si allontanava, lanciava occhiate a destra e a sinistra. Poteva anche avere un appuntamento...

Un venditore di colore vantò la sua merce: «*Ten dollars*». Dieci dollari soltanto, sconto maratona. Fontes pescò nel mucchio: molte esibivano simboli e scritte dell'imminente competizione. Ma teneva d'occhio l'altro marciapiede.

A lui cosa importava? Non aveva il diritto di sorvegliarla.

La donna si mosse. Fece qualche passo, lenta, quindi tornò al punto di prima. Si tirò su la gonna, già alta sul ginocchio, e riprese a passeggiare.

Nessun dubbio, ormai: una passeggiatrice! Adescava i

clienti, o almeno stava in attesa. Forse non le erano sfuggite le manovre di lui, e adesso guardava nella sua direzione.

Fontes continuava a metter mani nella montagnola di indumenti. Di una maglietta aveva bisogno. L'indomani era domenica, come avrebbe trascorso la giornata? Poteva assistere alla maratona... Sì, ma che rapporto aveva l'acquisto della maglietta con la maratona? Lui non correva mica.

Una puttana. Perché si meravigliava? Non esistevano puttane a New York? Ce n'erano un esercito, ovviamente. Ma perché una giovane sana e piacente doveva vendere il suo corpo? Una domanda stupida: un motivo ci doveva essere. Ognuno vende qualcosa, quello che può. La bionda vendeva il suo corpo, l'uomo di colore le magliette. Suo padre il pesce. La domanda giusta era un'altra: quel corpo lo interessava? Chi garantiva che fosse sana?

A quella distanza le forme e i colori della donna attiravano. Osservando quella figura, si sforzò di immaginare la scena: lei lo conduceva in un buio androne, in un luogo lercio, e lì denudava le sue grandi membra bianche. Oppure si serviva di un pied-à-terre: lui la possedeva con piacere e con disgusto, decideva di trattenersi la notte intera, così evitava di prendere la metropolitana per tornare nel suo alloggio, ai confini di Harlem.

Aveva fatto un viaggio tanto lungo per correre dietro a sua moglie, e finiva tra le braccia di una donna a pagamento. Che magari gli attaccava l'Aids. Lui era sempre stato mite: era disposto ad adattarsi, a fare esperienze, ma non voleva entrare nella violenza. No. Non voleva che la sua vita, nonostante tutto, prendesse quella piega. Doveva reagire. Tornava nel suo buco, da Morrison, con la metropolitana. E la mattina dopo, si dedicava a qualcosa di sano e di positivo, sgambettava all'aria aperta, con la maglietta nuova, andava a vedere gli atleti della maratona.

A Central Park – è risaputo – si corre sempre, specialmente la domenica. Giovani e meno giovani, dopo essersi affannati a inseguire i mille problemi del lavoro e degli affari per una giornata o per una settimana intera, appena possono, si riposano e si rilassano così: correndo. Corrono tutti: in bicicletta, o sui pattini, ma soprattutto a piedi. Corrono i manager, i bottegai, gli studenti, gli sportivi, le donne. Corrono le donne che hanno partorito da poco, conducendo il marmocchio ignaro in una carrozzella sferragliante; corrono gli handicappati azionando con foga il volano delle loro sedie a rotelle; corrono gli anziani per conservare il fisico giovane e per non arrendersi alle mortificazioni del tempo che passa.

Ma quella era una domenica particolare: non si saltellava isolati o in gruppo con qualche amico o collega; era in corso di svolgimento la maratona, la maratona più importante del mondo, a cui partecipavano infatti corridori provenienti da ogni paese, lungo un circuito che attraversava tutti e cinque i distretti di New York: partendo da Staten Island, incolonnati sul ponte di Verrazano, risalendo per Brooklyn, quindi lo sterminato Queens, il Bronx, ritornando giù a Manhattan, nel grande rettangolo verde di Central Park, più di quaranta chilometri, come quelli percorsi dal greco Filippide allo scopo di annunciare la vittoria sui persiani, per affacciarsi infine al traguardo all'uscita meridionale, in una strada del West Side. In questo modo New York, la città che ha la febbre nelle sue vene, la città delle razze mescolate, delle attività e dei traffici tumultuosi, che si trasforma incessantemente, esaltava se stessa attraverso la celebrazione del suo mito fondamentale: il movimento!

Non aveva mai visto prima la maratona, e probabilmente non l'avrebbe vista mai più: Fontes colse la sua occasione e andò a scegliersi un luogo di vedetta. E quale posto più adatto che dentro Central Park?

Giornata favorevole. Un clima dolcissimo, sebbene già si fosse ai primi di novembre. La gente indossava magliette con le maniche corte, anche i più prudenti, che erano usciti protetti da bluse o felpe più calde, ben presto se

24

n'erano alleggeriti per godersi meglio il piacevole solicello fuori stagione.

Il fascino strano di Central Park, così diverso da Villa Bellini a Catania, dagli altri parchi mediterranei che Fontes aveva conosciuto... La natura lì non era accesa, lussureggiante, e nei mesi estivi riarsa e tormentata come in Sicilia. Invece, colori luminosi ma un po' spenti, quasi pallidi... I frassini, i platani, le acacie, gli aceri stendevano le loro cupole di fogliame diffondendo una sensazione di fragile vittoria sull'asfalto, mentre in lontananza si stagliavano contro l'orizzonte i blocchi dei grattacieli. La nota festosa in quell'aria novembrina veniva dalle vaste chiazze degli aceri: pennellati di rosso in mutevole intensità, o di un giallo tenero, o ancora verdeggianti, come nella tavolozza di un pittore che introduce variazioni su un tema prediletto. Ogni tanto una tenue brezza spirava tra quelle chiome, e nella carezza abbandonava a una lenta caduta un cumulo di foglie.

All'interno del parco, sulle strade secondarie, trascorrevano a intervalli le carrozze, portando a spasso i visitatori stranieri. Una scia di escrementi, col suo forte odore, segnava il percorso. Ma Fontes non ne provava fastidio. A lui, forse perché era sempre solo, la gente, i rumori, piacevano, esercitavano un richiamo misterioso. Sorrise, con un po' d'invidia, scorgendo un ragazzetto nero passargli davanti a razzo su una specie di pattino a motore, esageratamente fragoroso. Si divertivano! Si divertivano come potevano, con ogni mezzo... Fontes avrebbe preferito venire in compagnia, ma Morrison e il suo aiutante dovevano sbrigare delle faccende, prima di riprendere possesso il lunedì della loro area di competenza, dinanzi al Plaza Hotel; mentre Carlos, l'unico, a parte Morrison, con cui aveva legato nella comunità battista, approfittava della domenica per tornare dai suoi in un paesino della Virginia.

Erano ancora le undici, ma non aveva altro da fare, preferì trovarsi in anticipo un luogo da cui seguire la corsa. Scelse un tratto nella parte più a sud, che un cartello indicava come il confine tra il ventiquattresimo e il venticinquesimo miglio. Siccome la corsa durava ventisei miglia, da lì al traguardo mancava appena un miglio. In quel punto, subito dopo una larga curva, la strada prendeva a salire in discreta pendenza, tale comunque che i corridori, con la fatica di tanti chilometri nelle gambe, avrebbero dovuto ulteriormente rallentare, permettendo così di considerarli con più agio. Sì, quello era un ottimo osservatorio!

Già parecchie persone aspettavano ai bordi della pista. Sul lato di Fontes una fettuccia rossa indicava il limite da non oltrepassare; mentre sull'altro lato, la barriera era costituita da una staccionata in legno, sopra cui gli spettatori stavano appollaiati. Poliziotti e assistenti, in gran numero, vigilavano lungo il percorso. Ogni tanto facevano da staffetta delle auto della polizia, con le sirene luminose. In cielo ronzava basso un elicottero.

Tutta New York era coinvolta dalla manifestazione. Dov'erano arrivati i maratoneti? Avevano già messo piede in Manhattan? Vi entravano da Queensboro Bridge, sbucando sulla Prima Avenue. Un sogno, attraversarla in corsa, nella sua estensione, per quartieri così lontani tra loro, spesso sconosciuti, tra due ali di folla acclamante...

A Fontes piaceva correre, da ragazzo. Come a tutti i ragazzi. Tirava come una lepre, in campagna, sulle trazzere polverose. All'Università poi, all'inizio almeno, aveva frequentato il centro sportivo. Ma la cosa era finita lì.

Invece, continuare, diventare un campione, girare per il mondo ottenendo riconoscimenti! Ci voleva ben altro talento che il suo. E determinazione. E passione. E fortuna. Lui, a ventinove anni, dopo qualche centinaio di metri avrebbe avuto il fiatone. Altro che quaranta chilometri! Chissà quanti ragazzetti in ogni parte del globo, nei cinque continenti, in palestra, nei campi, in una strada qualsiasi, lungo le coste e sui sentieri degli altipiani, correvano anonimi sognando un avvenire di gloria...

Guadagnavano anche bene, quelli che si piazzavano nelle prime posizioni. Aveva sentito dire che il vincitore della maratona incassava trentamila dollari. Stessa cifra per la prima delle donne. Uomini e donne correvano insieme, ma le competizioni in pratica erano due. Guadagnavano inoltre delle macchine di lusso, ed altri premi supplementari, se abbassavano il limite dei vecchi record. In più, le parcelle degli sponsor, per la pubblicità ai vari prodotti.

Insomma, un business, come sempre. Viva lo sport, ma viva anche i quattrini!

Ne valeva la pena, per i vincitori, sottoporsi allo sforzo massacrante. Anche se, per raggiungere quel risultato, bisognava possedere un fisico straordinario ed esser disposti a dedicare le energie migliori della giovinezza. Per eccellere, gli atleti si allenavano dall'alba al tramonto. Passavano la vita correndo!

Ma in quella giornata limpida di novembre, nel perimetro magico dei grattacieli, nella cornice verde di Central Park, esisteva solo lo spettacolo di una competizione di massa, in un clima di pura festa. Di minuto in minuto, la gente affluiva sempre più numerosa, premeva per accaparrarsi uno spazio, qualcuno sgusciava sotto le transenne e si portava dall'altra parte della strada. I vigilantes presidiavano, facendo arretrare i più turbolenti. Le radioline trasmettevano le ultime notizie.

Una festa di colori, intanto. Tutti in jeans o addirittura in pantaloncini corti, e magliette vivaci, con disegni e scritte estrose, e cappellini allegri, o bende attorno alla fronte. E turisti di ogni razza, con un bagaglio leggero appresso.

Nell'attesa, si perdeva la nozione del tempo.

Trascorsero a ondate delle moto della polizia e, mescolate a quelle, troupe della televisione. Chiuse la fila un operatore della TV, sistemato al contrario sul sedile posteriore di una potente motocicletta.

Si infittì anche il rumore degli elicotteri sulle teste.

Si diffuse un'eccitazione. L'apparizione degli atleti doveva ormai essere prossima. I ritardatari si affrettarono, tra il pubblico lampeggiarono macchine fotografiche e videocamere. All'ingresso della curva, su un pendio, gli spettatori formavano un mucchio, un grappolo sospeso.

Fontes in mezzo a quella folla non conosceva nessuno... Che importava? Lui veniva dall'Italia, e i suoi vicini chissà da dove, da paesi che magari non aveva mai udito nominare ed erano grandi paesi, che esistevano da tanto tempo. Venivano da città e da quartieri dove lui non sarebbe mai stato e dove non sapevano niente dell'Italia né di Catania né tantomeno di lui; di chi era e cosa faceva e cosa sperava... Si incontravano ora per caso, stavano insieme per assistere allo spettacolo e dopo tornavano ciascuno a casa sua, in luoghi lontanissimi; e mai e poi mai si sarebbero riuniti e ritrovati quelli che erano lì in quel momento, in quella curva di quella pista a Central Park, per vedere la maratona...

Anche Fontes doveva tornare a casa, la settimana entrante. Che ci restava a fare in America? Senza Nancy, che invece rimaneva a Park Ridge e non lo aveva nemmeno degnato di uno sguardo... D'istinto, introdusse una mano in tasca per cercare il biglietto aereo. Si rassicurò, riconoscendolo al tatto. Chissà perché, aveva un'oscura paura di perderlo quel biglietto *open*, e lo portava sempre con sé. Anzi, se doveva tornare, occorreva al più presto che prenotasse il volo.

Poteva dire agli amici di esserci stato in America, e a New York: di aver camminato tra i grattacieli, in mezzo a tanta gente, che parlava lingue sconosciute. Poteva raccontare di aver lavorato da *shoeshine* – perché a New York ci sono ancora i lustrascarpe –, e ogni lavoro ha la sua dignità, e lui aveva voluto fare l'esperienza, aveva cercato di capire cosa si prova diventando un altro. Poteva raccontare di esser stato nel posto giusto, in quell'unico giorno dell'anno, per assistere alla più grande maratona del mondo...

Aveva l'impressione che tutti accorressero a New York, che quello fosse il centro del risucchio umano... Quell'incrocio di razze era un teatro universale, dove tutti gli attori erano comparse anonime, ma la scena rappresentata era piena di significato. Fontes se ne sentiva attratto. Lui non aveva desiderio né possibilità di essere un protagonista. Era uno della massa, ma di *quella* massa. Non riusciva a chiarire, nemmeno a se stesso, la sua sensazione. In una specie di sdoppiamento, anticipando i tempi, intuiva però che a Catania, tornando nella pescheria, nel suo ambiente di sempre, così diverso, così vecchio e immobile, si sarebbe sentito escluso... O forse la spiegazione era più semplice: allungava il guinzaglio, ma si ostinava a restare nell'orbita di sua moglie, che lo aveva piantato, e guaiolava silenzioso.

Ci fu un altro passaggio di motociclette. I poliziotti diedero l'allarme, si adoperarono per costringere a mantenere le distanze. Gli elicotteri facevano la ronda sulle teste.

La folla si accalcava, bisognava sgomitare per difendere il proprio spazio. Molti stavano in piedi sulla staccionata; dall'altra parte della strada, un signore in camicia bianca appoggiato contro un palo issò un cartello con la scritta: JESUS IS COMING FOR JUDGEMENT.

REPENT

Che idea, scegliere un momento così per ammonire i peccatori a pentirsi! O forse no. In fin dei conti, il messaggio era destinato a un pubblico quanto mai numeroso... La notizia del secolo. Pentitevi, umani! Arriva Gesù, per il giudizio... Non era l'unico strambo, Fontes, in quel circo... Che ne sapeva degli altri? Siamo tutti un po' folli... Anche questo è un modo per solidarizzare.

Si alzarono delle grida. Dal fondo della curva comparve finalmente un corridore, solitario, circondato dalle potenti motociclette della polizia.

Un corridore di colore, alto. Procedeva spedito. Man mano che si avvicinava, scoppiava un'acclamazione, la gente alzava le mani per salutarlo, scattavano le foto.

L'entusiasmo montava alle stelle. Quando gli arrivò davanti, Fontes rimpianse di non avere la macchina fotografica. Quello era un campione! Alto e snello, con lunghissime leve, e una falcata naturale, come se non gli costasse fatica, scortato dalle moto, in una passeggiata regale. Doveva essere un etiope, come il mitico Abebe Bikila, o un keniano, un corridore degli altipiani.

Anche Fontes batté le mani, infervorato, gridò: «Forza!», in italiano, mentre attorno a lui tanti altri urlavano frasi incomprensibili. Una ragazza, dall'altro lato della strada, strepitava più forte di tutti con un fischietto.

Il vincitore filava verso il traguardo. Ormai vinceva sicuro: gli mancava poco più di un miglio.

Un uomo torreggiante, con una maglietta gialla, che teneva la radiolina all'orecchio, cominciò a ripetere eccitato il nome dell'atleta: Wokiuri, Wakiari... Poi Douglas. Douglas il cognome. Fontes non riuscì a capire esattamente. Capì invece che si trattava di un keniano.

Percorse in breve il tratto di pista in salita, suscitando un'accoglienza trionfale, sinché si sottrasse alla vista. Aveva già quaranta chilometri nelle gambe, eppure tirava ancora con quell'energia e compostezza.

Ma il vantaggio risultò non così netto, infatti comparve un altro maratoneta, solitario anche lui, aizzato dal pubblico. Quanto tempo poteva essere trascorso? Venti secondi all'incirca, mezzo minuto al massimo. No, ormai, salvo imprevisti, non riusciva ad acciuffarlo.

Non possedeva il fisico dell'altro, era più piccolo, di color olivastro. Si chiamava García! García o Garzía. L'uomo con la radiolina dava le notizie: «*Mexico! Mexico!*», gridava.

A differenza dell'antilope keniana, il messicano García sembrava sofferente, portava delle bende alle caviglie, faceva smorfie. Dietro di lui, in curva, apparve un'altra sagoma... A che distanza? A una manciata di secondi... Forse ci sarebbe stata una resa dei conti estrema, per il secondo e terzo posto.

García comunque teneva bene il ritmo, percorse la salita senza difficoltà, si eclissò per macinare il suo ultimo tratto.

Toccò al terzo riscuotere la sua quota di applausi, ma lui aveva altro da pensare, tallonava il secondo, disperatamente. L'antilope a quest'ora chissà dov'era, probabilmente già fuori di Central Park, in vista dell'arrivo.

Dal ponte di Verrazano, una bella galoppata! Ma sul ponte di Verrazano stavano tutti ingruppati, pigiati come le formiche, come in una festa di paese dietro al Santo protettore. Invece, per strada ciascuno si era ritrovato solo con le sue forze, a serrare i denti, con le gambe che progressivamente si indurivano, il corpo che si disidratava, il fiato affannoso.

Dopo circa un minuto apparvero due altri corridori, quasi appaiati; e quando giunsero davanti alla postazione di Fontes, già usciva dalla curva un nuovo concorrente.

Ci fu un intervallo abbastanza lungo, quindi sfilarono altri atleti, alla spicciolata. Applausi, applausi per tutti.

Applausi, ma i corridori erano troppo impegnati dalla salita, appariva chiaro che non potevano diminuire nemmeno di un attimo la loro concentrazione, quel tratto che li separava dal traguardo era poca cosa, ma in realtà rappresentava forse il momento più drammatico del loro sforzo.

L'antilope keniana raccoglieva i suoi allori, ma gli altri, a mano a mano che aumentava il distacco, arrancavano, manifestando i segni evidenti della fatica e dello sfinimento.

La ragazza dall'altra parte della strada imperversava col suo micidiale fischietto. Fri-i-i! Fri-i-i! Fri-i-i! Portava una borsa a tracolla; quando un corridore le giungeva davanti, si curvava a fischiare all'impazzata, quindi, come a dare una spinta al malcapitato, prendeva ad agitare il braccio a mulinello. Si divertiva, ed aveva una faccia simpatica!

Ma tutti si divertivano...

Corridori di pelle nera, bianca, olivastra, gialla... Indossavano tute diverse, a volte molto fantasiose, nere, rosse, gialle, qualcuno per limitare la traspirazione correva a torace nudo.

Si alzò un'altra selva di applausi all'apparire della prima donna. Anche lei vinceva. Era trascorsa, più o meno, una ventina di minuti dal passaggio del keniano, ma lei risultava la prima delle donne, si guadagnava anche lei un pacco di dollari, e un'automobile!

Viva la maratoneta donna! Una bianca, forse una tedesca, o una polacca... Viva la maratoneta, che batteva una quantità enorme di uomini!

Anche lei vinceva la gara, come il keniano. Ma vincevano tutti, in un certo senso, anche se perdevano, anche se finivano distanziati di mezz'ora, di un'ora, di due ore. Tutti quelli, almeno, che arrivavano al traguardo. E arrivare al traguardo, dopo quarantadue chilometri, non era facile, anzi un'impresa, per la quale bisognava impegnare allo stremo il corpo e sputare l'anima.

Un'ovazione prolungata, speciale, per la seconda donna. Come mai? C'era il motivo: un'americana! La più in gamba della squadra americana, salutata a gran voce dai connazionali.

Via via che il tempo passava, e sfilavano i corridori, ci si rendeva conto della stanchezza che li colpiva, dell'enorme impegno fisico richiesto. Erano partiti in quarantamila, un esercito, e un drappello d'avanguardia già tagliava il traguardo, il keniano in trionfo, circondato dai giornalisti e dalle televisioni, accanto al sindaco e alle autorità. Ma erano gli altri, i concorrenti di terza e quarta selezione, che avanzavano con difficoltà, affranti, come se per loro l'attrito opponesse una resistenza maggiore e quasi insuperabile.

Sopraggiunsero altri atleti, a folate, uomini e donne mescolati. Ma sempre più si aveva la sensazione che dalle retrovie di un campo di battaglia arrivassero dei sopravvissuti.

Passarono due uomini stranamente legati tra loro da una serie di fili bianchi al braccio. Erano legati perché volevano arrivare insieme. Fontes intuì che uno dei due era cieco, e che l'altro aveva il compito di guidarlo. Arrivò un concorrente su una carrozzella, controllato alle spalle da una donna in bicicletta, evidentemente fuori gara. L'handicappato, un signore con gli occhiali, sulla salita prese a spingere con accanimento le manovelle delle ruote, e la donna dietro di lui scese di bicicletta. Il pubblico li sostenne generoso, la ragazza col fischietto soffiò frenetica, mettendo in moto il mulinello delle sue braccia.

Ma anche altri sulla rampa, pur leggera, scoppiavano, rinunciavano a correre, procedevano al passo, storcendosi, con la mano nel fianco dolorante. Un altro handicappato sulla carrozzella, col capo penzolante, si fermò alla curva, poi riprese, incoraggiato da un compagno; ma la pendenza era troppo forte per lui, non riusciva più a smuoversi, il compagno gli andò davanti incitandolo a insistere, a non mollare, come fa un allenatore sul ring con un pugile ormai suonato.

Correvano anche dei vecchi, e delle vecchie. Si intende che non potevano nutrire ambizioni di primato o di piazzamento. L'importante per loro era, secondo l'ideale olimpionico, di partecipare: non gareggiavano con gli altri concorrenti, la sfida era con se stessi. Non si arrendevano all'età, volevano a ogni costo rimanere in lizza.

Partecipavano anche personaggi curiosi, come uno spilungone barbuto, con un copricapo da vichingo e le corna d'avorio sporgenti, che indossava una maglietta su cui risaltava la scritta: STOP CANCER. Più eccentrico di lui, un nero vestito da cuoco, integralmente in bianco, dal cappuccio alle scarpe, con pantaloni lunghi e mantella: reggeva su una mano una grossa torta e sull'altra le insegne della ditta. Possibile che così conciato e coperto, in quella posizione scomoda, fosse riuscito a percorrere tanti chilometri? La gente rideva e applaudiva. Applaudì anche un tizio che correva calzando non le scarpette solite da ginnastica, ma scarpe da passeggio in cuoio, a cui faceva la pubblicità. Risultava molto staccato, ma quelle calzature, che gli avevano consentito di disputare onorevolmente la competizione, dovevano pur essere confortevoli!

La pubblicità ha i suoi interessi, e gli spettatori di quella corsa, cioè i destinatari del messaggio pubblicitario, erano una moltitudine quanto mai rilevante: disseminati per un circuito di ventisei miglia, lungo i cinque distretti di New York; o seduti in poltrona, a casa propria, a seguire le fasi della gara, dinanzi agli schermi televisivi.

E a casa o per strada, la gente scorgeva sempre più frequenti figure piegate che arrancavano, corpi che si trascinavano bassi, visi stravolti, contratti, muscoli gonfi e vene sporgenti... La maggior parte dei maratoneti, ormai, si presentava in rotta. Soffrivano tanto, sia i vecchi sia i giovani. L'antilope keniana era guizzata come un'apparizione favolosa, in avanscoperta, tempo prima, procurando un'illusione collettiva; mentre ora toccava alla torma dei dilettanti, dei velleitari, dei perdenti. Si capovolgeva l'impressione iniziale, di una festa e di una grazia elargita a tutti.

Il pubblico li accoglieva ugualmente con urla e applausi, ma rideva anche. La ragazza continuava a sfiatarsi col suo infernale fischietto e a muovere circolarmente il braccio. Alcuni avanzavano conciati proprio male...

Un giapponese che scattava fotografie accanto a Fontes, conversando con un americano, a un certo punto ripeté, stridulo: «*Like life!... Like life!...*».

Fontes si volse a considerarlo: un giapponese magro, con gli occhialini, uno come tanti. Forse aveva frainteso, ma quelle due parole captate senza volerlo, avevano pur un senso. *Like life.* Come la vita. Sì, la maratona era come la vita...

Sulla pista avveniva la selezione della vita, progressiva, inesorabile. I concorrenti, cioè tutte le creature sgravate da ventre di donna, ci provavano, con più o meno carica, con maggiori o minori risorse, con la pelle di un colore o di un altro, alcuni favoriti dalle circostanze, ma la maggior parte in difficoltà crescente, a volte ridicoli, come quei corridori che ormai accusavano un ritardo schiacciante, destinati prima o poi a finire fuori strada, a stramazzare per lo sforzo. Quelle ventisei miglia erano un percorso in scala, da commutare secondo altre unità di misura.

Like life. Crudele ma obiettivo. Mentre applaudiva con gesto automatico, Fontes credette di avere un lampo di lucidità: come se un velo davanti ai suoi occhi si squarciasse, all'improvviso. Guardava un film, o qualcosa del genere, e vedeva ciò che prima gli era nascosto. Dunque, in quale posizione si piazzava, lui? Si doveva identificare in uno dei ritardatari, che sulla salita si trascinavano penosi, ciascuno con una sua maschera; oppure più indietro ancora, nella massa informe di quelli che si assiepavano alla partenza, che il giorno seguente una fotografia avrebbe rappresentato come un puntolino microscopico e indistinguibile? La stragrande maggioranza partiva, ma non arrivava mai a destinazione... Lo attraversò un pensiero, inquietante e tuttavia capace di oscura seduzione: se non fosse più tornato, se fosse scomparso lì in mezzo, nella bolgia della metropoli, chi lo avrebbe trovato? Si ricordò che su un lampione, accanto al suo panchetto di *shoeshine*, era affisso un manifestino con il nome di un giovane scomparso: Nathan. Ogni tanto, in quelle due settimane di lavoro, lo sguardo gli era caduto su quel manifestino stinto, e su quel nome, ma nessuno si era mai accostato a chiedere di Nathan...

Il pensiero lo portava lontano. Chiudeva la finestrella. *Like life*. Magari il giapponese voleva dire un'altra cosa, ma lo stesso la sua bocca gracidante si era trasformata in un oracolo. Fontes assisteva alle fasi della corsa, e lo visitavano pensieri assurdi. Ma forse quei pensieri venivano in mente anche ad altri... Per questo la corsa aveva quel successo, anche se la gente non se ne rendeva conto...

Quelle cose Fontes, in fondo, in un angolo remoto della sua mente, le sapeva già. Le aveva imparate al suo paese, nella vita di ogni giorno, osservando le cataste di pesce, al mercato, di tante qualità e proporzioni, morti o ancora boccheggianti, attraenti e ripugnanti, tra gli urli delle contrattazioni... Queste cose le sapeva, probabilmente, anche suo padre, che non aveva studiato. Ma don Luigino, suo padre, era saggio e stava zitto. Queste cose non bisognava dirle.

Del resto, vaghe malinconie, che andavano e venivano, come le foglie cadute dagli alberi, che si spostavano sul sentiero, sparpagliandosi a ogni soffio di vento. Era pur bello fare il proprio giro di pista. Perché no? Non voleva effettuare il giro del mondo, fare il cammelliere nel deserto? Doveva semmai decidere tra il deserto e la folla!

La folla non era altro che un deserto sovrappopolato. Si trovava a Manhattan, una città tritacarne, è vero: ma se necessario, ci voleva scendere dentro senza lagni, con un minimo di voluttà. Era bello quello spettacolo, tra gli aceri, in quell'alternarsi di rossi teneri, di gialli, di verdi mutevoli. Non partecipavano giovani e vecchi, sani e invalidi, paghi della loro giornata?

Ancora sfilavano gruppetti di corridori, caparbi, ancora ricevevano qualche stanco applauso; ma il pubblico ormai si diradava, si era fatto tardi, occorreva pur andare a mangiare. Fine, o quasi, dello spettacolo.

Anche Fontes si era stufato, si risolse a lasciare la sua postazione.

Voltandosi, scorse un bimbetto dentro un carrozzino, che dormiva pacifico nonostante il baccano. Poteva avere due anni, forse meno. Non lo aveva svegliato nemmeno la ragazza col suo fischietto assordante: Fri-i! Fri-i! Fri-i! Poco più in là, contro un albero, una giovane seduta a terra, forse la madre del pupo, stava attonita, indifferente alla corsa, alla maratona più importante del mondo, da cui pure la separavano pochi metri.

Trascorse un tempo indefinito. Fontes, dopo aver preso un hot dog e una Coca, vagò a lungo per i sentieri di Central Park.

Di quando in quando, da lontano, sulla pista vedeva profilarsi un corridore, che si ostinava a raggiungere il traguardo, sebbene ormai avesse accumulato ore di ritardo.

Era già successo per il passato che corridori con una gamba sola arrivassero anche con sette ore di ritardo...

In mezzo alla vegetazione si apriva la prospettiva del lago. Fontes raggiunse il bordo, si sdraiò sul prato, a contemplare. Sul lago si muovevano lente delle barche... Tra i cespugli sgusciò un animale, uno scoiattolo, che andò ad arrampicarsi su un albero. Alcune ragazzine saltavano su due corde, con movimenti minimi e un incredibile tempismo.

Fontes non aveva nulla da fare, ma intuiva che in quello stato di ozio protratto, di dolce sconforto domenicale, qualcuno dentro di lui stava decidendo una cosa importante, forse decisiva. Aveva l'impressione confusa di stare per mettersi dalla parte del torto, di voler mettersi dalla parte del torto, eppure non gli mancavano ragioni profonde, così personali che non avrebbe mai pensato di formularle ad altri in parole... Ma si sentiva calmo, tutto si manteneva naturale attorno a lui, la sua indole mite non si smentiva nemmeno in quella circostanza...

Dal terreno sporgevano i roccioni di granito, lucenti, a contrasto con la fitta vegetazione circostante. L'isola di Manhattan poggiava su quello zoccolo di granito: quello era il segreto, che aveva consentito di edificare la meraviglia dei grattacieli!

Senza accorgersene, si assopì, e le immagini della corsa attraversarono il suo dormiveglia: anche lui correva, da molto tempo, però aveva la gamba destra fasciata, e stranamente, a un dato momento, invece di andare sempre dritto in avanti, come gli altri, voltava e tornava indietro.

Al risveglio, il colore della luce era già cambiato. Si stupì di aver dormito a lungo. Sul lago i giovani in barca sembravano più remoti e silenziosi, nel crepuscolo che calava. I grattacieli svettavano contro l'azzurro, baluardi irreali, oltre il recinto verdecupo del parco.

Si rimise in moto. I prati erano ancora pieni di persone, che si godevano gli ultimi momenti della loro domenica. Ma nei sentieri secondari già si incontravano dei neri barcollanti.

In una rotonda, sotto una cupola alberata, un gruppo ballava attorno a voluminosi strumenti musicali. Ballavano sui pattini, girando intorno, al ritmo di una musica jazz.

Fontes fu attirato da quello spettacolo, si fermò a guardare i ballerini. Filavano sui pattini, tenendosi per mano, compiendo delle evoluzioni. Anche lì, erano mescolati a caso, le fogge più diverse e stravaganti. Passò un nero possente in maglietta azzurra con le maniche tagliate, una benda sulle tempie, guantoni e ginocchiere da giocatore di rugby. Poi un bel giovane con i pantaloncini rosa attillati, che ne evidenziavano le forme, ma procedendo a ritroso. Fontes adocchiò una donna molto bella, con un sorriso accattivante, le braccia e il petto nudi, che correva dando la mano a un nero brutto e simpatico, una specie di orsacchiotto d'ebano con denti e occhi bianchissimi, che indossava una maglietta bianca a figure stampate di pessimo gusto. La donna, sudata, con orecchini e catenelle ciondolanti, aveva un'espressione sensuale... Si divertivano!

Ce n'erano, di tipi curiosi. Un ballerino scivolava a zigzag, procedendo con le mani alzate, come se invocasse una divinità, rivelata a lui solo. Una coppia ballava mimando evidentemente i movimenti di un amplesso: lei piccolina, con pantaloncini corti, e una tuta in raso bianco nuziale. Un'altra adolescente, alta ed affilata, vestiva invece una tuta nera aderente, che accentuava la sottigliezza anormale del corpo, dandole movenze da serpentessa. Ballavano anche degli anziani, solitari, impegnati a ripetere giri su giri.

Si divertivano tutti, inesauribili. Chiunque, giovane o vecchio, brutto o bello, bianco o a colori, purché possedesse un paio di pattini, poteva unirsi al gruppo, trascinato da quella musica fragorosa.

Bastava un paio di pattini, per familiarizzare con gente mai vista prima. Fontes rimpianse di non essersi ancora comprato i pattini miracolosi, nonostante lo avesse desiderato. La donna piacente col suo compagno orsacchiotto, felice, continuava a scorrere in tondo, lungo la pista. E subito dietro di loro procedeva a ritroso, mostrando le natiche, il giovanotto con i pantaloncini rosa. Quindi veniva il turno della piccoletta in raso bianco allacciata al suo partner...

Bisognava saper vivere, adattandosi, accettando le situazioni. Occorreva fantasia e, forse, qualche grano di follia. Lui aveva bisogno di eclissarsi e rinascere, recitando nel teatro che si era scelto, liberandosi definitivamente dei pregiudizi e delle convenzioni a cui si era sempre sottoposto. Era possibile? Invidiava quei giovani, e quei vecchi, che si slanciavano così, nell'euforia del movimento comune. In quel teatro anelava a stabilire un rapporto con le altre creature, che avevano origini tanto diverse dalle sue. Poteva illudersi di essere un principe, un dio, oppure il demiurgo platonico, che anche lui aveva dovuto incarnarsi, e calarsi nella condizione dello sciuscià, del venditore ambulante, del giocoliere, del predicatore, dello zoppo che corre...

Sentì che lo interessava anche l'esistenza di quella puttana dal corpo giunonico, in attesa all'angolo del ristorante. Quante cose doveva aver sperimentato, come conosceva gli uomini, quanti ne aveva fatti godere... Sì, provava il desiderio di frequentare quella donna che esibiva le sue carni sul marciapiede. Sarebbe andato a spiarla, se ancora si trovava là, e forse avrebbe fatto l'amore con lei...

Lasciò a malincuore il gruppo dei ballerini, che cominciava a smobilitare. Scendeva l'oscurità, ormai era consigliabile uscire da Central Park. Passeggiare solitari a Central Park col buio poteva essere assai imprudente.

Nei sentieri ondeggiavano sagome incerte... In lontananza, da un punto imprecisato, immerso nel folto della vegetazione, si irradiavano le note di una musica africana.

A un tratto, quasi a dare un ammonimento, irruppe di gran carriera una macchina della polizia, a sirena spiegata. Doveva essere successo un incidente: un malore, una lite o, chissà, un delitto, nel parco sconfinato e ormai incontrollabile.

All'uscita, il consueto movimento di macchine. Da un furgoncino si diffondeva nell'aria un odore di castagne bruciate. Transitava gente, ma scarsa, quasi in fuga. Si avvertiva la conclusione della domenica, ci si preparava a un nuovo giorno, a una nuova settimana di lavoro.

Il marciapiede rasente a Central Park South, invaso da cumuli di foglie secche, era quasi deserto. Una carrozza si accostò a un piccolo abbeveratoio in pietra; e il cavallo immerse il muso per un'avida sorsata. Anche per quel cavallo era finita la giornata attraverso le strade della città.

Poco più in là dell'abbeveratoio, Fontes notò su una panchina un nero semiabbandonato, le gambe lunghe in avanti, con una bottiglia in grembo. Ma Fontes scorse anche un'altra cosa: topi, che sbucavano da un contenitore di spazzatura e correvano a nascondersi sotto la panchina del nero, in un tombino.

Una fila di topi faceva la spola, frenetica, tra la panchina e il contenitore della spazzatura, senza che l'uomo si schermisse o mostrasse ripugnanza. Forse, anzi, era lui stesso che li aveva attratti, spargendo resti di cibo.

Era buio ormai, e Central Park diventava un luogo inavvicinabile, proibito. Una quantità sterminata di topi, che popolava le fogne di Manhattan, rivendicava la sua parte di diritti sulla città.

L'uomo era completamente ubriaco, e forse pericoloso. Ma completamente solo. Gli facevano compagnia i topi eccitati.

Fontes veniva da Catania, Catanha o Cataña, una città lontana lontana, con l'Etna, il mare, la sciara, la mafia, il Castello Ursino, il mercato del pesce... Quell'ubriaco di sicuro non l'aveva mai sentita nominare... Oltrepassò la panchina, esitante. Fece pochi passi e quando fu all'altezza del contenitore della spazzatura, infilandosi la mano in tasca, trovò il biglietto, di cui si era scordato. Un biglietto aereo *open* per il ritorno.

Scattò un meccanismo, invisibile, senza motivo. Lui

ne prese atto, e disse, dentro di sé: «Va bene». Stracciò il biglietto e ne disperse i frammenti nel contenitore.

Tornò indietro e si sedette accanto all'ubriaco, con un nervosismo alle gambe contratte.

L'uomo protestò contro qualcuno gesticolando, gli si rivolse fosco. Ruttò anche.

Ma Fontes non reagì, scalciò invece contro gli animali che si accostavano. Chissà perché, gli tornava in mente il caso di quel Nathan, la cui scomparsa il manifestino sul lampione denunciava invano. Esistevano tanti emarginati in una città come New York... Tanti emigranti e sradicati lo avevano preceduto... Perché non avrebbe dovuto condividere quella condizione?

L'ubriaco si portò alla bocca la bottiglia, poi la offrì al suo compagno.

Fontes scosse la testa.

Quello allora mugolò qualcosa che non fu chiaro. Adirandosi, insistette:

«*What's your name?*»

Gli chiedeva il nome.

«Fontes!» rispose.

«*Fan-tis?*»

«*Not Fantis... Nathan!...*», corresse, lui stesso sorpreso di quel cambio di identità.

L'uomo acconsentì, come se avesse capito tutto:

«*Nathan... Good! Nathan...*»

JFK

«*Mein labi... Mein labi...*», ripeteva all'altoparlante una voce monotona e strascicata, senza nessun interesse all'annuncio che diffondeva tra la massa di persone in transito alle sale d'imbarco.

Labi... labi... Che significava, in inglese? La speaker aveva un accento strano, pronunciava in maniera quasi incomprensibile anche parole conosciute.

Si partiva, o no? Ormai si avvicinava il loro turno. Tullio sbadigliò, stirandosi. Una levataccia. E che viaggio! Si volse a osservare Veronica, che sfogliava una rivista di moda: tranquilla e in ordine, come sempre. E così graziosa... Le chiese:

«Non sei stanca?»

«Mi è venuta, all'improvviso, una calata di sonno...», sorrise lei.

Ne aveva ben motivo! Da quindici giorni si strapazzavano, in continuo movimento, da un luogo all'altro, dormendo quando e come capitava. Quella mattina si erano alzati alle cinque, nel timore di non giungere in tempo col taxi all'aeroporto. Dalla reception dell'albergo avevano dato la sveglia puntualmente, ma Tullio non si fidava, si era svegliato due ore prima, col risultato che aveva dormito in tutto poco più di tre ore. Gli succedeva sempre così, in quei casi... Per giunta, in aereo non riusciva a chiudere occhio. Veronica invece, beata lei, dormiva imperturbabile, in qualsiasi condizione. Tullio la considerò ancora, con invidia affettuosa. Nel letto c'era un numero fisso di ore da dormire, e la maggior parte se le prendeva lei, mentre lui si girava e rigirava, insonne.

«Ho voglia di caffè... Faccio in tempo, no?», già si era alzata.

«Penso di sì... Ma fa' in fretta! Mancano pochi minuti...»

Veronica si districò tra le valigie e le borse sparse a terra, con le sue gambe alte, fasciate dai pantaloni aderenti di gabardine.

Tullio amava quei pantaloni blu lucenti di gabardine, che restituivano la tenerezza della carne di Veronica. Ma a giudicare dalle occhiate di un paio di giovanotti, non era il solo ad apprezzare quelle forme... Del resto, come non ammirare una bellezza fresca e genuina come quella di Veronica? Nel letto, oltre alle ore fisse di sonno, c'era anche tanta dolcezza...

Si ricordò del sogno fatto durante la notte: aveva sognato un uovo, che a un certo punto si apriva lasciando uscire un pulcino e dopo – non aveva chiaro il rapporto –, un uomo al centro della folla in movimento, un uomo che gli assomigliava e diventava, d'un tratto, di gesso. Almeno si fosse spostato! Invece, ingombrava il passaggio, fermo lì in mezzo.

Che razza di sogno! Un uovo e un uomo. Un uovo-uomo, in mezzo alla folla...

Anche lui avrebbe volentieri bevuto qualcosa, una bella bibita ghiacciata, perché in quell'ambiente si respirava un'aria soffocante. Si moriva di caldo! Non c'era il condizionatore d'aria nell'aeroporto di New York? All'altoparlante la signorina non faceva altro che ripetere, atona, il suo stanco messaggio: «*Mein labi... Mein labi...*».

Quanta gente! Quanti voli simultanei, con le destinazioni più diverse e lontane... Com'era grande l'aeroporto di New York! Specialmente all'arrivo dall'Italia, avevano provato un attimo di smarrimento, a seguire un percorso sconosciuto, in quei locali bassi, in code interminabili, prima all'Immigration e poi alla dogana, abbastanza maltrattati dal personale di servizio. All'uscita esterna, di fronte alla fila di taxi e di automobili, un poliziotto di colore regolava il traffico fischiando minaccioso e agitando il manganello... Ma anche adesso, al ritorno da Los Angeles, avevano dovuto camminare a lungo, senza lo *shuttle*, attraverso una passerella coperta, dall'aerostazione in cui erano sbarcati sino a quella della coincidenza: perché la sola compagnia della TWA aveva due terminal, uno per i voli nazionali e uno per quelli intercontinentali.. Oltre a questi, bisognava tener conto dei terminal delle altre compagnie, la British Airways, per esempio, la Delta, la United American, la Eastern... L'aeroporto internazionale di New York era enorme, anzi il JFK, ossia l'aeroporto John Fitzgerald Kennedy. Perché a New York c'erano altri aeroporti grandissimi, quello di Newark e il La Guardia... Una vera Babele!

Al gate 31 non si annunciavano novità. Tullio diede un'occhiata all'orologio. Non poteva far altro che stare a guardia del bagaglio a mano. Tuttavia Veronica avrebbe fatto bene a sbrigarsi... Perché tardava?

In America tutto era sterminato. E Baglioni, l'amico che li aveva accompagnati nei tre giorni di Los Angeles, ne aveva approfittato per gonfiarsi come un pavone. A Los Angeles, figurarsi, le strade e le distanze erano davvero astronomiche. Baglioni abitava a Pasadena, ma presentava i luoghi dell'intera California come se fossero proprietà personale. Con loro, a completare il gruppo, c'era anche Lucia Sannino, una signora di Salerno, una conoscente di Baglioni. Una donna buona ma ansiosa, divenuta presto il capro espiatorio della situazione. Baglioni si sfogava: secondo lui, già il solo aeroporto di Los Angeles era più grande della città di Salerno. Sissignore! In Italia tutto era piccolo: le case ammucchiate, le strade strette e intasate da un traffico orribile... E quando li aveva portati a Disneyland, e le donne erano rimaste abbagliate da quel paese presunto delle meraviglie, aveva perso definitivamente la misura: Disneyland era più grande di Salerno; anzi, il parcheggio di Disneyland era più grande di Salerno! Salerno era diventata un buco, un borgo di quattro anime... Di Roma, dove Tullio e Veronica da poco abitavano, Baglioni preferiva non parlare; ma non parlava nemmeno di Acireale, dove Tullio era nato e cresciuto. Nel confronto impari, non accennava ad Acireale, non si capiva se per riguardo a Tullio Altofonte, permaloso come tutti i siciliani, o perché proprio non la prendeva nemmeno in considerazione. Soltanto Salerno! E dire che Baglioni veniva da Altopascio, un paesino in provincia di Pistoia! La signora Sannino lamentosa ne faceva le spese, ma lei aveva le sue abitudini, a casa sua – Baglioni poteva cantare e tuonare come voleva – ci stava meglio che in ogni altra parte del mondo. A un dato momento, era stata presa dalla frenesia di un caffè espresso, non un caffè qualsiasi ma un caffè espresso, moriva dalla voglia di un caffè espresso, come lo preparavano in Italia e a Salerno; Baglioni, brusco ma in fondo compiacente, aveva dovuto modificare il programma e fare una diversione aggiungendo un numero spropositato di chilometri a un viaggio in automobile già stancantissimo, nell'area metropolitana di Los Angeles, per trovare quel benedetto o maledetto caffè espresso con cui Lucia Sannino, distrutta, si era finalmente placata.

Gli era venuta in mente quella storia dell'espresso, perché Veronica se la stava prendendo comoda per bere non un espresso all'italiana, ma un caffè semplice, quel beverone allungato e abbondante che gli americani chiamavano caffè...

Per fortuna Veronica ricomparve, con un pacchetto nuovo in mano.

«Un omaggio, insieme al caffè?», le sorrise ironico Tullio.

«Un regalino per Marta... È sempre così cortese, lo sai...»

Lo sapeva, sì. Marta era una vicina di casa. Veronica, quando faceva shopping, si dimenticava di ogni cosa, e in primo luogo di fare economie. A forza di regali e regalini, avevano triplicato il bagaglio; e un grosso borsone, con gli oggetti preziosi o fragili, avevano dovuto tenerlo a mano.

46

Si diffuse un mormorio, un mormorio di delusione. Che succedeva? Tullio andò a controllare sul monitor...

Infatti! Come si temeva! L'orario del volo era stato cancellato, sostituito da: DELAYED. In ritardo! Quanto ritardo?

Veronica, più paziente, si chinò a trovare una collocazione all'ultimo acquisto nella borsa già troppo gonfia. Attorno, altri passeggeri, che già si erano alzati, si sistemarono meglio, per disporsi alla nuova attesa. La speaker continuava a recitare la sua litania, ma con quel tono e nel brusio generale era quasi impossibile capire gli annunci.

Un tizio congestionato, con cappello nero di feltro e una camicia per metà fuori dai pantaloni, attraversando chiese:

«Scusassi, questo aereo va in Sicilia?»

«Beh, in Sicilia... Va a Roma, sì. E poi, potrà proseguire...»

Un passaggio continuo. Un disordine...

Fu la volta di una donna ad accostarsi:

«Voi siete italiano?», chiese, rivolgendosi a lui e insieme a Veronica.

Tullio accennò di sì, col capo.

«Potete farmi un favore?»

«Dica...»

«Mi tenete il bagaglio due minuti?» Indicò su un sedile, all'estremità della fila alle spalle, una borsa e una valigia appendiabito.

«Va bene.»

«Vi ringrazio!»

«Però», disse Tullio, «sarebbe meglio, per sicurezza, portarlo da questa parte.»

La donna si affrettò a traslocare, con affanno, aiutata da Tullio. Una signora aggraziata, con capelli neri lisci, e un foruncolo vistoso su uno zigomo.

Con uno strano fervore, aggiunse:

«Mi fido solo di voi, che siete italiani.»

«Stia tranquilla!», la rincuorò Veronica.

Ecco almeno una persona che manifestava fiducia negli italiani. A New York un ambulante che cercava di vendergli un orologio di falsa marca, aveva inscenato la sua commedia: «Italiani? Italiani, mafia!».

Forse, pensava così di rendersi simpatico, o implicitamente si dichiarava in anticipo vittima nella contrattazione, di fronte a un italiano mafioso. Il quale, a ogni buon conto, non gli aveva comprato l'orologio.

Un caldo! La gente si spogliava, degli uomini si toglievano i pullover e rimanevano in camicia. Mentre una signora dirimpetto aveva con sé, posati direttamente a terra, un cappotto e, sopra, una pelliccia. A New York dunque doveva far freddo quel giorno, e – a giudicare dalle nuvole che si scorgevano dalla vetrata – minacciava anche pioggia. Il contrario che a Los Angeles, dove il tempo era estivo, come al solito.

Un caldo, e un andirivieni. Alcuni napoletani schiamazzavano, facevano commenti su Maradona, sulla notizia che il campione lasciava la squadra, era un calciatore finito.

Il volo, dopo Roma, proseguiva per Il Cairo, e si vedevano molti arabi.

Ritornò la donna che aveva lasciato in consegna il bagaglio:

«Tu sei gentile.»

Non era riuscita a telefonare. La linea risultava occupata. Però aveva saputo il motivo del ritardo. Un incidente meccanico! Una donna, proveniente dal Texas, aveva schiacciato un pulsante. Dove? Quale pulsante? Non lo avevano spiegato. Si partiva quando riparavano il guasto...

Parlava alternando il voi e il tu, a stento. Capirono solo allora che era americana, anzi italo-americana.

«Mi fido solo di voi», ripeté intensa e preoccupata, prima di assentarsi per andare a ritelefonare.

Se si trattava di un guasto tecnico, il ritardo poteva anche diventare molto pesante.

Dopo un po', si illuminò sul monitor il nuovo orario

previsto: 20.05, invece che le 18.35. Un'ora e mezza! Un'ora e mezza, se andava bene... Si trovavano lì già da due ore. La sosta all'aeroporto di New York sarebbe durata quindi almeno tre ore e mezza. Ma la prospettiva di un guasto all'aereo suscitava altre indefinite inquietudini. Quella donna del Texas poteva tenere le mani a posto...

Ritornò la signora italo-americana. Questa volta era riuscita a telefonare, aveva persino fatto a tempo a comunicare a casa il nuovo orario di partenza. Aveva telefonato a Boston.

Tullio le cedette il posto.

Occorreva passare il tempo, cominciarono a conversare. La donna si esprimeva con slancio ma impacciata, ogni tanto riacquistava scioltezza e naturalezza inserendo delle frasi in inglese: «*I'm sorry...*», «*Do you unterstand?*», «*What do you call this?*». Era simpatica, con lo sguardo leggermente sofferente, e quel foruncolo dispettoso che le si gonfiava proprio sull'osso dello zigomo.

All'inizio aveva avuto il dubbio che fossero italiani, perché Veronica era bionda, con i colori così chiari, un tipo piuttosto inglese o danese... Spiegò che lei era di Sezze, nella provincia di Latina, ma abitava a Boston. Aveva lasciato l'Italia diciotto anni prima. Ormai parlava l'italiano con difficoltà.

Più o meno, aveva trentasei-trentasette anni. Veronica le chiese se avesse incontrato problemi con la lingua, negli Stati Uniti.

No, non aveva avuto grossi problemi a imparare l'inglese, che prima non conosceva. Tanti altri invece sì, più anziani o ignoranti. Un guaio, allora: si chiudevano, non stringevano amicizie, non leggevano il giornale, non si informavano, rimanevano emarginati. A Boston vivevano molti italiani, non di Latina come lei, ma... ma... Non trovava la parola, non riusciva a superare lo scoglio.

Tullio suggerì: «Meridionali?».

Non capiva la parola meridionali. Del Sud? Sì, siciliani, napoletani...

Echeggiava un brusio diffuso, altri passeggeri sopraggiungevano e si mescolavano, provenienti dalle città e dai paesi più diversi, in attesa di raggiungere le loro remote destinazioni, l'altoparlante diramava annunci a ripetizione, di cui si coglievano frasi frammentarie: « *Washington... forty-nine... passengers... mein labi, mein labi...* ».

Quanti destini, imprevedibili! Quante incognite e sacrifici, nel percorrere le strade dell'esistenza... Tullio provò un sentimento di solidarietà per quella giovane signora della provincia di Latina, divisa in due, anche nella lingua, dalla necessità dell'emigrazione. Gli sembrava che avesse bisogno di parlare, di raccontare le sue esperienze. Le domandò: si viveva bene in America?

Sì, no, dipende. In America ci sono molte... *opportunities*. Opportunità? Sì, opportunità. Se vuoi lavorare, fai anche due o tre lavori, in Italia invece ti prende la rassegnazione. Però se lavori – lei per esempio lavorava – fai i soldi, ma non hai il tempo di seguire i figli, che sono abbandonati, crescono male, si drogano.

Un suo conoscente, che veniva dall'Abruzzo, da principio lavorava in una fabbrica, e la sera frequentava un corso per parrucchieri. Adesso si permetteva tutto quello che desiderava. Faceva pagare una permanente anche duecento-trecento dollari, aveva una casa così grande che per sapere in che punto si trovavavano lui e sua moglie dovevano usare un walkie-talkie. Come si dice in italiano? Walkie-talkie anche in italiano? Ma la vita era cara, tanto cara: certe cose no. Le *sneakers*, per esempio, no.

Le *sneakers*? Cioè? Né Tullio né Veronica conoscevano quell'espressione. La donna allora indicò ai piedi di alcuni passeggeri accanto.

« Le scarpe da ginnastica! », intuì Veronica.

Ma questa volta fu l'altra a non intendere. Si stupì:

« Perché da ginnastica? Se non si fa ginnastica? In America tutti usano le *sneakers*, anche per lavorare, anche per andare in aereo. »

Comunque, le *sneakers* non erano care, e neppure le

magliette, le calze, il vestiario in genere. Ma c'erano altre cose che costavano tanto. Si pagavano tasse forti. Lei per esempio pagava, in una casa normale, una casa modesta, duemilaquattrocento dollari di tasse; più milleduecento dollari di assicurazione volontaria. Poi c'era il riscaldamento, e a Boston faceva freddo. Poi bisognava pagare le scuole per i figli. Se vuoi dargli un'educazione, devi spendere. Lei mandava suo figlio all'asilo, che costava nove dollari l'ora. Per tre ore al giorno, sborsava ventisette dollari. Non poteva permettersi di mandarlo ogni giorno, lo mandava due o tre volte alla settimana, per far stare suo figlio con gli altri bambini, per... socia...socializzare? *Sorry.* Il figlio era americano, non conosceva una parola di italiano.

Se sentiva nostalgia dell'Italia? Prima di meno, ora tanto. Qualche volta, la sera, l'assaliva la depressione. Aveva nostalgia, più che dei posti, della famiglia... Rientrava in Italia d'urgenza perché suo padre era stato ricoverato in ospedale, all'improvviso. Aveva già avvisato suo marito, a Boston, del ritardo dell'aereo. Meno male che aveva incontrato loro, aveva capito subito che erano due persone perbene. Ma bisognava stare attenti, perché altrimenti ti portano via anche gli occhi. Lei cercava di evitare New York, ma il volo per Roma con scalo a Parigi c'era solo alcuni giorni la settimana. In quell'occasione, per il malore di suo padre, era stata costretta. Al ritorno da Roma, andava a Boston sempre con scalo, ma saltando New York, troppo intasata, dove a volte atterrano quattro apparecchi contemporaneamente.

Si liberò un sedile, in un'altra fila, e la donna si preoccupò di restituire a Tullio il posto. Trafelata, trasferì il suo bagaglio, ripetendo: «*Thank you... Sorry... Sorry*».

Approfittando del ritardo, alcuni viaggiatori si erano allontanati per acquistare le sigarette, al Duty free. Secondo le informazioni, una stecca di Marlboro costava nove dollari e cinquanta centesimi, ma comprandone due, davano anche in regalo una maglietta della Marlboro. Senonché, al ritorno avevano lo scontrino, ma non le sigarette.

Come mai?, avevano chiesto, ma non inteso la risposta. Eppure, avevano già pagato. Qualcuno, controllando la ricevuta, spiegò che sigarette e maglietta sarebbero state consegnate al di là del gate, al momento di salire sull'aereo.

Al momento di salire, quando?

Veronica indicò con un sorriso malizioso un passeggero, il quale, seminando scompiglio, si stava impadronendo di un posto nella fila di fronte. Tullio riconobbe il suo sgradevole vicino nel volo da Los Angeles a New York. Un uomo di una certa età, avvinazzato, rugoso, con un berretto rosso di maglia, le lenti spesse. Uno scorbutico, che a bordo chiedeva in continuazione da mangiare e soprattutto da bere, protestava e spingeva in avanti la poltrona anteriore dove riposava una bimbetta, mentre lui se ne stava comodamente ripiegato all'indietro. Aveva rifiutato al padre della bambina una rivista della TWA; e per ore, aveva letto e ritagliato pagine di giornali, che riponeva in una busta. Un personaggio strano, come del resto la moglie: anche lei col berretto di lana, durante il viaggio aveva dormito quasi sempre e sembrava morta, con l'unghia del pollice lunghissima e argentata nel margine che fuoriusciva dal dito. Anche adesso dormicchiava reclinata, dando l'impressione di abbattersi da un lato.

Marito e moglie tenevano il berretto di lana in testa, anche se faceva un caldo insopportabile. Ma non erano i soli. Anche la donna a fianco di Tullio rimaneva addirittura con il cappotto indosso, e, come se non bastasse, sopra il cappotto si teneva uno scialle. Mentre un giovanotto, una specie di fusto, incrociava con una maglietta su cui risaltava la scritta Cayman Islands, che metteva in mostra dei muscoli pieni di tatuaggi.

Un'umanità strana. Ma ciascuno appariva strano agli occhi degli altri. Era strano per esempio quell'uomo pelato e colorito, con l'orecchino sul lobo destro e la maglietta rossa sotto la giacca color cammello, che rigirava tra le mani un ombrello? Di quale paese poteva essere? Un egiziano, forse. Sì, il volo dopo Roma proseguiva per Il Cairo, non potevano mancare gli egiziani... Invece quella ragazza seduta a terra, doveva essere italiana, e di condizioni agiate nonostante lo strappo ai jeans dietro la gamba in alto, e meridionale nonostante il biondo ossigenato dei capelli. E l'assistente di volo che procedeva eretta trascinando una valigia sulle ruote, una nera alta con i capelli ricci cortissimi, aveva la figura di una modella, se non fosse stata sproporzionata nel sedere...

Si accorse che stava studiando e rifacendo i connotati a tutti quelli che gli passavano sotto tiro... Ma che altro si poteva fare, in quella baraonda, se non guardare il prossimo? Per leggere, era troppo stanco.

Veronica smise di sfogliare la sua rivista, ricordandosi a un tratto:

«Non abbiamo spedito una cartolina a Marcella!»

«Non importa...», la rassicurò Tullio, facendo spallucce. Avevano spedito tante cartoline... Ora, non ne aveva più voglia.

Ma Veronica voleva rimediare:

«Faccio ancora in tempo, no?»

Tullio la sconsigliò:

«Lascia stare. Devi andare a comprare il francobollo. La buca chissà dov'è... Fra poco si parte.»

«Sei ottimista...»

«Prima o dopo, si dovrà partire... Non andare, cara. Dirai a Marcella che le hai spedito la cartolina e che s'è persa...»

Per convincerla, le diede un bacio, lieve, sulle labbra.

«Siete in viaggio di nozze?», domandò timida la donna che gli stava seduta a fianco.

«No...», sorrise Tullio.

«La signora è così giovane, e carina...»

«Grazie...», disse Veronica, compiaciuta, individuando solo allora la vicina. Chiuse la rivista.

«Però, è stato lo stesso un viaggio di piacere», scherzò Tullio, quasi per avvalorarne l'ipotesi. Veronica aveva

53

dieci anni meno di lui, e l'apprezzamento della sua bellezza lo lusingava.

La signora era pesante, con i capelli bianchi. Come faceva a tollerare lo scialle e il cappotto con quel caldo? Li guardava mite, con un sorriso, ma non osava dire altro.

« E lei? », contraccambiò Veronica. « Dove va? »

« A Molfetta. In Puglia... » Si presentò, si chiamava Patruno.

« Le è piaciuta l'America? »

« Un mortorio. Una delusione... », rispose la donna con un filo di voce. « A casa mia è bellissimo... »

« Perché un mortorio? Dov'è stata? », si meravigliò Tullio.

« Nello Utah, a trovare mia figlia, che ha l'età press'a poco della signora... Per questo mi sono permessa... »

Incoraggiata da Veronica, cominciò a raccontare. Era andata a trovare sua figlia, nello Utah. C'era rimasta quaranta giorni. Sua figlia aveva avuto una bambina, una bella bambina. Ma che delusione l'America... E che viaggio! Era la prima volta che ci andava, e anche l'ultima. Nel paese dove abitava sua figlia, non si sentiva mai il suono delle campane. No, non ci sarebbe andata più. Che ora era? Lei non aveva ancora capito la questione dei fusi orari, se a New York doveva togliere o aggiungere altre sei ore.

Quella donna aveva un'aria così dimessa, per questo non l'avevano considerata prima, ma era buona e diceva cose assennate, con una voce pigolante.

« Come mai sua figlia è finita nello Utah? », si interessò Veronica.

Si erano presentati due giovani, due mormoni, quelli che suonano alla porta, alti, biondi, educati, mentre lei non era in casa, a Molfetta. Avevano parlato con la figlia: di Dio, della Bibbia, del loro modo di vivere... E l'avevano convinta. La figlia aveva fatto di tutto per continuare gli studi all'Università dello Utah, con una borsa di studio. Nello Utah, poi, si era sposata con un mormone; no, non uno di quelli venuti alla porta, e aveva avuto una bambina.

Ma che delusione! Perché? Era rimasta delusa, l'America se l'aspettava diversa. Non si udiva mai il suono di una campana: questo fatto l'aveva colpita più di tutto. Gli spazi erano enormi, bisognava sempre prendere la macchina, per ogni cosa quaranta minuti di macchina almeno... Le case erano basse, di legno, ben riscaldate, ma a ottobre già era caduta la neve. Suo genero, un ingegnere, faceva delle ricerche sull'inquinamento dell'ambiente, ma lavorava fuori dello Utah, nell'Idaho. Loro vivevano in un paesino, vicino a Orem. Niente, non c'era niente, quattro case e una strada. Una tristezza...

Tullio le fece la domanda che aveva già rivolto alla signora della provincia di Latina. Aveva sentito nostalgia dell'Italia? L'aveva sentita sì, di Molfetta, della Puglia, dell'Italia, che era tutta una poesia...

In bocca a quella donna del popolo, la frase non suonava retorica. Anche la signora della provincia di Latina si fidava soltanto degli italiani. Riccardo Baglioni, invece, almeno a parole, polemizzava senza tregua con i suoi connazionali.

«Sua figlia si è convertita alla religione mormone?»

No. La signora era rimasta però sino a che la nipotina era stata battezzata. Lo confessò sorridendo della sua piccola astuzia. Lei era stata a vedere il Tempio nella capitale, a Salt Lake City.

«Ce ne ha parlato un nostro amico, nei giorni scorsi», disse Veronica.

Transitando in automobile davanti al Tempio dei mormoni a Los Angeles, imponente all'interno di un'area verde, Baglioni aveva raccontato dell'edificio ancora più grande esistente a Salt Lake City. Là per i visitatori proiettavano un film con le scene dei luoghi destinati ai fedeli in Paradiso. I predicatori spiegavano dove è passato Cristo: è passato in tre posti, in America, tra cui, naturalmente, Los Angeles... La povera Lucia Sannino aveva così dovuto imparare che anche il Tempio dei mormoni, area verde circostante inclusa, era più grande di Salerno.

Il ricordo di Baglioni attraversò di nuovo la mente di Tullio. Per tre giorni li aveva portati in giro con l'orgoglio del padrone di casa. A Los Angeles tutto era grande, grandissimo, la California da sola rappresentava la quinta potenza industriale del mondo. Loro, mentre correvano con la macchina, in realtà galleggiavano su un mare di petrolio. C'era più petrolio in California che nel Medio Oriente... Ma gli americani non erano mica stupidi, preferivano usare il petrolio arabo a basso prezzo per tenersi intatte le riserve di greggio in casa propria. Baglioni non faceva che confrontare, a danno degli italiani. Gli italiani, secondo lui, non comprano i vestiti se non sono carissimi, perché altrimenti credono che siano di cattiva qualità. Eppure, non hanno una goccia di petrolio! I negozianti, per vendere i vestiti, devono alzare il prezzo. Gli italiani sono provinciali, mangiano solo pa-sta-sciut-ta. A Los Angeles non esiste una cucina locale: esiste invece una cucina messicana, una cucina cinese, una cucina thailandese, e persino una cucina italiana!... Baglioni, accompagnandoli in macchina, aveva vissuto tre giorni bellissimi, in preda a una crisi di megalomania. A farne le spese era stata Lucia Sannino, e Salerno. Tullio era tenuto fuori dal confronto, tranne una volta, quando, discutendo delle origini, di Altopascio, di Acireale e della Sicilia, gli era scappato di bocca che Messina era come San Francisco, per i terremoti: quella – aveva precisato – era l'unica cosa in cui le due città si assomigliavano.

L'America! Spazi illimitati e mezzi per spostarsi rapidamente. Gli americani prendono l'aereo come un bus. La benzina costa un quarto che in Italia. Il telefono, te lo installano il giorno dopo, senza storie e lungaggini burocratiche. E le telefonate? Un prezzo irrisorio: per esempio, lui Baglioni, aveva pagato sette dollari una telefonata di quarantanove minuti da Pasadena a Chicago, dove viveva il cognato; e da Pasadena a Stoccolma, proprio così, Stoccolma, dodici minuti di intercontinentale per nove dollari. Se non ci credevano, mandava la fotocopia della bolletta telefonica!

Baglioni parlando e parlando li voleva convincere; ma soprattutto, voleva convincere se stesso. La verità era più complessa, e nascosta. A sessant'anni, soffriva di solitudine e con entusiasmo faceva da cicerone ai suoi ospiti: ai quali chiedeva con improvviso disagio quanto costano le case in Italia, in vista di un eventuale trasferimento, a cui pensava sempre più spesso. Anche se in Italia le strade sono strette, con troppe macchine che impestano l'aria di gas e senza nemmeno la marmitta catalitica. E senza il cambio automatico. Ma lui, nonostante tutto, era rimasto toscano sino nelle midolla; e dopo quarant'anni, diceva ancora «dugento» e «costà», e segretamente considerava Altopascio la capitale del mondo.

Baglioni, diventando vecchio, era tentato di rimpatriare; la signora di Molfetta, invece, in America non ci voleva tornare più. C'era andata perché l'aveva promesso alla figlia. Avrebbe dovuto andarci anche il marito, ma il viaggio costava troppo. Allora avevano aspettato che il marito si mettesse in pensione. Però, pochi mesi prima della pensione, gli era venuto un infarto. Così, aveva dovuto rinunciare. Si vede che non era destino. Non poteva sostenere un viaggio in quelle condizioni.

«Lei non ha avuto paura del viaggio?», le chiese Tullio, quasi affettuoso.

«No. Solo che mi sembra di essere muta», sorrise la signora Patruno, «non conosco una parola di inglese...»

«Ha dimostrato coraggio.»

«Il coraggio l'ho avuto a lasciare mio marito, e i miei figli...»

Aveva altri tre figli, oltre a quella nello Utah: uno già laureato, con la specializzazione, un altro geometra e l'ultimo studente universitario. Lei non sarebbe andata più nello Utah, ma forse sarebbe venuta sua figlia in Italia, se il genero, l'ingegnere, riusciva a farsi trasferire, a Torino. Torino almeno era Italia, in un giorno da Torino a Bari in treno si arrivava... Mentre quel viaggio non finiva mai: dal paese di sua figlia l'avevano accompagnata in macchina a

Salt Lake City, da lì in aereo a New York. Poi a Roma, se e quando ci arrivavano. Da Roma ancora doveva prendere la coincidenza per Bari. E da Bari, il pezzo per Molfetta.

Intanto, del volo per Roma nessuna notizia. Ormai l'ora e mezza era passata, avrebbero dovuto annunciare l'imbarco... Tullio si sentiva molto stanco, era impaziente di salire a bordo per sistemarsi meglio e sonnecchiare; Veronica protestava per il caldo, si alzava per sgranchirsi un po'. Invece, la signora Patruno se ne stava imbacuccata, mite, senza tensioni.

Il viavai davanti a loro era incessante. Sempre più numerosi gli egiziani, o comunque arabi.

Il dialogo ormai languiva. Per una strana associazione, Tullio chiese come avevano vissuto in Puglia la vicenda degli albanesi.

A Bari avevano procurato dei danni, erano stati rinchiusi nello stadio, come bestie. Ma nelle altre parti, a Molfetta per esempio, no. Qualcuno si era fermato, aveva trovato lavoro. Certo, rimanevano emarginati. In paese la gente offriva vestiti, da mangiare. A occuparsene era solo la Chiesa, col volontariato, prendevano i vestiti da lavare, cose di questo genere... Gli albanesi, poveretti, erano peggio dei nostri emigranti di una volta. O la stessa cosa, chissà...

Comparve sul tabellone l'annuncio di un nuovo orario. Un altro ritardo, un ritardo di un'altra ora! Buonanotte! Buonanotte o buongiorno... Quell'attesa diveniva eterna. Fuori pioveva. Tutto perché una tizia sconosciuta aveva avuto l'infelicissima idea di toccare un pulsante sbagliato, ammesso che la notizia fosse vera.

Esasperato, Tullio andò a controllare di persona sul tabellone: per Roma, «*gate 31, flight 840, delayed*»... Diede una scorsa alle altre destinazioni: Madrid, Frankfurt via London, Stockholm... Risultavano in orario, o con un ritardo modesto. Gli aerei decollavano l'uno dopo l'altro, tutti, tranne il loro...

Tornando al suo posto, trovò un gran movimento: invece di partire i passeggeri in attesa, dal gate 31 ne arrivavano altri da un aereo appena atterrato. Le due file si incrociavano, i nuovi con quelli in piedi, in coda per l'imbarco. Una confusione... Non si capiva se era arrivato adesso l'aereo che poi avrebbe dovuto proseguire portandoli a Roma, o se invece si trattava di un altro aereo, per cui era stata utilizzata la stessa passerella telescopica.

Un uomo richiese informazioni, a voce alta. Era stato colto da un dubbio, verificava il biglietto, voleva sapere cosa significava una sigla, che pronunciava in maniera incomprensibile. Ma attorno a lui non mostravano di intendere. L'uomo era bruno, brutalizzato dalla fatica, con baffi neri e larghe occhiaie. Fu infine chiarito l'equivoco. Non si leggeva « Ifiki », come faceva quel passeggero agitato, ma « Gieffekappa ». Quella sigla misteriosa non era altro che il nome dell'aeroporto, indicava le iniziali di John Fitzgerald Kennedy. Ridevano sull'aeroporto « I fichi »! I fichi aeroporto della Mela: sembrava di essere al mercato della frutta. Con la noia accumulata, le risate si comunicavano epidemiche. Il benemerito e ignaro viaggiatore che aveva innescato quell'allegria, era nel frattempo sprofondato chissà dove. Siccome Fiumicino veniva segnato FCO, se in analogia si leggeva « Fico », risultava che New York era il plurale di Roma! Uno spiritoso allora obiettò che lui in quel momento, dopo una settimana di lontananza dalla moglie, non sentiva il bisogno né del plurale né del singolare, ma del femminile. Qualcuno ancora, per dare un'altra piega alla dotta conversazione, corresse: in inglese non si diceva così, si diceva: « GEI-EF-KEI ». In ogni caso, si riferiva all'aeroporto, che, tra parentesi, per essere quello di New York, si presentava abbastanza scalcinato...

Kennedy, il presidente degli Stati Uniti, il marito di Jacqueline, quello assassinato a Dallas, non si era scoperto nemmeno da chi. Quello sì era un argomento serio. Presero a parlare del presidente americano, e di Marilyn Monroe, che era stata la sua amante, ammazzata anche lei...

Veronica, china a terra, cercava di risistemare meglio

il suo ultimo acquisto nel borsone. Ma nel pressare gli oggetti, la cerniera si incantò, non andava né su né giù. A uno strappo più risoluto, cedette.

Un guaio! Adesso la roba usciva fuori dal borsone troppo pieno, non potevano portare i pacchetti sparsi... A parte il fatto che avevano già le mani occupate. Come rimediare?

Veronica decise che l'unico modo era di andar a comprare una nuova sacca, più grande, eventualmente una valigia.

«Non è prudente allontanarsi adesso!», replicò Tullio. «Tra poco si dovrà partire.» Per la verità, nemmeno lui ci credeva, ormai.

«Faccio in un attimo. E poi c'è un margine più che sufficiente... Piuttosto, dovresti darmi dei soldi, sono rimasta senza.»

«È proprio necessario?» Tullio era riluttante, ma in effetti il bagaglio in quelle condizioni era difficile da trasportare. Ci mancava solo che al momento dell'imbarco opponessero delle contestazioni. Per semplificare, estrasse dalla giacca il portafoglio e glielo consegnò intero.

Veronica lo infilò nella sua borsetta, anch'essa ricolma. Durante quelle manovre, il portafoglio restò più in vista di quanto non fosse opportuno.

«Fai presto! Non ti fidare!», le raccomandò Tullio, mentre lei già si allontanava.

La seguì con lo sguardo, perplesso. Che bella figura aveva Veronica! Con quelle gambe tornite, fasciate morbide dai pantaloni, e la capigliatura bionda... Ebbe la sensazione che altri, in quella calca, per la stessa ragione, la seguissero con lo sguardo...

Kennedy teneva banco. Marilyn Monroe era stata la sua amante, e anche del fratello Bob. Ma non era stata ammazzata dal presidente, si era suicidata... Invece, qualcuno insisteva che il suicidio era una favola per il pubblico. Era stata ammazzata di sicuro, non però dai Kennedy, ma dalla mafia...

Quell'intrigo appassionava gli americani, e non solo gli americani. Ancora per cento anni si sarebbe continuato a discuterne. E a forza di nuove rivelazioni, alla fine se ne sapeva meno di prima, il buio totale.

Il buio totale, ma in quel buio brillava la stella di Kennedy. Al quale intanto avevano dedicato l'aeroporto: JFK...

La signora Patruno da un po' sonnecchiava, beata lei, immobile come una statua, sommersa da scialle e cappotto. Vagando tra i sedili, si accostò un bambino in tuta, subito richiamato dal padre, anche lui in tenuta sportiva, con una borsa Adidas a tracolla.

No, una borsa del genere non sarebbe bastata. Tullio guardava in giro, intorpidito. Un altro bambino, più piccolo, si stava arrampicando sulle braccia della madre, una giovane donna di colore, con le gambe lunghe, e una collanina alla caviglia.

Passò una donna con un parruccone, che la faceva assomigliare a una scimmia, vestita di una pelliccia verde priva di maniche, la mano nella mano di un tipo con l'aria da playboy. Passò quindi un giovane alto come un pallacanestrista, con una maglietta su cui campeggiava la scritta MIAMI; il quale deviò in fretta, scorgendo un telefono che si liberava.

Tullio ricordò che in un primo momento avevano progettato di andare in Florida, a Orlando, invece che a Los Angeles. A Orlando contavano di visitare Walt Disney World, ma dopo avevano cambiato idea, perché a Los Angeles c'era ad accoglierli Riccardo Baglioni, proveniente da Pasadena, che oltre tutto avrebbe fatto da guida con la macchina. Veronica però aveva posto come condizione di visitare Disneyland, solo che Disneyland a sua volta era lontana da Los Angeles, e per arrivarci avevano in pratica effettuato un altro viaggio, impiegando una giornata intera delle tre a disposizione.

JFK. Da lì passavano ogni anno milioni di persone. All'aeroporto di New York si incontrava il mondo, dal cal-

61

do e dal freddo, chi andava e chi veniva, all'infinito. Ciascuno con la sua storia personale, con origini diverse, con caratteri e costumi diversi, con destinazioni diverse, ignari gli uni degli altri. In viaggio... Ma gli uomini, con o senza aereo, in movimento o fermi, si trovano comunque tutti in viaggio...

Tullio era inquieto. Quella riflessione gli diede consapevolezza della sua inquietudine, che serpeggiava e che ora diveniva più acuta. Perché Veronica tardava anche lei? Non doveva ormai già essere di ritorno?

Diede un'occhiata all'orologio. Bisognava essere prudenti, evitare disguidi e complicazioni. Quello era peggio di un porto di mare, un caos, ci si poteva perdere facilmente...

Furono annunciate nuove partenze, i passeggeri in attesa del volo per l'Italia lasciavano i posti a sedere, facendo ressa al banco d'imbarco, sollecitavano nuove informazioni.

Trascorse altro tempo... Ma ogni minuto che si aggiungeva, pesava sempre di più, era insieme più breve e troppo lungo, creava un clima di tensione.

L'unica che non aveva premura sembrava Veronica, anzi se la prendeva comoda, comodissima. Tullio lanciava in continuazione occhiate all'orologio. Forse a Veronica si era fermato l'orologio, ed era tratta in errore. Un'ipotesi ben improbabile. Per comprare una valigia ci metteva un'eternità, come se l'aereo fosse disposto ad aspettare lei.

Scattò d'improvviso una reazione polemica. Veronica era la solita irresponsabile! Non rispettava mai gli appuntamenti, sempre in ritardo, in ogni circostanza...

Altri viaggiatori, provenienti da chissà dove, spingevano dei carrelli carichi di bagagli, il movimento si intensificava, un bambino piangeva con grida ostinate, si udivano concitate espressioni in dialetto napoletano.

E se non fosse arrivata in tempo? L'irritazione cedeva ormài alla paura. No, questa volta non si trattava di flemma, questa volta doveva esser successo qualcosa. Il nervosismo si tramutò in angoscia. Si spalancò di colpo una serie di eventualità. Si era forse sentita male? O era stata aggredita? A New York sono cose all'ordine del giorno. O non conoscendo l'inglese, aveva chiesto un'informazione e l'avevano ingannata...

Non doveva drammatizzare. All'ultimo momento, la cosa si aggiustava, una spiegazione banale avrebbe messo tutto a posto.

Forse allo shop non aveva trovato l'articolo ed era uscita fuori dal terminal, seguendo qualche indicazione, secondo la sua abitudine, di donna serafica, fiduciosa che il mondo abbia la pazienza del marito. La TWA aveva due terminal, e forse l'altro terminal, da cui erano venuti sbarcando nella tratta da Los Angeles, era più attrezzato. Uscendo fuori dal terminal, poteva essere stata investita da un'automobile... Si ricordò del poliziotto nero, che fischiava aggressivo per disciplinare il traffico, maltrattando i turisti, all'arrivo dall'Italia.

Guardava in piedi nella direzione da cui sarebbe dovuta ritornare Veronica, ma tra la folla la sua immagine non si profilava. L'immagine di Veronica, i suoi capelli biondi che richiamavano l'attenzione... Gli affiorò alla mente, con la rivelazione di un indizio prima trascurato, che le aveva consegnato il portafoglio, per intero, e che il gesto poteva esser stato notato da qualcuno. Potevano aver notato lei, o il portafoglio. Fatto sta che Veronica era scomparsa...

La conseguenza, per giunta, era che non aveva più soldi! Controllò febbrile, nonostante lo sforzo di dominarsi, in tasca. Aveva il biglietto; e il passaporto nella giacca, per fortuna. Trovò anche venti dollari in una tasca dei jeans. Una stupidaggine darle tutti i denari, mettendo in mostra il portafoglio, una dannata imprudenza!

Se non arrivava in tempo, che faceva? Prendeva l'aereo, dato che aveva il biglietto? O andava a cercarla, con venti dollari in tasca? E se non la trovava, come se la cavava con venti dollari? Venti dollari, a New York! Dormiva‾ in aeroporto, come un barbone?

Idiozie! Non partiva certo senza Veronica! Ma non poteva più continuare ad aspettarla. Doveva andare a cercarla... Dove? L'altoparlante gracchiava le solite notizie quasi incomprensibili. Non c'era il tempo di farla chiamare all'altoparlante, non sarebbe servito a niente; se si aggirava nei pressi, si faceva viva da sola.

La signora Patruno sonnecchiava. Tullio individuò, due file più in là, la donna della provincia di Latina. Aveva un'aria più intelligente e dinamica. Le chiedeva la restituzione del favore.

La raggiunse, spiegandole affannato:

« Mia moglie è andata a comprare una valigia, e non è ancora tornata. Posso lasciarle il bagaglio? Vado a cercarla! Se la vede, le dica di non muoversi! »

In quel momento annunciarono che iniziavano le operazioni di imbarco.

« State tranquillo! », rispose la signora della provincia di Latina, poco convinta, anzi allarmata.

« Signore! Signore italiano! »

Tullio si volse appena.

« Come vi chiamate? »

« Altofonte! »

Aveva ragione. Le affidava il bagaglio, proprio adesso che quella poveretta saliva a bordo.

Controllando ansioso il flusso dei passeggeri, Tullio si affrettò agli stand del Duty free.

Vendevano però articoli da regalo e, al più, borsette, ma non valigie o borse di ampie dimensioni, di cui invece Veronica era in cerca.

Ispezionò rapido gli interni, in successione: Deli, Books, Tobacco, Restaurant... Veronica non era da nessuna parte.

Lesse anche l'insegna *Main lobby*, e improvvisamente intuì che cosa ripeteva la speaker con il suo cantilenante annuncio: diceva « *Main lobby* », con una pronuncia aperta e strascicata. *Main lobby*, la sala principale! Indicava semplicemente la sala principale, alla quale si raccordavano le singole uscite. Bella scoperta!

Gli inconvenienti del suo debole inglese! Non lo aveva mai imparato bene. La coscienza di esprimersi con troppo stento accentuò il suo sentimento di inferiorità di fronte alla circostanza. Invece, adesso, avrebbe avuto bisogno di parlare, di spiegare, di chiedere.

Proseguendo, trovò i gate, in progressione, che conducevano al numero 31. La struttura era circolare: ritornava, dopo aver effettuato un giro intero, al punto da dove era partito! Vide difatti la signora di Latina, in piedi, che aspettava il suo turno e che tuttavia lo cercava con lo sguardo. Infatti, scorgendolo, gli fece un segno col braccio. Tullio rispose con un gesto, indicandole di andare, di andare.

Essendo la struttura circolare, Veronica in teoria avrebbe potuto passare dall'altro braccio, nell'altra direzione del cerchio, ma in realtà non era tornata. Non c'era!

Esitò, suo malgrado. Ormai perdevano l'aereo, dopo più di quattro ore d'attesa. Al diavolo il bagaglio! Qualcosa di grave, di molto grave, doveva essere accaduto.

Quella certezza gli comunicò un fragore dentro. Si allontanò, quasi in corsa. Per forza, Veronica era uscita, era andata oltre il controllo del metal detector. Per quale ragione? E perché soprattutto non era rientrata? Qualcuno forse aveva notato il portafoglio o, peggio, aveva messo gli occhi sulla giovane donna piacente.

Tanta gente arrivava, ma lui risaliva la corrente, sperando di riconoscere la dolce immagine. Si accese di speranza vedendo da lontano dei capelli biondi; ma fu un istante. I passeggeri si volgevano incuriositi a guardare quell'uomo dall'aria distinta, piccolino e trafelato, che scappava o rincorreva qualcuno.

I timori più inconfessabili lo attraversavano; la memoria di tante testimonianze, di innumerevoli episodi di cronaca riportati dai giornali e dalle televisioni gli si affollava come una verità profonda prima elusa, stordendolo. Finiva così la loro prima esperienza di viaggio in America!

Procedeva sino all'uscita dell'aeroporto, poi si sarebbe rivolto alla polizia. Veronica! *Her name is Veronica Altofonte! My wife! Twenty-two years old. Golden!* Sua moglie, da cui non aveva ancora avuto nemmeno un figlio...

Un infortunio imprevedibile. Qualche passo più in là, respinse nel buio della sua mente – ma si affacciò – l'ipotesi, assurda, di una fuga, in compagnia di un amante segreto.

New York, la città immensa e brulicante di vita, lo aspettava all'esterno, come un labirinto, pieno di minacce. Venti dollari in tasca, insufficienti per un corsa in taxi!

A sua volta, si avviò a superare la barriera del metal detector. Si sentiva svuotato di energie. Lo visitò, nel gonfiore del suo malessere, il sogno dell'uovo-uomo che diviene di gesso, in mezzo alla folla che lo travolge.

ALBUM DI FAMIGLIA

Una giornata luminosa, ancora un po' fredda. Sul lungomare di Battery Park un Pierrot rosso si esibiva davanti ai turisti incolonnati dietro la transenna in attesa del *ferry*. Eseguiva sullo skateboard delle evoluzioni con abilità incredibile, scivolava di sbieco, aveva già saltato tre bidoni di spazzatura, sistemati in fila, e si accingeva ad aggiungerne un quarto. Ormai l'attenzione di tutti, di adulti e bambini, era concentrata su quell'asiatico in costume da Pierrot rosso, con grandi tondi bianchi attorno agli occhi, che rischiava l'osso del collo alle dieci di mattina.

Un thailandese probabilmente, secondo Partanna. Adesso aveva collocato una lattina aperta di Pepsi-Cola in cima al quarto bidone, e con un foglio di giornale mostrava quanto fosse tagliente. Questa volta indietreggiava per prendere una rincorsa molto più lunga: doveva, arrivato davanti all'ostacolo, balzare dallo skateboard, scavalcare i quattro bidoni metallici colmi di spazzatura, col bordo duro in ferro e la lama sporgente, e planare su un altro skateboard, che lo aspettava al di là.

Vari turisti erano pronti a scattare la foto storica; anche dall'altra parte della strada, dei curiosi erano assiepati contro la ringhiera, in posizione soprelevata, per godersi lo spettacolo. Se sbagliava di un millimetro, per lo meno si affettava una gamba...

Il Pierrot rosso indugiò alquanto, poi partì di gran carriera, al momento opportuno abbandonò il suo ordigno planando sulla fila dei bidoni, come un folle saltatore in lungo che ha preferito il circo allo stadio, e andò ad atterrare sull'altro skateboard, proseguendo sullo slancio la sua marcia, salutato dagli applausi.

Bel volo! Senonché il Pierrot faceva segni, non era contento, lo spettacolo continuava, allineava un altro bidone, ne voleva scavalcare cinque, addirittura depositava a terra a fianco dello skateboard un bicchiere di carta, da raccattare in corsa durante l'atterraggio. Cinque bidoni in fila coprivano una distanza eccessiva, quel thailandese voleva fare come Marlon Brando e compagni al cinema, con le moto, quando si sfidano davanti a un burrone. Solo che lì non si trovavano al cinema, ma sulla banchina di Battery Park, in attesa del *ferry* che doveva portarli a Liberty Island.

Questa volta la rincorsa fu chilometrica. Là in fondo il thailandese studiava le distanze, non si decideva, forse lui stesso aveva paura. Nel frattempo un soffio di vento diede un fremito agli alberi, ebbe l'effetto di rovesciare il bicchiere di carta, di spingerlo lentamente ma inesorabilmente.

Carmine d'istinto alzò il braccio per avvisare l'interessato, si volse perplesso anche verso Partanna, che si limitò a borbottare calcandosi il berretto sulla testa. Il thailandese era troppo lontano per accorgersene. Ma insisteva nei suoi preparativi, ed esitava; o forse invece se n'era accorto, e rinunciava. Alla fine, diverse videocamere aspettavano di riprendere l'eventuale spericolato balzo.

Macché. Partiva, a tutto gas. Aveva bisogno di una velocità massima, per superare quel trabocchetto. Arrivò a bomba, quindi schizzò alto, come un trapezista che lascia la sua asta e nel vuoto si protende ad aggguantarne un'altra nell'unica chance a disposizione, e infine, superando di pochissimo l'ultimo bidone, piombò preciso sullo skateboard, senza tuttavia poter acciuffare il bicchiere di carta, rotolato via... Scivolò per un lungo tratto, quindi cominciò a gesticolare, a gridare invasato verso il pubblico, per coinvolgerlo, e forse per sfogare la tensione accumulata.

Apparve un compagno, un nero, non più tanto giovane, piroettando, un po' saltimbanco un po' giocoliere. Ma aveva in concreto la funzione di raccogliere i quattrini. Faceva però sorprendenti vocalizzi, ed era molto simpatico. Allargando il sacchetto per le offerte, mostrava ai ragazzi il bicipite che saltellava, e il pettorale. Ogni muscolo gli saltellava, e lui lanciava gridolini. Indossava una maglietta con su scritto:

DON'T WORRY

E sotto:

BE HAPPY

Non preoccuparti! Sii felice!

Quando giunse nei pressi di Carmine, provocò un ragazzetto, poi un altro, poi un altro ancora, suggerendo allegro: «*Say 'bye...*», di' ciao, al braccio, al petto, a me... Un attore, col suo teatrino, e i ragazzi gli rispondevano con entusiasmo.

Partanna gli rifilò mezzo dollaro, commentando ironico, alla sua maniera: «Evviva».

Sii felice. Sul *ferry* della Circle Line, dove si imbarcarono in fretta, con quell'aria luminosa, il respiro dell'Hudson River che subito comunicava il senso del mare aperto, i profili dei grattacieli grandiosi e avveniristici, il colpo d'occhio su Lower Manhattan dominata dalle due torri gemelle del World Trade Center, si poteva davvero nutrire l'illusione di procedere trionfalmente verso il nuovo lasciando alle spalle il passato, di salpare non in direzione di un'isoletta con una statua, ma verso la felicità e la libertà stesse.

A bordo serpeggiava un'animazione, i passeggeri sfidavano la brezza mattutina per osservare dal ponte il panorama, puntavano macchine fotografiche e teleobiettivi. Tante razze mescolate insieme, in un clima di festa, coppie giovani e anziane, comitive di turisti, scolaresche chiassose in gita...

Proprio dalla cima del World Trade Center, a più di cento piani di altezza, Carmine Barone aveva provato, il giorno prima, l'emozione profonda di scoprire il porto di

New York, la sua posizione, privilegiata e spettacolare. Che spazi! Come la città si estendeva sterminata, tanto che persino Manhattan, con la sua giungla di pietra, doveva considerarsi piccola! E quel golfo spalancato, un immenso bacino naturale, era ancora il fiume con i due bracci che si riunivano dopo averla abbracciata, e non il mare aperto... Il mare vero e proprio, l'oceano anzi, cominciava al di là del ponte di Verrazano, velato dalle nebbie. Da lassù, dall'osservatorio di quella torre ad altezza vertiginosa, Carmine Barone aveva avuto una sorta di rivelazione, il senso – diveniva solenne, ma come spiegare? – di una missione assegnata a quella città, di una svolta della storia umana, che passava di necessità da quei luoghi. A sinistra il territorio di Brooklyn, collegato dai celebri ponti, a destra le contrade piatte del New Jersey a perdita d'occhio, dove, tra innumerevoli banchine e insenature, si indovinava il fervore di uno dei porti più grandi del mondo. In quello specchio d'acque, lontani battelli lasciavano la loro scia bianca, rimorchiatori trainavano chiatte cariche di merci, elicotteri volteggiavano in un giro d'ispezione perenne...

Ma quello che aveva più attirato l'attenzione di Carmine erano stati i due isolotti, di Liberty Island e di Ellis Island, di fronte alle coste del New Jersey, in una posizione strategica, quasi fossero stati previsti nel progetto di una mente superiore. Carmine era rimasto a lungo a scrutare l'orizzonte, inseguendo strani pensieri: e a poco a poco, in quello scenario illimitato, aveva capito che la prospettiva giusta in realtà era quella dal mare... Dall'oceano giungevano gli emigranti, dopo giorni e giorni di navigazione, provenienti dall'Europa, dove avevano dato l'addio alle famiglie e al paese in cui erano nati e vissuti, disperati per la sofferenza e la miseria che li mortificavano nel corso delle generazioni, alla ricerca di una nuova vita, più dignitosa, per sé e per i propri figli. E dopo l'estenuante viaggio, ammassati come bestie in navi da carico, ignari di ciò che avrebbero trovato, a cominciare dalla lingua, trepidanti per la loro sorte, ecco che finalmente si approssimava il nuovo continente, ecco che scivolavano sotto il ponte di Verrazano! Mai come in quel tratto di mare, l'America poteva rappresentare il sogno della terra promessa, che li accoglieva con il braccio alzato della Statua della Libertà, quasi li avesse aspettati, riconosciuti...

Poi finivano tutti a Ellis Island, l'ex penitenziario, in quarantena, a subire i controlli dell'Immigration, in folla nella Great Hall, la Grande Sala, dove venivano selezionati e da dove venivano smistati alle rispettive destinazioni, come gladiatori pronti a combattere nell'arena, per guadagnarsi la sopravvivenza. Milioni di uomini e donne, tra la fine del secolo scorso e i primi decenni di questo secolo, sino all'avvento del proibizionismo, si erano affacciati da quell'ansa di mare, erano stati rinchiusi nella Great Hall, quindi dispersi.

Altri tempi... Ma senza quello non si capiva New York e l'America, non si capiva il passato né il presente. Visti dalla sommità del grattacielo gli uomini erano come gli insetti, si poteva ignorarli o disprezzarli; ma quegli insetti avevano diritti e doveri, passioni e vitalità. Nessun telescopio, nemmeno il più potente, avrebbe invece aiutato a scorgere, nella distanza del tempo, quelle turbe umane che agli inizi del secolo si erano rovesciate, in successive ondate, sul continente americano.

Gli si era risvegliato dentro un richiamo. Quelle cose non interessavano nessuno oggi, e nemmeno lui, almeno così aveva creduto sino ad allora. Sì, la sua famiglia era stata coinvolta nel fenomeno dell'emigrazione, una cicatrice si era aperta anche nella sua casa: suo nonno era emigrato giovanissimo, e non era più tornato. Ma si trattava di una storia vecchia, Carmine ne aveva sentito parlare fin da bambino, ma non aveva mai conosciuto suo nonno, addirittura non lo aveva conosciuto neppure sua madre. Tutto era successo tanto tempo prima, all'origine: una mancanza protratta e, a forza di abitudine, lentamente assorbita e dimenticata.

Poi, la vista di New York dall'alto: tra quegli emigranti, appartenente a quella generazione, negli anni Venti, c'era anche suo nonno. Anche lui era sbarcato a Ellis Island, aveva vissuto quell'esperienza straordinaria. Manhattan adesso era una selva di grattacieli, ma negli anni Venti come appariva? Gli cresceva un'oscura curiosità... In definitiva, erano quelle le sue radici, le sue radici tagliate. Anche lui poteva mettersi alla ricerca di Kunta Kinte, il negro delle origini. Solo che Kunta Kinte l'africano nel suo caso si chiamava Carmine, nonno Carmine, e proveniva non dall'Africa, ma dalla Sicilia. C'era poco da ironizzare: la madre si era affrettata a chiamare il figlio col nome del padre che non aveva fatto in tempo a vedere...

Sul *ferry* si accalcavano rappresentanti di tante razze: bianchi di tipo scandinavo, un folto gruppo di giapponesi, un giovane cinese con una camicia gialla e sulla testa un'orribile corona della Statua della Libertà in gomma verde. E un indiano con giacca e pantaloni neri e camicia bianca; e un terzetto di ebrei, piccoli e bassi, vestiti di nero, con il cappello nero a tese larghe, la barba lunga e i filatteri... Magari ognuno di loro aveva parenti emigrati, a Ellis Island le radici si mescolavano come le carte all'inizio del gioco. A proposito di Kunta Kinte e delle sue disgrazie: Leonardo Partanna sosteneva che i siciliani sono negri di pelle bianca.

A Partanna per la verità le parole bisognava strapparle di bocca. In un certo senso, per Carmine era stato una delusione. Un uomo ben portante, per la sua età, e cortese, questo sì, ma statico, senza interessi. Forse da giovane era diverso, chissà. Ma da come gliene avevano parlato, Carmine se l'era immaginato in un altro modo. I parenti che abitavano a Long Island avevano percorso centocinquanta chilometri per venire a trovarlo in albergo, lo avevano festeggiato, lo volevano ospitare a ogni costo, lo avevano riempito di regali e di chiacchiere. Leonardo Partanna, che abitava al Village, non voleva andare nemmeno a pranzo al ristorante sotto casa, aveva preso il *ferry* una volta sola, trent'anni prima, per fare il giro di Manhattan, e si era a tal punto annoiato – così almeno aveva detto – che si sarebbe gettato in acqua, se fosse stato capace di nuotare. Accompagnava Carmine nella visita a Liberty Island, sì, ma Carmine aveva dovuto chiederglielo come un favore.

Eppure Partanna il destino dell'emigrazione ce l'aveva nel sangue. Sua nonna, vedova con quattro figli, aveva lasciato il paese insieme all'amante, un imbianchino, secondo altri un pittore. Da Cleveland aveva chiamato i quattro figli, tra cui Nané, all'anagrafe Emanuele, il padre di Leonardo. Uno di questi quattro figli non aveva voluto muoversi. Nané invece c'era andato, viaggiando da clandestino, ma siccome era poliomielitico, da Ellis Island lo avevano rispedito indietro. C'era però andato, vent'anni dopo, Leonardo, che aveva trovato lavoro in una fabbrica di automobili. Dicevano che Leonardo fosse un bellissimo uomo e, la prima volta che era tornato in Sicilia, aveva visto Marilena Cassetta, la cugina di Elvira Di Bella, madre di Carmine, e tra i due era nato il colpo di fulmine. Amen! Conseguenza: Marilena lo aveva raggiunto con la nave a New York, dove nel frattempo Leonardo s'era trasferito. L'uso era di sposarsi, appena sbarcati. Marilena non sapeva una parola d'inglese, un marinaio perciò aveva mostrato un cartello, con nome e cognome: si erano sposati all'istante, nel porto, con le valigie tra le gambe, davanti a due suore, che facevano da testimoni. Esisteva anche una storia parallela: Marilena aveva affrontato il viaggio con un'amica, che doveva sposarsi anche lei, ma non conosceva nemmeno la faccia del promesso sposo, perché il matrimonio era stato combinato dai genitori. I due però incontrandosi non si erano piaciuti: il fidanzato si era cercato una scusa, che non poteva sposarla lì per lì, eccetera eccetera, ma dopo un mese. Lei allora era tornata immediatamente al paese. Ma anche Marilena non aveva avuto fortuna: dopo qualche anno infatti si era ammalata, e aveva voluto andare a morire a Scicli, al paese natio. Le si era formato un bubbone al fianco, forse un tumore, che allora non diagnosticavano. Qualcun altro raccontava che aveva la febbre di Malta.

Una vicenda complicata, di partenze per l'America e ritorni in Sicilia, di lontane parentele e di amori tra cugini. Leonardo Partanna da giovane era un bellissimo uomo. Secondo la leggenda, anche nonno Carmine era un bellissimo uomo, anzi era bello come Rodolfo Valentino, per questo se ne voleva andare dalla Sicilia. Carmine, ascoltando questi racconti, prendeva in giro sua madre, buonanima: che rapporto c'era tra il fatto di essere bello come Rodolfo Valentino e quello di volersene andare? Del nonno non si sapeva quasi nulla, ma una cosa era certa: che era bellissimo, come Rodolfo Valentino.

Comunque, Leonardo Partanna era in effetti un vecchio notevole: alto, di struttura robusta, pur se appesantito dagli anni, con i capelli ancora quasi scuri e al completo, coperti da un basco sulle ventitré, con baffetti sottili e ben modellati. Nonostante portasse abiti abbastanza modesti, si indovinava ancora un residuo narcisismo, per esempio nel rifiuto categorico a lasciarsi fotografare.

Era però spento, con o senza voce rauca, o almeno troppo riservato. Sul *ferry* aveva pronunciato al massimo quattro parole, guardava e stava zitto. Ma anche il suo sguardo non manifestava curiosità. Quel silenzio prolungato creava in Carmine un sentimento di disagio.

Peccato che Ellis Island attualmente fosse in restauro. Era annunciata l'apertura al pubblico, in avvenire. Fosse stato anche l'anno successivo, chi poteva dire dove allora si sarebbe trovato Carmine Barone? Ben difficilmente gli si sarebbe presentata una seconda occasione, se non altro in tempi brevi.

Il *ferry* scivolava ormai all'altezza dell'isolotto, tenendosi a una qualche distanza. Ecco l'edificio in mattone rosso, con le sue strane cupole, che lo facevano assomigliare vagamente a una chiesa, un monastero, circondato dalla vegetazione...

Niente, non si poteva fare nemmeno scalo, Ellis Is-

74

land rimaneva inaccessibile. Forse proprio per effetto di quell'impossibilità, gli parve un'isola misteriosa, che contenesse dei segreti. Sentì di nuovo una viva emozione, che sorprese lui stesso... In quell'edificio si celava la Great Hall. In che stato era adesso, e come si presentava agli inizi del secolo? L'Hudson River era vasto e profondo come un mare. Quanto mare, quanto sgomento si dovevano annidare nel cuore dei naviganti... Aveva letto che agli inizi del secolo arrivavano duemila emigranti al giorno, un numero enorme! Stipati in quegli ambienti, controllati da sbrigativi ufficiali dell'emigrazione, in attesa di subire la visita degli ispettori e dei dottori, incapaci di esprimersi in inglese e la maggior parte anche in italiano, ma solo in dialetto... Suo nonno era entrato nella Great Hall quando? Nel 1922... Anzi, per l'esattezza nel '21. Chissà se gli era capitato un cielo luminoso come quello, o se invece era arrivato in un giorno buio, o di notte... Ellis Island battuta dalla pioggia doveva essere di una tristezza infinita... Ai tempi di Partanna, negli anni Quaranta, invece, la legge sull'immigrazione era cambiata, Ellis Island non era più stazione obbligata. Inoltre, lui aveva la nonna e altri familiari, con tanto di residenza e cittadinanza americana, che lo aspettavano. Partanna, tuttavia, sembrava assorto e come incupito. Si era calcato il berretto sulla testa per il vento, e aveva preferito scendere in coperta.

Carmine invece restò sul ponte. Ma la prospettiva non mutava granché, l'edificio in mattone rosso con le cupole si allontanava gradatamente, il vento soffiava con più forza, dei gabbiani seguivano il percorso del *ferry* come se lo scortassero. Addio, Ellis Island! Cassaforte di sospiri e di paure, luogo proibito. Confessionale da dimenticare. Da ricordare.

La meta del viaggio era prossima. L'equipaggio si preparò all'attracco. I passeggeri si riversavano sul ponte, le scolaresche lanciavano grida agitando bandierine e fazzoletti. Salutavano la Statua della Libertà, gigantesca sul suo piedistallo, col braccio teso, reggendo la torcia, a dare il benvenuto, simbolo dell'America. Sul molo, all'imbarcadero, una fila di turisti sostava, in attesa di ripartire.

Una piacevole sensazione, partecipare al rito collettivo, nel clima di festa di quella giornata radiosa, esplorare quel suolo carico di storia.

L'isola era un vasto giardino, tenuto con cura, abitato da una sovrana, una Statua che veniva riverita allegramente, in un pellegrinaggio incessante. Una torre a forma di donna, verde per il verderame, con una corona a raggi sul capo, una fiaccola perennemente accesa in cima a un braccio proteso in alto, un libro nell'altra mano, contro il petto.

Le formiche umane circondavano il gigante un po' ovunque: sul prato circostante, ai vari livelli del piedistallo; e persino molto più in alto, nella galleria coperta sulla corona. Da lassù la vista doveva essere veramente superba, su Manhattan, sull'intero specchio di mare, sino all'estremo limite del ponte di Verrazano. In cielo ronzavano gli elicotteri, volteggiando in larghi giri attorno alla fiaccola.

Una struttura e una tecnologia che destavano ammirazione. Si poteva salire fino alla cima del piedistallo per mezzo di un ascensore modernissimo. Poi, chi voleva, proseguiva a piedi arrampicandosi su una poderosa scala elicoidale in acciaio all'interno della statua, con una forma un po' simile al periscopio di un sommergibile.

Anche Partanna si intimidì di fronte a quel monumento colossale. Sì, era grato a Carmine per avergli dato l'occasione di vederlo da vicino. Ma subito respinse l'idea di salire ai piani superiori. Troppa gente... E poi, che ci andavano a fare? Quello che si doveva vedere, si vedeva anche da sotto.

All'ingresso del Museo trovarono un facsimile della torcia e della fiamma. Anche la testa della statua e un piede erano riprodotti a grandezza naturale.

Gironzolarono un po'... Carmine si rammaricava di aver scordato la macchina fotografica, voleva acquistare delle diapositive.

Capitarono in una sala piena di computer. Ce n'erano almeno una decina, di grosse dimensioni. Alcuni visitatori armeggiavano alle tastiere, sugli schermi si accendevano delle immagini.

Carmine lesse su un pannello:

AMERICA'S FAMILY ALBUM

Insomma, un archivio computerizzato di informazioni e foto relative agli emigranti. Non gli era stato possibile metter piede a Ellis Island, in compenso trovava a Liberty Island più di quanto potesse immaginare. Seguendo le istruzioni si poteva consultare il computer...

Carmine ne fu tentato. Una magnifica iniziativa! Un album di famiglia degli americani, realizzato attraverso le vicende dell'emigrazione.

Un signore lì accanto digitando sulla tastiera aveva appena proiettato una scheda, con la fotografia sotto un nome: «Rosenberg».

Una donna e dei ragazzi lo sollecitarono parlando concitati in tedesco. L'uomo continuò a schiacciare i tasti.

L'interesse di Carmine crebbe. Se conteneva il repertorio completo degli emigranti passati per Ellis Island, chissà, trovava registrate anche le notizie su suo nonno... Magari veniva a sapere finalmente la verità su di lui! L'antico desiderio di sua madre!

Purtroppo, non aveva dimestichezza con quegli strumenti. Lesse attento le istruzioni.

Lo schema prevedeva quattro voci fondamentali, numerate in successione:

1) *Family*
2) *Country*
3) *Photo*
4) *Sender's*

Esaminò la tastiera numerica:

1 2 3
4 5 6
7 8 9
0

Provò a premere il numero 1, in riferimento alla voce *Family*. Comparve la scritta: «*Family last name*».

D'istinto, quasi per esercitarsi, digitò il proprio cognome: «Barone».

Il computer rispose con un beep-beep.

Comparve un'altra scritta, piuttosto lunga:

«*Sorry, but there are not data...*»

Per vincere il disagio, si fece aiutare nella traduzione da Partanna. No, non esistevano notizie su quel nome. Poteva però continuare la ricerca col nome del mittente oppure con il paese d'origine.

Che voleva dire?

Un momento. Aveva sbagliato a scrivere. Aveva scritto «Baro*me*», invece di «Barone».

Corresse.

Il computer fornì le sue informazioni: sul conto di una tale Amalia Barone... Su Antonio Barone... Su Augusto Barone... Su Felicia Cassetta Barone...

Cassetta? Anche Partanna si interessò: Cassetta era il cognome da signorina di sua moglie, Marilena. Ma lui non conosceva nessuno con quei dati.

Esisteva una sfilza di Barone. L'anno del primo ingresso negli Stati Uniti risultò il 1911, e la fotografia riprodotta portava l'indicazione di Ridgewood New York. Quindi con data 1908 comparve l'immagine di un uomo sconosciuto col cappello sulle ginocchia.

Probabilmente, aveva sbagliato il tasto. Comunque lui non cercava notizie sulla famiglia Barone, ma sul ramo materno dei Di Bella. Suo nonno, Carmine Di Bella, era partito da Santa Croce Camerina nel 1921, sì, all'età di ventun anni, perché era nato esattamente nel 1900. Aveva già moglie, la nonna Sara, e due figlie femmine, ma la moglie era incinta per la terza volta. Sei mesi dopo, nel 1922, sarebbe infatti nata Elvira, madre di Carmine junior. La terzogenita Elvira in questo modo non aveva mai potuto conoscere suo padre: grande motivo per lei di tormento e frustrazione. Il quale padre all'inizio scriveva, ogni tre-quattro-cinque anni: delle lettere brevi, inframmezzate da parole straniere, non in inglese ma in spagnolo... Arrivavano anche rare notizie tramite conoscenti, che rientravano periodicamente a Santa Croce Camerina. La nonna Sara aveva bisogno per sé e per le figlie, sollecitava inutilmente l'invio di denaro. Per tutte queste donne abbandonate provvedeva il suocero, che era proprietario di una distilleria di alcool; ma il suocero era anziano, e a un certo momento aveva dovuto chiudere l'azienda. Raccontavano che Carmine per un po' di tempo avesse fatto il tranviere; secondo un'altra versione, invece, che si dedicasse al contrabbando, nel porto. Forse, il lavoro di tranviere era una copertura dell'altra occupazione. Del resto, Carmine di lavorare non ne aveva mai avuto voglia, né in Sicilia, dove rimediava Pantalone, cioè il padre, con la distilleria, né in America. Soprattutto, correva voce che avesse stretto una relazione con una nera, ricchissima. Però non mandava una lira.

Una volta don Pippino, un conoscente che abitava nella stessa strada, al paese, lo aveva incontrato e glielo aveva detto, che doveva mettersi una mano sulla coscienza e aiutare assolutamente la famiglia in difficoltà: Carmine si era difeso giurando che lo aveva appena fatto, era appena tornato dall'ufficio postale. Ma i soldi, non erano mai arrivati! Aveva dato un segno di vita, anni dopo, per protestare, quando aveva saputo che Filomena, la primogenita, per liberare la famiglia, si era sposata giovanissima. Di nuovo gli avevano chiesto soldi, lui non aveva più risposto.

In quella faccenda rimanevano troppe cose oscure. Le uniche notizie che Carmine conosceva sul conto del nonno venivano dalla fonte di Elvira, sua madre, che non lo aveva mai visto. Si trattava di fatti vecchi, molto prima dell'ultima guerra mondiale, e i ricordi filtravano confusi, Elvira e anche le sorelle non sapevano o non erano in grado di riferire quasi nulla di preciso. A quei tempi non esisteva il telefono, le lettere rappresentavano un avvenimento eccezionale, il nonno Carmine prima di lasciare la Sicilia non aveva mai scritto una lettera, e loro non ne avevano mai ricevuta una. Se viveva a New York, perché usava parole in spagnolo, invece che in inglese? E la verità su questa nera ricchissima? Da quando i neri sono così ricchi? D'altra parte, se si era unito con una nera, non era escluso che ci fosse una ragione valida, che poteva anche essere una ragione economica. Inoltre, perché aveva deciso di emigrare? È vero che lui non guadagnava un soldo e a vent'anni aveva già messo al mondo tre figlie, ma i Di Bella erano abbastanza agiati, avevano sempre posseduto delle pietre al sole. Mai poter ricevere una risposta chiara. Su un punto solo si trovavano d'accordo: sul fatto che Carmine era un uomo bellissimo, sembrava Rodolfo Valentino; era bello e simpatico, e tutto quello che faceva glielo si perdonava. Ma purtroppo aveva un difetto: era un terribile donnaiolo!

Quel padre sciagurato, che si era dimenticato così della famiglia, lo avevano sempre disapprovato tutti e tutte. Una vergogna! Ma sotto sotto, non si era mai spenta la speranza che un giorno mettesse giudizio, che fosse preso dai rimorsi, meglio tardi che mai, chissà, prima di morire!... I figli sono figli. Anche le figlie. Possibile che se ne fosse scordato totalmente? A meno che non avesse avuto altri figli, in America. Con la nera, o con altre donne... In questo modo però si era prolungata un'aspettativa segreta, nella nonna Sara, morta negli anni Cinquanta, e nelle figlie: che Carmine-Valentino non le aveva in realtà mai dimenticate, e da vecchio, prima di morire, lo avrebbe dimostrato col suo pentimento, facendo alla fine quello che non aveva fatto prima, lasciando loro l'eredità... Che naturalmente era un'eredità enorme, perché l'America – come si sa – è una terra generosa e in America si può diventare ricchissimi. Senza contare le sostanze ingenti della nera, che così prendevano la strada di Santa Croce Camerina. E dopo tanti decenni, quando nessuno più ci credeva, venivano per virtù di provvidenza a ricompensare la famiglia Di Bella delle tribolazioni patite, e finivano, all'ultima generazione, nelle tasche del più giovane, il nipote Carmine, che non a caso portava lo stesso nome del nonno! Con questa speranza inconfessata era morta la povera Elvira, prima delle altre sorelle, lei la più piccola, che non aveva mai visto il padre agognato e, in fondo al suo cuore, non aveva mai saputo rinunciarvi.

Dinanzi a un altro computer, sulla destra, i membri di una famigliola si rallegravano abbracciandosi. Si indicavano eccitati la foto di un uomo con la barbetta. Una ragazza parlò in una lingua slava, riunì i familiari dinanzi al computer, li fotografò tutti attorno alla foto dell'uomo con la barbetta. Carmine sbirciò un istante, lesse un nome sotto la foto: «Mark Shell». Chissà qual era la loro storia, da dove venivano. Apparivano entusiasti, per quella scoperta.

Davvero il computer aveva questo potere, svelava i segreti di ognuno? Una volta sua madre era andata apposta a Palermo, al consolato americano, per cercare notizie del padre, ma senza risultato.

«Che ne dici, Leonardo? Anche mio nonno è entrato negli Stati Uniti attraverso Ellis Island. Forse nella memoria di questo computer c'è anche la sua storia...»

«Queste macchine sono una porcheria!», commentò, più rauco del solito, Partanna.

«Perché una porcheria?»

Che razza di idea! Loro che erano i protagonisti, non ricordavano niente, o quasi! Confondevano date e avvenimenti. Si limitavano a sentenziare: «Che brutti tempi!». Mentre il computer sparava notizie documentate su milioni di persone provenienti da tutto il mondo, ed era guardato con sospetto.

Si concentrò nell'operazione. Sin adesso, aveva fatto la prova generale... Digitò sulla tastiera il cognome della madre.

Di nuovo la scritta «*Sorry...*» eccetera.

Nessuna notizia.

No. Aveva di nuovo commesso un errore. Aveva scritto «Dibella» invece che «Di Bella», staccato.

Per maggior sicurezza, cancellò e riscrisse: dopo il Di schiacciò il tasto *space*, poi proseguì. Ecco:

Di Bella

Consultò al numero 2: «*Country of origin*».

Comparve la scritta: «*First letter of country*».

La prima lettera del paese. *Country* era la nazione? O la regione? *Italy* oppure *Sicily*?

Schiacciò S: Sicilia.

Si illuminò un quadro con vari nomi di stati, in ordine alfabetico:

Saudi Arabia
Scandinavia
Scotland
Serbia
Sicily
Singapore
Sla...

Sicily! Era registrata la Sicilia, come nome di Stato, autonomo...

«Hai visto, Leonardo? La Sicilia è considerata a parte...»

Questa volta anche Partanna mostrò interesse:

«Per davvero?»

«Come no! *Sicily*, guarda!»

Rideva soddisfatto. La Sicilia aveva pagato un pesante tributo all'emigrazione, era una terra di dolore. La Sicilia era la Sicilia, una nazione. E da parte degli americani, considerarla a sé stante, come la Scandinavia o l'Arabia Saudita, rappresentava un riconoscimento, una sorta di ideale ricompensa...

Digitò la parola magica:

Sicily

Il computer in risposta canticchiò: beep-beep-beep.

«*Year.*» L'anno. Il computer voleva sapere l'anno. L'anno di entrata negli Stati Uniti. Il computer raccoglieva dati dal 1400 al 1986. Addirittura dal 1400? Prima di Cristoforo Colombo? Possibile?

A lui interessava suo nonno Carmine, non Cristoforo Colombo. Doveva essere il 1921. Compose, con una sottile emozione, l'anno 1921.

Nessuna risposta.

Carmine rifletté, deluso. Nel computer accanto, adesso, altri visitatori conducevano la loro ricerca. « De La Rosa Julius. » Avevano avuto anche questi successo.

Suo nonno, a quanto ne sapeva, era emigrato nel '21, quando la moglie era incinta di pochi mesi della terza figlia. Elvira, sua madre, era nata nel marzo del '22.

Forse ricordava male, o gli avevano riferito male. Compose in alternativa l'anno 1922.

Si illuminò il quadro: « Di Bella Salvatore ». Apparve una foto di un uomo dal viso contadino: « *Year of entry into Iowa: 1922. Picture location: Taormina, Sicily, 1920.* »

Suo nonno da New York era andato a Chicago, i primi due anni. Solo successivamente, si era stabilito a New York. Ma forse il calcolo era sbagliato.

« Ho un dubbio sull'anno di ingresso di mio nonno », disse Carmine. « Il 1921 o '22. Oppure il '20. »

« È arrivato nel 1921, da Palermo, con la motonave Città di Napoli », rispose controvoglia Partanna.

Carmine provò lo stesso l'anno 1920. Anche Partanna poteva sbagliare. Le indicazioni dei familiari sul passato erano sempre così imprecise; avvolti da una nebbia, i ricordi si sovrapponevano a distanza, creando realtà eventuali e inattendibili...

Risultarono due Di Bella, Matteo e Filippo. Anno di entrata per entrambi: 1898. La foto riportava l'indicazione poco chiara: « *Goshen N.Y., United States 1985* ». Era una foto sviluppata di recente, nel 1985, su vecchio materiale? O cos'altro significava?

In ogni modo, un buco nell'acqua. Nell'album ufficiale di famiglia degli americani Carmine Di Bella non figurava, era scomparso nel vuoto. Come se non fosse mai arrivato a Ellis Island, come se quell'emigrazione non avesse provocato drammatiche conseguenze... Per caso, non aveva cambiato cognome?

Che si illudeva di trovare? Il buio rimaneva tale, punto e basta. Il computer non faceva miracoli. Gli sarebbe piaciuto, sì, dare la soddisfazione a sua madre. Soddisfazione tardiva, dato che sua madre era morta da quasi cinque anni... Ma sarebbe stata almeno una prova di fedeltà, postuma, dopo tanta apparente indifferenza... Suo nonno era scomparso, come uno di quei personaggi misteriosi, su cui nasce una leggenda. Non sapere, per chi restava ad aspettare, doveva essere stato disperante, come una mutilazione chirurgica di un organo vitale... Perché non aveva più trasmesso notizie di sé? Come poteva aver accettato di dare un taglio al legame con una moglie giovane e con tre figlie, al legame stesso con i genitori, che lo avevano sempre trattato bene e avevano riparato ai suoi torti? E come era convissuto con quel rimorso? A meno che non avesse fatto una brutta fine... Magari si scopriva che era un delinquente, un mafioso, di cui vergognarsi. Se il buon giorno si vede dal mattino... Non correva voce che a New York praticasse il contrabbando? Doveva essere una buona lana, quel Carmine. Però, se era un mafioso, aveva forse accumulato un sacco di quattrini. A chi li lasciava quei soldi? A chi li aveva lasciati? Quante conversioni si erano verificate in punto di morte... All'ultimo momento si pentiva, e nel testamento dichiarava eredi universali le figlie in Sicilia. Un fiume di dollari si riversava in Sicilia, in giusto risarcimento. L'emigrazione a cosa serviva, se no?

«Che, ti sei alloppiato?», gli chiese Leonardo Partanna.

Carmine si riscosse dalle sue meditazioni. Rispose, ironico:

«Stavo calcolando l'eredità di mio nonno, se scoprivo che era ancora vivo, e ricco.»

«Preferisci in contanti, o accetti anche gli assegni?»

«A sacchi, come gli emigranti...»

84

Partanna assentì col capo: «O come Paperone», aggiunse.

Carmine schiacciò ancora i tasti, un po' a caso.

Comparve un Mirone/Marrone, in una foto di Philadelphia, del 1920. La sorte di quel Mirone/Marrone non lo intrigava.

Ai computer c'era la fila. Sgombrarono il campo.

Partanna lo consolò:

«Ti ripeto a dire: queste macchine sono una porcheria!»

Ma Carmine adesso stava facendo un altro tipo di calcolo:

«Se mio nonno è arrivato in America nel 1921, come tu mi hai confermato, ed è nato nel 1900, a che età ha avuto la prima figlia? Al massimo doveva avere diciotto anni...»

«Ne aveva sedici.»

«Sedici? E mia nonna?»

«Tua nonna, uno più di lui, diciassette.»

Cristo! Adesso una diversa immagine occupava la sua mente. Altro che sacchi pieni di dollari! Suo nonno sulla groppa a sedici anni portava un altro fardello. A venti o a ventuno quel fardello conteneva già tre figlie piagnucolanti, oltre la moglie. Che avesse fatto bene, a svignarsela, in quelle condizioni? Meno male che c'era la distilleria di alcool di don Vito, il bisnonno...

A Carmine rimaneva dentro la musichetta del beep-beep-beep, voleva ancora incrociare in zona, visitare il Museo.

Ma Leonardo Partanna lì dentro non ci resisteva più, aveva bisogno di una boccata d'aria. Lo aspettava fuori, ai tavolini del ristorante. Con comodo! Ci mancherebbe. Veniva apposta dall'Italia! Ma doveva scusarlo, lui era un vecchio mammalucco...

Si separarono.

Quel Partanna era uno strano personaggio. In gamba ancora, nel fisico, a vederlo. Ma vecchio di testa, per forza. Non era mai stato prima a vedere la Statua della Libertà, aveva compiuto una volta il giro di Manhattan col *ferry*, e si voleva buttare in acqua. Detestava le macchine, eppure aveva lavorato in un'officina o in una fabbrica di automobili a Cleveland... O forse proprio per quello. Carmine non sapeva come valutarlo. Ne era stato deluso, d'accordo, tuttavia provava fiducia e simpatia per quell'uomo chiuso come un sasso, che non mostrava interesse per niente.

Si soffermò dinanzi a un maxi pannello che esponeva cartoline. Una collezione intera di cartoline con l'illustrazione della Statua della Libertà, raffigurata nelle fogge più varie. Una, per esempio, aveva la faccia della Gioconda, ma con gli occhiali; un'altra rappresentava una donna con i seni scoperti; un'altra una matrona sgradevole con la gonna alzata, in un movimento di danza alla Marilyn Monroe; un'altra una cicciona... I disegnatori si erano sbizzarriti a interpretare la femminilità della Statua. Quelle cartoline erano state tutte realmente spedite nel corso degli anni; e infatti, sul retro del pannello erano esposte altre cartoline, questa volta sul lato destinato alla scrittura.

A rileggere quella massa di cartoline, si sarebbe avuta una documentazione originale delle provenienze, delle epoche, dei sentimenti, degli alfabeti... Ogni messaggio raccontava una storia, una sconfitta, una speranza...

Un manifesto inneggiava al tenore Enrico Caruso, «*star of stars*», dal 1903 alla morte avvenuta nel 1921. Caruso dunque era morto l'anno in cui suo nonno Carmine arrivava. Caruso era italiano, esprimeva le passioni degli italiani, teneva alto il prestigio dell'Italia agli occhi di turbe di poveri diavoli che sbarcando a Ellis Island avvertivano un sentimento di inferiorità collettiva e che invece nel canto di Caruso ritrovavano insieme la nostalgia della casa e un simbolo di successo in America e nel mondo.

Nel bagaglio portavano poche foto: della fidanzata, della madre, del presidente Roosevelt o dei successori, del Papa... Del resto, perché intenerirsi? Per qualcuno, come per suo nonno, i ricordi diventavano un ingombro, un ostacolo, di cui liberarsi. La libertà era anche quella di sbarazzarsi del passato, di ricominciare da capo e da zero. L'ultimo atto poteva essere stato proprio di bruciare quelle foto, di distruggere anche l'immagine.

Uomini che per lo più venivano dalle campagne e che andavano a ingrossare le file dei sarti, dei camerieri, dei muratori, dei parrucchieri, degli operai... O della malavita... Dalle foto d'epoca emergevano i volti e i costumi. Ecco una strada dell'East Side, negli anni Venti, piena di folla e di movimento, intasata dalle carrozze e dalle bancarelle di verdura. Gli uomini, compresi i bambini, col berretto in testa e le bretelle, le donne con la gonna o il grembiale lungo, i monelli a spasso, un gruppo più vicino in posa davanti al fotografo... Dominante su tutto un senso di pieno, di fervore commerciale, di confusione creativa.

Carmine proseguì il suo giro tra quei fantasmi del passato. Attirò la sua curiosità un cartello:

IL CIBO VINCERÀ LA GUERRA!
Venite qui a cercare la libertà
Dovete ora aiutare a conservarla
IL PANE è necessario agli alleati
NON SPRECATE NULLA!

Il cartello portava la firma: Amministrazione viveri degli Stati Uniti.

In un altro settore erano esposti oggetti di proprietà degli emigranti: ceste, bottiglie, vestiti, libri di preghiera nelle varie lingue. Modesti oggetti di *life*: documenti d'identità, permessi d'ingresso, certificati di buona condotta, un passaporto rilasciato in nome di Sua Maestà Vittorio Emanuele III per grazia di Dio e per volontà della nazione Re d'Italia... Anche un manuale per lo studio dell'inglese, *English for coming citizens*, di un tale Goldberger...

Carmine si attardò a leggere qualche notizia storica: Liberty Island era stata una *pest house*, un lazzaretto, poi un ospedale militare. Mentre la costruzione di Ellis Island in mattone rosso, così come l'aveva adocchiata dal *ferry*, risaliva al 1900, quando aveva sostituito una precedente stazione divorata da un incendio. Eccola Ellis Island, la porta dell'America, con i suoi edifici nascosti tra la vegetazione, invitante e minacciosa! Ecco la Great Hall, la sala d'attesa dove avevano sostato milioni e milioni di emigranti, a due livelli separati da un ballatoio, sovrastata da vetrate, la bandiera americana al centro tra due pilastri... Inaccessibile come per una prolungata quarantena, Carmine doveva accontentarsi di guardarla nelle gigantografie, e se ne rammaricava: perché lì, a Ellis Island – così sentiva –, era custodito il segreto ultimo di quella storia.

Basta. Non poteva abbandonare Leonardo Partanna. Se l'era portato dietro, e non poteva scaricarlo. Certo, se aveva cercato una guida, non aveva imbroccato l'uomo giusto al posto giusto...

Prima di uscire sbirciò ancora un globo colorato, di grandi dimensioni, con i flussi luminosi che indicavano le correnti migratorie, dall'Europa, dall'Asia e dall'Africa, verso l'America del Nord e quella del Sud. Statistiche impressionanti: solo nel 1903 risultavano trasferite a New York più di settecentomila persone, e decine di migliaia in molte altre città americane. Così ogni anno, per anni e anni! Una massa umana in movimento nel pianeta, una modifica tumultuosa degli equilibri demografici, sociali e politici.

Uscì all'aperto, pieno di pensieri, ma lieto di ritrovare quegli ampi spazi, inondati di luce. Tra i tavoli del ristorante non gli fu difficile rintracciare Partanna.

Bisognava mettere qualcosa nello stomaco, a quell'ora. Ordinarono, a fatica, il solito hamburger con un cartoccio di patatine, e birra nazionale. Alla cassa, a dispetto della bassa stagione, c'era una quantità di turisti, le scolaresche schiamazzavano, alcuni ragazzi si rincorrevano, ai tavoli le consumazioni si susseguivano a ritmo frenetico. In altri periodi, a Liberty Island dovevano formarsi delle code interminabili.

Ormai l'aria si era scaldata, ci si alleggeriva degli indumenti superflui. Ma Partanna continuava a starsene coperto e abbottonato, come sul ponte.

Aveva spalmato un lago di ketchup sulle patatine, e mangiava lento, con le mani. Era abituato al silenzio, lui.

Carmine di tanto in tanto lo scrutava. Forse non parlava mai perché viveva solo, da molto tempo. E da giovane? Comunque, un suo fascino lo aveva ancora: di stazza insolita, con lineamenti grandi, irregolari ma interessanti, e quella chioma con rari fili d'argento alle tempie... Dopo la morte della moglie, non si era più risposato.

« Ti posso fare una domanda? », gli chiese a un certo punto Carmine.

L'altro accennò un assenso, muto.

« Sei contento di aver vissuto in America? »

« Ci sono rimasto. »

Una domanda stupida, con risposta a chiusura ermetica. In realtà, Carmine voleva chiedere un'altra cosa, ma non osò.

« Ti sei accanito », borbottò Partanna.

Carmine fece finta di non capire.

« Con quel computer... »

« Accanito? Perché? Mi sarebbe piaciuto, questo sì, risolvere il mistero... Mia madre, semmai, era accanita, a cercare notizie di questo padre scomparso nel nulla! »

Partanna fu come se non lo avesse udito:

« Lascia stare! Tu sei giovane. Sono altri tempi... Mio padre, pace all'anima sua, ha fatto il viaggio in nave da clandestino, nella stiva, come un topo; e quando è arrivato qui, l'hanno ricacciato indietro. Tu hai fatto il viaggio in aereo per una vacanza, come un re. »

Che dimostrava? Non gli riconosceva nemmeno il diritto legittimo di sapere. Partanna era un ignorante, questa la verità, e non capiva che il presente e il passato sono collegati. Però il suo tono, a differenza delle parole, non suonava polemico.

D'altronde, aveva ragione. Tra quei tavolini bianchi leziosamente traforati, in mezzo ai turisti che divoravano patatine croccanti e si scolavano fiumi di Coca-Cola, con quella comitiva là in fondo di ragazzini neri in festa che cantavano agitando palloncini colorati, non c'era davvero aria di pellegrinaggio... Era un business organizzato, in una giornata di sole, senza memoria possibile.

Consultarono gli orari della Circle Line. No, ormai non riuscivano a prendere il *ferry*, dovevano aspettare il successivo. Tanto valeva allontanarsi dalla folla, fare una passeggiatina in prossimità dell'acqua.

Bei giardini, un verde intatto, nonostante la massa di visitatori che ogni giorno si riversava nell'isola... In una rotonda, alta su un pennone, sventolava la bandiera americana.

Si respirava l'aria del mare, dell'oceano. Di fronte, sotto un cielo limpidissimo, si godeva la vista della punta di Manhattan, con il suo incomparabile panorama, dominato dai giganti del World Trade Center. A destra, il ponte di Brooklyn. Sulla sinistra invece, Ellis Island, oggetto del desiderio, a poche centinaia di metri, con il suo edificio a cupole che sembrava una chiesa sconsacrata.

Degli uccelli volavano a stormi; a pelo d'acqua, gabbiani con il becco adunco, più grossi di quelli mediterranei, si contendevano il cibo tra strida e richiami. Attorno all'isola digradavano dei pietroni coperti di alghe, due scale arrugginite galleggiavano, abbandonate lì chissà da quanto tempo.

Era l'ora della siesta... Carmine si appollaiò sulla ringhiera, all'estremo bordo, come una vedetta. Finalmente anche Partanna si decise a togliersi il giaccone.

Arrivò una coppia a fotografare i grattacieli, dalla posizione favorevole. Poi cominciò ad amoreggiare lì, a cielo aperto. Un bianco e una nera. Ci davano proprio dentro. La donna era alta e flessuosa. Tra le risa, condusse via il suo partner, tirandolo per un braccio.

«C'è qualcuno», commentò Carmine, «particolarmente attratto dalla Venere nera. Ricordo un signore, molto anziano, pensionato alla Pretura di Catania, che confes-

90

sava di avere un unico rimpianto: di non aver mai provato l'esperienza con una nera. »

« I gusti », fece eco Partanna, laconico.

Carmine allora volle stuzzicarlo:

« E il tuo gusto? A te, Leonardo, piacerebbe una nera? »

« A me? »

« Sì, a te. Perché no? »

« Perché fra qualche mese sono settantacinque. »

« Ben portati... », insistette Carmine. « Anche quel signore di Catania aveva settantacinque anni, e più. »

« A quel signore, se fosse qui, ci canterei una canzone del nostro paese... »

« Cantala a me, che sono qui, Leonardo! »

Forse, un po', si schiudeva.

« *Crazy Sicilian!...* », si difese tuttavia ancora, ridacchiando.

Perché, siciliano pazzo? Carmine rise insieme a lui. Ma lo aspettava al varco: « La canzone! », ribadì.

Dopo un attimo di esitazione, Partanna si schiarì la voce, che però uscì fuori ancora più rauca:

« *'N tiempu fui cavaddu e fui risiatu...* »

Si interruppe, contrastato.

« Continua, ti prego... »

  « *'N tiempu fui cavaddu e fui risiatu*
  e fui risiatu ri 'na bonzigniura
  sira e matina iu era pittinatu... »

Si fermò definitivamente, scuotendo la testa.

Carmine non se l'aspettava, ne fu colpito. Quella voce rauca, intensa ma vecchia e fragile... Gli ricordava una gomena vecchia, lasciata a marcire nel mare. Forse pensava così perché si trovavano a ridosso delle pietre salmastre, sommerse dal leggero sbattio dell'onda. Leonardo Partanna come cavallo, come giovane stallone, desiderato dalle donne, e in particolare da una *bonzigniura*, da una bella e buona signora! Che non poteva essere che la moglie, Marilena Cassetta, la cugina e amica del cuore di sua madre Elvira.

Carmine comprese di colpo quanto poteva essere struggente per un uomo al tramonto della sua vita rievocare il periodo degli amori giovanili. Comprese quant'era stato indiscreto.

Per scusarsi, sviò il discorso. Disse:

«Beh, una persona a cui dovevano piacere le nere era mio nonno. Il quale per una nera ha rovinato la famiglia...»

«Non era una nera...», lo smentì l'altro.

«Cioè?»

«Non era una nera. Ti ripeto a dire. Era indiana!», tagliò corto Partanna.

Come? Una delle poche notizie circolanti su suo nonno era che avesse una relazione con una nera. Adesso si scopriva invece che si trattava di un'indiana, addirittura. E Partanna come faceva a esserne così sicuro?

Ma quello si sottrasse: «Se non chiudo gli occhi cinque minuti, a quest'ora, sono a pezzi».

Si mosse dalla ringhiera. Carmine lo seguì, malvolentieri, con la sensazione che fosse anche una manovra per tappargli la bocca.

Scelsero un tappeto erboso, per sdraiarsi. Partanna sistemò a terra il giaccone, come una coperta, si distese di fianco, allungandosi il berretto sugli occhi.

Carmine rimase un poco appoggiato sui gomiti, a osservare il paesaggio. Considerò il corpo del compagno, esanime, il volto seminascosto dal berretto. Poi, impigrito, si gettò giù anche lui. Ma gli ritornava in mente quella cantilena: «'N tiempu fui cavaddu e fui risiatu...».

Faceva caldo, e la luce abbagliava, oltre lo schermo delle palpebre. Ronzò basso un elicottero.

'N tiempu fui cavaddu... Per fortuna, Carmine era ancora un cavallo valido...

Brusio di folle. Grandi distanze... Mare... Sicilia...

Sentiva l'odore del mare. Teneva gli occhi chiusi in

quell'isola, in attesa di ripartire. Lì le genti si mescolavano incessantemente, le radici si intrecciavano, sotto terra, ciascuno con una sua storia, che non contava niente...

In quella luce, proprio sul bordo dell'acqua, ebbe una visione, gli apparve la madre, silenziosa. Riconoscendola, provò un sussulto al cuore. Indossava un vestito nero, e aveva l'aria addolorata, ma era così giovane, con i capelli lunghi sulle spalle...

«Madre!», la invocò. «Madre! Sin qui sei venuta? Da quanto mi aspetti?»

Non pensava d'incontrarla lì, non l'aveva nelle pupille da tanto tempo... Il suo amore e la sua colpa arsero, all'improvviso.

Come aveva lasciato la Sicilia? Tanta strada, tanto mare aveva attraversato... Finalmente la rivedeva giovane, l'età della madre lo turbava infinitamente... Ma perché non mostrava alcuna gioia? E lui stesso si sentiva smarrito...

Gli era salita alle labbra la parola Madre, mentre l'aveva sempre chiamata mamma, prima di allora...

Le si rivolse con sforzo, come se dovesse superare un ostacolo, invisibile. Come se ripetesse un'altra scena, lontana, che non ricordava più, ma che abitava nel buio della sua mente...

«Madre mia!»

Si commuoveva per quell'appellativo, riferito a una donna così giovane, e bella; e pronunciandolo, intuì che il suo rimorso nasceva già da quel ruolo inadeguato. «Io ho fatto il possibile, in ritardo, è vero. Ma ho avuto bisogno di questo ritardo, non ti so spiegare perché...» Si giustificava, anche se Elvira appariva indifesa, anzi proprio per questo. Era la pena della madre che lo induceva a negare il suo dovere, ciò che non aveva fatto per evitarle appunto quella pena.

In ritardo, in ritardo capiva che la madre gli aveva dato un appuntamento su quella sponda, dall'altra parte dell'oceano – lei che aveva sempre avuto paura del mare –, in

America, perché voleva sapere del nonno Carmine... Ecco perché! Ecco perché si presentava giovane, tornava a essere quella che era sempre stata, la ragazzetta triste priva del padre, in cerca di lui...

Escogitò l'argomento giusto:

«Sai, avevo sperato di riuscirci. Tanti che hanno lasciato la Sicilia, come il nonno, si ritrovano qui... La vera ragione per cui sono venuto è questa, non l'avevo ancora confessato a nessuno... C'è la storia, la fotografia, altre notizie... Ho consultato anche il computer! Ma del nonno Carmine non si sa niente, nien-te! Mi dispiace... Leonardo Partanna, che tu forse ricordi, m'è testimone...»

Ma erano soli, ed Elvira non rispondeva.

Che cosa poteva aggiungere per convincerla, per consolarla? Sua madre aveva sempre parlato poco, ma lui voleva superare il muro di quel silenzio...

Vedendola così, attraente e nello stesso tempo spenta, cominciava a sospettare una cosa: che la madre si sentisse tradita. Tradita dal padre, all'origine; e, in modo diverso, dal marito; e dal figlio, alla fine... Invano, invano gli aveva dato il nome Carmine, spostando al futuro quello che era mancato al passato, in una scelta di fedeltà, in una resistenza ostinata, solitaria, contro tutte quelle defezioni... Sospettava, al fondo del fondo, che quella giovane donna si sentisse tradita dall'uomo, dall'uomo in quanto tale; che quel dolore e quel tacito rimprovero si generassero dalla rivalità originaria, o almeno dalla distanza insanabile dei sessi: nonostante questo, permanendo il richiamo, i legami d'amore e di sangue, in un nodo oscuro e necessario... E che lei reagisse nell'unico modo possibile, mutando la sua femminilità in eterna maternità. Era un sacrificio, che le si imponeva, e che lei accettava...

«Figlio mio!», ruppe infine il silenzio. E la vibrazione di quella voce, con la musica vergine di quell'accento siciliano, rimescolò le viscere di Carmine.

Con la mano Elvira si liberò la fronte, gettandosi all'indietro i capelli lunghissimi che il vento le aveva scompigliato, come faceva spesso una volta, per imbarazzo, per timidezza.

«Figlio! Sapevo che saresti venuto qui, prima o dopo. E ti aspettavo. Come vorrei abbracciarti, Carmine, amato figlio! Quanto oceano c'è in mezzo... Ma tu sta' attento! Sta' attento, sempre-e-e...»

Le parole della madre erano povere, ma d'un tratto Carmine si rendeva conto di una cosa, che incredibilmente gli era sfuggita fino a quel momento: che esisteva un rapporto tra la Statua della Libertà e sua madre, per questo la incontrava lì nell'isola e non altrove, dopo tanto tempo, in attesa, ad accoglierlo! Quella donna col braccio alzato in mezzo al mare, all'ingresso della città, in realtà non era una statua, come era sembrato ai suoi occhi di cieco, ma sua madre...

Si divincolò, come se qualcuno lo trattenesse, e non avrebbe dovuto farlo, perché la figura muta di Elvira d'incanto arretrò, dileguando rapidamente, come un'immagine vuota, senza un congedo, si sciolse nella luce e nell'acqua...

Al suo lamento, Partanna lo scosse:

«*Wake up!* Giovanotto!»

Si era assopito, sul prato, tra la gente che passava! La droga del sonno!

Leonardo lo scrutava, preoccupato:

«C'è qualcosa?», indagò.

«No. Ho fatto un sogno... Ho sognato mia madre...»

Gli dispiaceva tanto non poter continuare il dialogo con sua madre... Come lo toccava la sua figura... Perché, perché, dopo anni, veniva a visitarlo lì, lontano da casa?

«Che t'ha detto?»

Era una domanda inconsueta, in bocca a Leonardo Partanna. Il quale infatti pareva a disagio. Partanna era il tipo del sordo cieco e muto; ma se esisteva uno al mondo che poteva conoscere la verità, questo era lui. Per esempio, da dove saltava fuori quella storia dell'indiana? Si era sempre saputo di un'amante nera.

Una nuova determinazione lo colse. Decise di bluffare:

«Mia madre mi ha detto che tu sai tutto, però non vuoi parlare...»

Si arrabbiò, di botto:

«Hai il chiodo fisso! Sono ventiquattr'ore che giri attorno allo stesso buco. Mi avete rotto i coglioni!»

Alzando il tono, la sua voce rauca, logorata dalle troppe sigarette, s'era subito spezzata.

«Okay. Come non detto. Ma perché ti arrabbi, adesso?»

«Lo so io, perché... Lo so io...»

Tutta quella manfrina, perché era in dubbio, perché stava cedendo.

Carmine rilanciò, imperterrito:

«Appunto! Se lo sai, allora parla...»

«Sono cose vecchie. Stravecchie...»

«Racconta! E poi ci mettiamo il coperchio sopra.»

«Il coperchio...» Adesso non gli andava bene neanche quello. «Tuo nonno era un uomo fatto così.»

Era il primo rivolo, ma forse il passaggio era aperto.

«Fatto così come?»

«A sedici anni aveva già messo incinta tua nonna Sara, e l'aveva dovuta sposare.»

«Dunque, s'è sposato così giovane per questo motivo?»

«Per questo motivo.»

Non lo sapeva. Non sapeva nemmeno questo. Glielo avevano nascosto. Bella ingenuità, da parte sua. Ma era un dettaglio irrilevante.

«E a quell'età, come manteneva la famiglia?»

«La manteneva quel sant'uomo di don Vito, suo padre, e quell'altra santa di donna Concettina, grassa poveretta, che non si poteva quasi muovere dal peso.»

«Lui non lavorava?»

«Ogni tanto andava dal padre, alla distilleria...»

«Va' avanti. E dopo la nascita di mia madre?»

«Tua madre era la terza, dopo Minuzza e Celestina. A vent'anni Carmine aveva già tre figlie sul collo...»

«Per questo è partito? Ho sentito dire che la distilleria stava per fallire...»

«Per questo e per altro.»

«Cioè?»

«Ti ripeto a dire. Era un cristiano fatto così. Tirava solo a fottere.»

«Questo che significa?»

«Significa che metteva nei guai... tutti i picciutteddi.»

«Quindi anche altre? Ma che c'entra col fatto che è partito?»

«C'entra che gli volevano fare la pelle.»

«Ah sì? E chi?»

«A quel tempo, caro mio, non si scherzava, non ci voleva molto a tirare fuori il coltello! Così Carmine è dovuto scappare.»

«Scappare? Da cosa?»

Carmine s'era infervorato. Partanna, guardandolo, stava pensando che quei capelli lisci color inchiostro, a casco, li aveva tali e quali a suo nonno. Ma la pasta, quella era diversa. Il giovane arrivava tardi, voleva cambiare il mondo, scontava peccati non suoi.

«Sto aspettando...», tentò di convincerlo Carmine.

«Aveva avuto una storia con la sorella di Sara...»

«Con la sorella di mia nonna? Con la cognata?»

«Con la cognata. Che aveva sedici o diciassett'anni. E il fratello maggiore gli voleva fare la festa.»

Ecco cosa veniva fuori! Ecco la fama di Rodolfo Valentino!

«La famiglia di tuo nonno», riprese Partanna lento, come se parlasse da solo, «era di Palermo. A Santa Croce Camerina li chiamavano i palermitani...»

«Questa è la ragione urgente per cui non ha aspettato che nascesse mia madre...»

«In coscienza, di preciso non posso affermarlo. A

97

quell'epoca... *iu era picciriddu*, sentivo in paese qualche chiacchiera, così... »

« Allora le tue informazioni da chi ti vengono? »

« Da chi vuoi che mi vengono. Da Carmine! »

« Da mio nonno? »

« Sissignore. Da lui, in persona. Qui in America ci incontravamo, qualche volta. »

Gli occhi di Carmine brillarono. Figlio di puttana. Era stato zitto, sino ad allora. Fingeva di essere all'oscuro di tutto. Lo aveva visto perdere tempo al computer. Ma tra loro due, al di là delle parole, si era subito instaurata una misteriosa complicità...

« Ascolta, Leonardo. Mia madre almeno queste cose le sapeva? »

« Che cosa? »

« Per esempio, che suo padre si era messo con la cognata, e che gli volevano fare la pelle. »

« Non credo. Mi posso sbagliare, com'è vero Dio, ma tua madre non sapeva niente. Quando ha cominciato ad avere l'età per capire, erano già cose del passato, dimenticate. Che senso aveva raccontare queste cose a una ragazza da marito? »

« Va bene. Veniamo adesso alla seconda fase. Che è successo, dopo, in America? »

Di nuovo Partanna scosse la testa, disapprovando. Si tolse il basco, se lo passò da una mano all'altra.

Soffiò:

« *Minchia! E minchia! Ti mittisti a camurrìa.* »

« Hai detto anche tu che vi incontravate... »

« Andavamo insieme in una trattoria, a South Street Seaport, dove si beveva vino siciliano. Lui faceva discorsi, come te, brindava... »

« Senti. Com'era? »

« Da che punto di vista? »

« Simpatico, o antipatico, o strafottente... Che ne so? »

« Per essere simpatico, era simpatico. Questa anzi era la sua rovina. »

« Perché la sua rovina? »

« Voleva sempre essere al centro dell'attenzione. Senza che te ne accorgevi, finiva sempre che ti girava e rigirava come un pupo. »

« E questa storia della nera che è diventata indiana? »

« Macché nera. La famiglia veniva dal Perù, credo. Era di colore, questo sì. Consuelo, si chiamava Consuelo. Parlava spagnolo. »

Forse allora così si spiegavano le frasi o le parole spagnole nelle lettere che Carmine mandava a casa. In italiano, prima di partire dalla Sicilia, non aveva mai scritto una lettera. Quelle dicerie, nonostante la deformazione, contenevano però un fondamento...

« È vero che era ricca? »

« Almeno, lui si vantava. Ma forse sì. »

« Perché si vantava? »

« A sentire lui, era ricca, per la speculazione nelle miniere, oltre che caliente. »

Chissà. Magari andava a finire proprio così: suo nonno accumulava una fortuna, o la ereditava dalla sua amante, da vecchio. E prima di morire, lasciava tutto ai discendenti in Sicilia! La vita è imprevedibile, a volte può riservare delle sorprese che superano l'immaginazione...

« Ma se era ricco, perché non si ricordava della moglie e delle figlie? »

« I soldi erano di Consuelo, anzi della famiglia di Consuelo, mica suoi. Consuelo tra l'altro era di dieci anni più giovane e aveva due fratelli, che l'adoravano. E guai se quelli venivano a sapere che Carmine già aveva moglie e tre figlie. Già non vedevano di buon occhio la relazione... »

« Perché? »

« Perchepercheperché. I neonati chiedono sempre perché. Ora ti imbocco!... Avevano capito il tipo, che non aveva voglia di lavorare, faceva debiti. E se ne sarebbero sbarazzati volentieri... Tuo nonno era costretto a evitare i compaesani per il terrore che raccontassero la verità! Questo è il motivo per cui a un certo punto è scomparso. »

« Ma con l'amante ha avuto altri figli? »

Partanna fece un cenno negativo.

« Allora », rise Carmine, sforzato, « a rigore non si può escludere che, in età matura, abbia ereditato i beni della compagna... »

« Ma quale eredità... »

« Hai appena assicurato che non avevano figli... »

« Ti ripeto a dire... »

Per Leonardo ogni parola era una ripetizione, che lui voleva risparmiare, anche se non l'aveva mai pronunciata prima.

« Ha avuto dei figli, sì o no? », incalzò Carmine.

« Consuelo è rimasta incinta... »

Figurarsi. Questo nonno era un caprone, le ingravidava tutte, al di qua e al di là dell'oceano.

« Così è stato costretto a sposarsi, e si è trovato a essere bigamo », provò a indovinare Carmine. « Che prevede la legge americana in casi del genere? »

« *Just a moment, please!* Consuelo è rimasta incinta, e la gravidanza poteva risolvere la situazione, i parenti a quel punto hanno dovuto accettare il matrimonio. Senonché lì è cominciato il disastro. »

Fece una pausa.

« Cosa è successo, di disastroso? », sollecitò Carmine.

« È successo che un uccellino ha fatto la spia. Qualcuno ha riferito che al paese, in Sicilia, il signor Carmine Di Bella era già felicemente sistemato, con moglie e figlie. »

« Conseguenza? »

« S'è nascosto, in attesa che si calmassero le acque. Consuelo ancora lo difendeva, ma i fratelli avevano giurato di fargliela pagare. Per giunta, i debiti aumentavano; lui si occupava del business degli alcoolici, in Sicilia aveva fatto pratica nella ditta di don Vito, e in America col proibizionismo era vietata la vendita, lui si dedicava alla fabbricazione e al contrabbando. Per il dispiacere Consuelo ha abortito, e i fratelli fanatici da quel momento gli hanno dato la caccia. »

« E dove si nascondeva? »

Partanna adesso strapazzava il suo basco da una mano all'altra. Quel ragazzo che ti abbindolava, coi capelli neri come l'inchiostro e gli occhi appassionati, era una limasorda, un diavolo... Gli davi un dito e ti prendeva il braccio! Ma arrivati a quel punto, che doveva fare? Non poteva tirarsi indietro, lui stesso provava, misto all'irritazione, un sollievo a confessare quello che aveva sempre occultato.

« Dove poteva, si nascondeva. È stato un paio di giorni anche a casa mia. Allora abitavo sulla Grand Street, a Little Italy. Mi ha mandato a un appuntamento, a nome suo. Ero tanto giovane, allora. Lui di me si fidava. Ma la persona che dovevo incontrare ha rotto l'appuntamento. *To break an appointment...* Come si dice in italiano? Non è venuta, no. Ricordo che si chiamava Frank. Questo Frank, lo ripeteva continuamente, era l'unico che poteva aiutarlo. Il giorno dopo è scomparso, senza neanche salutare. »

Ormai, Carmine aveva paura di chiedere la conclusione. Disse:

« Insomma, la storia è ricominciata da capo. S'è inguaiato in America, come in Sicilia, sempre per una questione di donne. E tutte e due le volte, ha dovuto svignarsela per salvarsi. »

« Più o meno. Con la differenza che questa volta non c'è riuscito. »

Aveva cercato di scoprire la verità a ogni costo. Adesso era servito.

« Vuoi dire che s'è fatto ammazzare? »

« Non s'è fatto ammazzare. L'hanno ammazzato. »

« Chi? I fratelli di Consuelo? »

« Di preciso, anche questo non s'è saputo. Ma tutto lascia pensare di sì. Materialmente, però, dovevano essere più di due. »

« Perché? Che fine ha fatto? »

«Nel porto. È rimasto schiacciato, sotto un carico di bottiglie. Un carico che s'è staccato dall'alto, all'improvviso.»

A Carmine vennero i brividi. Bella fine, in stile truce! Valeva la pena di emigrare, per rimanere seppellito sotto una montagna di bottiglie fracassate. Si immaginò quella massa di frammenti aguzzi, conficcati nelle carni. Ci mancava il fachiro, in famiglia. Dio onnipotente, che vendetta era, quella?

Aveva perso la voglia di fare domande. Non si aspettava quelle rivelazioni. Qualcosa di deludente, di penoso, sì, ma non quello...

Intervenne un silenzio. Dopo la celebrazione del misfatto, o del suo ricordo.

Capiva tante cose, adesso. Rifletteva, attonito. La verità degli avvenimenti era mescolata con la menzogna, nascosta da una sottile nebbia, che col tempo diveniva sempre più fitta. Le generazioni si succedevano, in un processo di necessità violente, di sofferenza; e un poco per volta subentrava l'oblio, benefico, che alimentava altri desideri, altre speranze, addolciva persino il passato, lo modificava... Cercava di riordinare le idee... Un secolo era trascorso: all'inizio, la generazione di don Vito, con la sua distilleria, e di donna Concettina, di cui sapeva solo che era così grassa che non poteva quasi reggersi in piedi. Poi la generazione di Carmine e della nonna Sara, sposati troppo giovani, lui emigrato senza più dare notizie, lei vedova prima del tempo, prostrata dalla disgrazia. Quindi le tre figlie, cresciute senza padre, con un nonno che lo sostituiva e in qualche modo lo reincarnava, orfane del suo amore, pronte a maledirlo; e tra queste figlie, la più piccola, la più innamorata, la più incapace a rassegnarsi. E infine, il figlio di quest'ultima, che dopo aver mostrato sordità o indifferenza, quasi avesse avuto bisogno di un lungo periodo di incubazione per sopportare il peso di quel malessere, per caso o per un richiamo, per una calamita misteriosa, per una serie di motivi che non conosceva nemmeno lui, aveva cominciato a scavare, per vedere cosa ci stava dietro, si era affidato al suo istinto, sino a bucare la tela, e passare dall'altra parte... La storia era questa costruzione a fasce generazionali, a gorghi, a ondate, che si componevano alla superficie in una falsa bonaccia.

E un'altra cosa scaturiva, sconveniente, da quella vicenda: la forza elementare della sessualità. Là dove si attendeva di trovare soltanto un meccanismo di ragioni economiche, un rapporto fisso di povertà e ricchezza, scopriva all'interno di quella condizione una brama inconfessabile, una fiamma creativa e distruttiva, come un magma incandescente ostruito da una crosta solida e che tuttavia si apriva la strada a periodiche necessarie eruzioni. Con questi lacci, dove stava la libertà, la libertà promessa da una Statua, come un oracolo, all'ingresso del porto di New York? Suo nonno non era in grado di amministrare la propria vitalità, la sperperava a suo piacere e a suo danno, aveva attraversato anni di conflitto vittima anche della sua libido, per conquistare e perdere continuamente l'equilibrio, aumentando la confusione del mondo, sino a pagare il suo vizio, con quella morte crudele, martirizzato dentro una massa di vetri che gli penetravano la carne come coltelli. E questo, certo, riguardava la storia individuale del vecchio Carmine, il suo eccesso personale, ma circolava segreto in tutti, concorreva a formare le vicende umane, e a renderle incomprensibili.

E un'altra considerazione. In quella faccenda, nel rapporto tra maschio e femmina, veniva fuori una sproporzione netta: la donna sopportava un carico peggiore dell'uomo. La nonna vedova bianca, le tre figlie da marito... L'impossibilità di reagire, lo stesso esser condannate a rimanere piuttosto che a partire, la loro pazienza e decoro nell'attesa, l'inesauribile disponibilità al sacrificio... Erano elementi che conosceva, ma ora li coglieva con maggior evidenza.

«Forse», riprese Carmine, sforzandosi di trovare una

soluzione diversa, «forse poteva salvarsi tornando in Sicilia. Che ne pensi, Leonardo?»

Ma l'altro stava controllando l'orologio, si alzò calcandosi di nuovo il berretto sul capo:

«Può darsi. Come faccio a saperlo? L'ultima volta che ci siamo visti, quando ormai era... *wanted*. Braccato? Questo proprio mi disse: se arrivava ad aggiustare i suoi affari, voleva tornare in Sicilia...»

Passavano più frequenti gruppi di turisti, diretti all'imbarcadero. Due giovani neri si rincorrevano scherzando: uno, alto alto, portava una curiosa pettinatura a cilindro, che trasformava la chioma in una sorta di cappello. Passò una donna dalla pelle color bronzo, chiamando affannata dei bambini.

Indugiarono ancora un istante, a contemplare lo scenario marino, il piedistallo imponente della Statua della Libertà, la cupola tersa del cielo.

Partanna si era richiuso nel suo mutismo. Ma tante cose rimanevano non dette... Carmine sussurrò:

«Non gli è bastata una volta, per imparare la lezione. Ha dovuto andare a sbattere, per fermarsi!»

«Era la sua natura», concluse Partanna. «Il suo destino.»

Lui però aveva reagito in maniera opposta. Il nonno aveva abbandonato la famiglia, Leonardo Partanna invece non aveva mai dimenticato la moglie, le aveva consacrato una lunga devozione coniugale. Eppure, anche lui era stato giovane, anche lui era stato cavallo! Carmine comprese che la fiducia ispiratagli nasceva inconsciamente anche da questo: il solido Partanna, con la sua dignità e riservatezza, rappresentava ai suoi occhi una proiezione del nonno, ma una proiezione in positivo, un modello. Aveva sempre saputo, ma non parlava...

A proposito. Adesso risultava chiaro: quel muro di silenzio, quell'ignoranza generale, al di là della distanza dei due paesi e della difficoltà obiettiva di procurarsi delle notizie, era anche l'effetto di una rimozione, indicava già, senza altre prove, che esisteva qualcosa di cui era meglio non venire a conoscenza... Lasciate che i morti seppelliscano i morti... Chi aveva pronunciato quella sentenza? Nella Bibbia? La saggezza dell'oblio: significava quello?

Disse ancora:

«Un'ultima domanda. Visto che eri al corrente, perché non ne hai informato la famiglia, o almeno mia madre, che ci teneva tanto?»

«Che dovevo raccontare, ah?», borbottò Leonardo. «Che aveva una relazione con un'indiana, e che lo avevano ammazzato, come un cane? Ah, questo dovevo raccontare? Meglio il mistero, per i familiari, che vogliono ancora ricordare, e illudersi.»

La nonna Sara infatti aveva perdonato il marito, diceva che era un ragazzo, e che se glielo portavano anche legato, lei se lo riprendeva. Non parlava mai male del marito.

«Okay. Ma perché, allora, hai deciso di parlare adesso? Lo hai fatto per le mie insistenze? Perché, adesso, niente più mistero?»

«La litania del perché. Non lo so nemmeno io, perché. *Botta ri sangu*, che mi venga alla mia età di mammalucco! Perché t'ho sentito balbettare, mentre sognavi, sul prato pubblico... M'è parso allora che a questo punto, per te, il mistero è diventato peggio.»

Okay. Okay. Okay. Gli era venuta la smania di sapere, ed era stato accontentato. Ma non aveva il diritto di giudicare. Aveva saputo alcune cose, ma quante altre ancora ne ignorava? Il vecchio Carmine, come ogni creatura vivente, aveva delle ragioni che nessun altro poteva conoscere. Era un siciliano, un siciliano pazzo e fottuto, che era andato in America. Erano tempi infami, la miseria dopo la guerra, stava andando al potere il fascismo, poco prima c'era stata l'epidemia di spagnola... Aveva vissuto, come aveva potuto, e nient'altro. Una storia di emigranti, come tante, affondata nel passato: una storia di individui costretti a lasciare la loro terra, nudi, senza mezzi, senza neppure conoscere la lingua. Dal vecchio mondo al nuovo mondo. Morivano, e rinascevano. Ma rinascevano da vecchi, già vecchi.

Del resto, lui si inteneriva sulle vicende della sua famiglia, ma milioni di emigranti ancora si mettevano in viaggio, alle soglie del Duemila. Tutti, tutti alla ricerca della felicità...

«Forse dovremmo almeno noi ricavare una lezione...»

Partanna non replicò, non chiese.

«La lezione potrebbe essere questa: i nostri emigranti hanno vissuto una tragedia collettiva, sono stati gettati a mare come zavorra. Ma oggi lo stesso fenomeno si verifica con i nuovi flussi migratori, per esempio da noi con gli extracomunitari. Non è giusto! Nella storia c'è un'ingiustizia, che si perpetua, inaccettabile... Tu che sei stato protagonista, che ne pensi?»

«Un protagonista di 'sta coppola! Penso che tu ragioni e parli troppo. Che lezione e lezione! Io sono ignorante, vivo in America, e non so cosa succede oggi in Europa. Io ho imparato un'altra cosa, e non a scuola: ho imparato che nella storia, come dici tu, non c'è giusto e ingiusto. C'è invece chi vince e chi perde. Ora, se non ti dispiace, torniamo.»

Era questa la maturità? Carmine negava, scuotendo la testa.

Ma anche a lui ora mancavano le parole. Che c'era da aggiungere?

La felicità... Gli venne in mente il giocoliere con la maglietta su cui campeggiava la scritta: DON'T WORRY. BE HAPPY. E il suo compagno, il Pierrot rosso, che si esibiva saltando i bidoni di spazzatura in fila. Anche lui felice. Sino a quando un movimento sbagliato non gli avesse tranciato un arto.

Era questa, era questa la libertà agognata?

Lo aveva invaso un sentimento di tristezza, di pietà... L'album di famiglia... Tanti album di tante famiglie, con lacune, ficcati dentro un computer. No, c'era qualcosa che

gli sfuggiva, nel senso delle sorti umane, qualcosa sovra-
stante, troppo più grande dell'intelligenza dell'individuo...

Di fronte, al di là del mare, sull'altra sponda, le due
torri del World Trade Center si stagliavano superbe sugli
altri grattacieli, celebrando la gloria di Manhattan immersa
nella luce.

VIOLENZA È BELLO

Da Petrossian, all'angolo della Settima Avenue, la sera prima si erano dati alla pazza gioia: caviale raffinato Beluga, a cento dollari; champagne Cordon Rouge, servizio a lume di candela, festoni di orchidee, ambiente esotico, in stile russo o franco-russo. In compenso, un conto salatissimo! Chissà cosa gli era venuto in testa di cenare in quel ristorante lussuoso, per suggestione dell'edificio e del nome, Petrossian: un nome armeno, o caucasico. Vero che per gli americani gli europei sono tutti caucasici, a cominciare da Cristoforo Colombo...

E poi l'acquisto della videocamera, in quel negozio sulla Quinta. Manifesti trionfali: sconti del 40, del 50, del 60 per cento. Prezzi stracciati. Affari garantiti. Il venditore, da quando avevano varcato la soglia, non aveva più mollato la presa. Volevano una videocamera Sony, o una Panasonic, o una JVC? Di buon livello? Aveva mostrato un modello Sony, appena uscito. Da dove venivano? Dall'Italia? Italiani, tutti mafiosi! In Italia comunque quel modello non lo trovavano. Quanto costava? Un prezzo speciale, novecento dollari, ma ne chiedeva soltanto ottocento, in omaggio alla signora, che aveva i capelli rossi. In Italia il doppio, almeno.

Gabriele ed Ester, in quanto italiani, erano mafiosi. Il venditore, invece, polacco, quindi non mafioso. Con una parlantina inesauribile. No, a loro non voleva vendere quel tipo, ne vendeva un altro, li voleva fare felici, una videocamera Panasonic, con prestazioni straordinarie, a mille dollari. Il top della gamma, senza flash. A raggi infrarossi, invece che col flash!

Aveva dato subito una dimostrazione, puntando l'obiettivo contro una scritta pubblicitaria dentro una scatola di cartone, al buio: alla prova, in effetti, la visione della scritta risaltava perfettamente nitida. Con quella macchina potevano filmare qualsiasi spettacolo, anche di notte! L'audio? Certo che aveva l'audio! E lo zoom a 12; a 12 invece che a 6. E tanti automatismi, e diavolerie, autofocus, adapter, che il polacco passava in rassegna a razzo. Cosa volevano di più? Una meraviglia! Bella anche nel disegno, in formato compact, quindi leggera, maneggevole. Sistema Pal, naturalmente, per l'Europa. A mille dollari! Sconto già compreso. In Italia la pagavano due milioni e mezzo. Li voleva fare felici! Erano una bella coppia, meritavano quell'oggetto, dovevano filmarsi al meglio, come due attori!

Gabriele si intendeva ben poco di videocamere, ma sapeva che bisogna sempre tirare sul prezzo, aveva dichiarato di voler spendere di meno. Quanto? Sei-settecento dollari, al massimo. Sei-settecento dollari? Il polacco si era scandalizzato. Italiani mafiosi!

Prendere, o lasciare? Gabriele aveva voglia di comprarla, Ester anche, pur cercando di contrattare un po' di più. Alla fine, si erano messi d'accordo sulla cifra di ottocento dollari. Senonché, quando ormai dovevano passare alla cassa, il polacco era tornato alla carica. Aveva aggiunto un altro pezzo, una lente prodigiosa, in cristallo, che permetteva di riprendere nel medesimo campo persone lontane tra loro. Uno sbaglio comprare una videocamera così importante senza quel pezzo, un pezzo per quelle prestazioni indispensabile, che la trasformava in uno strumento da professionisti. Per soli altri duecento dollari! Se uno paga mille dollari per una videocamera, può permettersi di pagare anche di più, per un modello superiore. Argomento pericoloso, ma come si faceva a non accettare? Una volta che compravano, non potevano fermarsi a metà. In totale, dunque, mille dollari. Più, naturalmente, settanta per la custodia. Non volevano la custodia? Come trasportavano

la videocamera? Okay, gliela regalava per cinquanta dollari, in omaggio ai capelli rossi della signora. In tutto, mille-
centotrentaquattro dollari. Perché millecentotrentaquat-
tro? Ottocento la videocamera, duecento la lente – la lente
la volevano sì o no? –, cinquanta la custodia, ottantaquat-
tro le tasse. Non volevano pagare le tasse? In Italia non si
pagavano le tasse? Negli United States sì.

Affare fatto. Con una videocamera come quella potevano filmare l'intera New York. Però, sbirciando le vetrine per una verifica sui prezzi, qualche perplessità era sorta.
Le vetrine della Settima erano piene di videocamere a cin-
quecento, a seicento dollari. Sembravano tutte così simili
tra loro! Gabriele voleva convincersi, obiettava che il prezzo sicuramente non comprendeva la lente, una lente in cristallo, non in plastica, la custodia... Sembravano, ma non
erano simili. I sospetti aumentavano...

Ester allora si era ricordata del Triestino. Ormai non
serviva a niente, ma poteva lo stesso diventare una visita
interessante. Sulla guida turistica c'era scritto che il Triestino e il Romano vendevano ogni genere di merci, anche
gli articoli elettronici, a prezzi imbattibili. Un'amica di
Ester, Nicoletta Briosi, l'anno prima era stata dal Triestino, dove aveva acquistato una serie completa di borse e
borsette, per poche decine di dollari, e una macchina fotografica che aveva dato risultati eccellenti. Nicoletta se ne
dichiarava entusiasta. Ma si era presa una gran paura. Il
venditore era un ometto pallido, con la barba e la papalina
nera sulla nuca, che portano gli ebrei. Non aveva voluto
contrattare il prezzo: «*Good camera, good price*», punto e
basta. Ed era vero. A sentire Nicoletta, aveva risparmiato
un bel po' di quattrini: del resto, si sa che gli ebrei per il
commercio hanno un talento speciale. Soltanto che il negozio si trovava vicino al porto, e quando Nicoletta ne era
uscita, si era trovata completamente isolata, ormai quasi
nell'oscurità. Tanto che, a causa dello spavento, era corsa
indietro nel negozio, per telefonare a un taxi, che l'aveva
riportata in albergo.

Nel pomeriggio, dunque, destinazione Triestino. Nonostante fosse abbastanza tardi. Ma visto che avevano deciso di andarci, tanto valeva farlo subito: oltre tutto, considerato dove si trovavano a quell'ora, non avrebbero saputo come programmare diversamente la giornata.

Purtroppo, a Times Square avevano perso altro tempo. Dalla Ventitreesima Street con la *subway* erano scesi sulla Quarantaquattresima, la stazione di Times Square. Ma da qui non riuscivano più a venir fuori. A Times Square c'erano stati già altre volte, sia per l'inizio della corsa sia per la coincidenza. Ma era la prima volta che capitava di riemergere in superficie da Times Square. Dal labirinto, dall'inferno di Times Square. Inspiegabilmente, sbagliavano direzione, si trovavano a un livello differente, tra fiumi di gente in transito, in gallerie interminabili e profonde, che non comunicavano affatto con l'uscita. Avevano chiesto aiuto a un passante, ma forse proprio questo li aveva messi su una strada sbagliata, involontariamente, o magari apposta.

Bene o male, alla fine, erano risaliti a riveder le stelle. Le stelle proprio no, ma già cominciava a calare il buio, alle cinque e un quarto, con un'aria fredda, mentre il giorno prima la temperatura era mite, quasi calda. Da lì, dalla Settima dovevano arrivare alla Dodicesima Avenue, procedendo sempre diritto, in direzione dell'Hudson River. Una passeggiata a piedi, perché no, anche per scaldarsi. Al ritorno, semmai, per rientrare allo Sheraton, avrebbero preso un taxi.

La Grande Mela tuttavia – lo sapevano ma poi avevano finito col non tenerne conto – è una città che non assomiglia a nessun'altra. La situazione cambia da una strada all'altra, da un blocco di case a quello successivo. E da un'ora all'altra, persino sulle più celebri Avenue, persino sulla Quinta, che pullula di negozi e ristoranti, e a una cert'ora ti ripresenti e trovi tutto chiuso, senza più un'anima viva. Immaginarsi sulla Settima o sull'Ottava.

Quando Gabriele ed Ester arrivarono sulla Nona, e

poi all'inizio della Decima, il dubbio li assalì più forte. Non conveniva rinunciare? Ancora poche Avenue, ma la distanza pesava sulle gambe. In quel quartiere non c'erano mai stati, sembrava un'altra città, la situazione non cambiava, precipitava addirittura. Poco prima, nella bolgia di Times Square si affollava un'umanità caotica, adesso il movimento si placava di colpo, le case erano quasi tutte chiuse e silenziose, circolavano poche persone, rare automobili scorrevano sulle Avenue.

Triestino o non Triestino? L'aria si era raffreddata di botto, si indovinava ormai la prossimità del mare. E dal mare, attraverso l'imbuto stretto della Quarantacinquesima, soffiava un vento gelido. Aiuto! Ester scherzava, ma si sentiva inquieta: c'era il rischio di fare brutti incontri... Questa remota eventualità, insieme, la eccitava... Gabriele era grande e grosso, l'avrebbe difesa, no? Come no?! Ridevano. Sarebbe stato un peccato tornare indietro a quel punto, con la conseguenza di dover perdere la mattinata successiva, per raggiungere di nuovo quella zona.

Per proseguire, Gabriele impose una condizione: che Ester indossasse il berretto di lana, per proteggersi dal freddo, e anche per nascondere i suoi magnifici capelli rossi.

Triestino delle mie brame, dove ti sei cacciato? In che razza di posto erano finiti? Di fronte a loro, un murale si allargava, con figure deformi, quasi uno schermo gigantesco a cielo aperto. Secondo un proverbio, la Grande Mela è come la savana: se sei una gazzella devi correre per sottrarti alle fauci del leone. Ma se sei un leone, devi correre anche più spedito per assalire e non crepare di fame! Proverbi a parte, Gabriele ed Ester, d'istinto, affrettarono il passo. Ora finalmente cominciavano a capire il racconto di Nicoletta. Non aveva affatto esagerato. Aveva trasmesso l'eco di uno spavento genuino, che nella chiacchiera e nel tempo si era affievolito, sino a disperdersi.

L'impressione era quella di esser usciti, senza accorgersene, da Manhattan: niente più grattacieli in acciaio e vetro, ma tozzi e squallidi edifici per deposito merci, o forse fabbriche, per la maggior parte ormai abbandonate, con i vetri delle finestre infranti. Tra una costruzione e l'altra vaste aree vuote, invase da erbacce e da rottami di lamiere. Anche le poche abitazioni apparivano deserte...

Un vecchio, dopo aver fatto rotolare a pedate un secchio, stava chiudendo una saracinesca. Lungo la strada sostavano alcuni furgoni e macchine, alcune con la portiera spalancata. Ovunque, sui muri erano disseminati graffiti per mezzo di vernici spray, geroglifici incomprensibili ma con segni ritornanti. Un edificio al piano basso era stato tinteggiato di un bianco cimiteriale, persino sul retino applicato alle sbarre delle finestre. La tinteggiatura nascondeva malamente i graffiti, ma già altri sgorbi erano stati tracciati sulla nuova candida superficie. Un furgone posteggiato, che a giudicare dalla pubblicità serviva al trasporto del ghiaccio, sembrava colpito da un bombardamento: era completamente ricoperto di scritte sul rimorchio, nell'abitacolo di guida, sui vetri, sui pneumatici, sui cerchioni... Ritornava il disegno delle nocche di una mano, forse di un pugno chiuso, ma la logica di quelle composizioni in realtà sfuggiva. Gabriele riuscì soltanto a riconoscere la scritta PSYCHO, che gli rammentò, senza alcun motivo, il famoso film dell'orrore interpretato da Anthony Perkins. Era come se un'umanità folle, e invisibile, si divertisse a imbrattare la lavagna del mondo, con una pratica ossessiva. Ce ne volevano tempo e pazienza per gremire così tutti gli spazi disponibili: ce ne volevano energie! Quel linguaggio senza senso aveva tuttavia un suo fascino, prefigurava una realtà rovesciata, lo spettro della rivolta e della devastazione... Dietro il muraglione, le cime dei grattacieli in lontananza non lasciavano indovinare quella contiguità; ma da quest'altra prospettiva si riconosceva la sfida, e il vuoto sottostante.

Comparvero a distanza alcuni uomini. Per fortuna si aprì un portone, sul lato opposto, in un cortile qualcuno mise in moto un autocarro.

Il gruppetto si avvicinava: tre neri alti, che occupavano quasi per intero il marciapiede, conversavano rumorosi.

Gabriele si allarmò. A quel punto, che fare? Se avevano cattive intenzioni? Se mettevano gli occhi addosso a Ester, o intendevano rapinarli? Per prima cosa avrebbero rubato la videocamera nuova, che Ester nascondeva nella borsa... A chi chiedere aiuto?

Sussurrò alla sua compagna:

«Attenzione a questi in arrivo!»

«Li ho visti.»

«Purtroppo, anche loro! Lascia il marciapiede e cammina al centro strada.»

«Perché?»

«Fa' come ti dico! Spostati insieme con me verso il centro strada, senza dare nell'occhio...»

«Ma è peggio...»

Per convincerla, Gabriele diede l'esempio, fece qualche passo, come se volesse attraversare. Ma Ester non gli venne dietro, continuò dritto, discosta da lui. Il quale, esitante e irritato, le si riportò a fianco.

Chissà se avevano notato la manovra. Se qualcuno all'improvviso tirava fuori un coltello, e glielo piantava in corpo, Gabriele non avrebbe trovato il tempo nemmeno di accennare una difesa. In caso, *the end*, sulla Quarantacinquesima Street di New York, fine della recita per una coltellata casuale. Non si poteva che affidarsi al buon cuore di quegli sconosciuti...

Ester lo prese a braccetto. Alla distanza di pochi passi, gli uomini rallentarono...

In silenzio, si incrociarono. Gabriele ed Ester sgusciarono, incolumi, grazie a Dio...

I neri ripresero il loro dialogo rumoroso.

Niente coltellata, e niente fine della trasmissione. Pensieri in libertà.

Gabriele rimproverò Ester:

«Perché non hai fatto come ti ho detto? Poteva essere pericoloso!»

115

«Mi sembrava peggio! Come confessare che diffidavamo di loro... Tanto, se avessero voluto, ci acchiappavano lo stesso! »

«Già, ma stando al centro strada, come ti avevo detto, avrei notato in tempo che venivano ad aggredirci, avrei potuto abbozzare una reazione, potevamo provare a scappare. Così invece non avrei avuto tempo nemmeno di fiatare... Sei ostinata, come sempre! »

«Non ti arrabbiare! Siamo ancora vivi, divertiamoci! », scherzò lei.

Sì, sbagliava, a metterle paura, e a farle vedere che anche lui ne aveva. Non era successo niente. Ma le statistiche parlavano chiaro: a New York si verifica in media un omicidio ogni sei ore, e non si conta il numero enorme di rapine in un anno! Se capitava a dei gonzi turisti come loro, non davano nemmeno la notizia, il numero enorme si alzava di un'insignificante unità.

Per forza questo Triestino vendeva a prezzi imbattibili, in una zona come quella. Bisognava essere degli eroi, per arrivare sin là!

Lasciata alle spalle la Undicesima, in fondo si scorgeva adesso l'alberatura di una nave, doveva anzi essere una portaerei, probabilmente si trattava della nave-museo di cui avevano letto nella guida. Si scorgeva anche la striscia d'acqua dell'Hudson River; e dietro, la cintura verde della costa del New Jersey. Ma l'oscurità ormai cominciava a confondere i contorni...

Museo o no, il quartiere era completamente disabitato.

Dietro un reticolato si apriva un ampio parcheggio incustodito; più avanti, all'interno di un altro parcheggio, stava allineata una fila di container tutti uguali. Ma nessun segno di vita... Lungo la strada, nel tratto estremo, carcasse di automobili, pozzanghere, sacchi di spazzatura sparsi... Un portone, sovrastato da scale esterne antincendio, era verniciato rosso sangue.

Un freddo! La temperatura ulteriormente abbassata,

quello sì era un vento dell'oceano, si ingolfava a folate, rabbioso. Un postaccio da lupi... Sulla Dodicesima Avenue scorrevano rapide le automobili con i fanali già accesi, sembrava che scappassero anch'esse verso mete più rassicuranti. Meglio un fetido angiporto affollato, che quella landa deserta. Lì non si incontrava un cane a cui chiedere un'informazione. Dal Triestino, avrebbero telefonato per un taxi, non sarebbero ritornati a piedi per tutto l'oro del mondo. Si ripeteva la storia di Nicoletta Briosi.

Il Triestino. Ma dov'era? Non si vedevano vetrine di negozi, o insegne luminose; né un minimo movimento di clienti. Eppure doveva essere un emporio di grossi traffici. Non avevano per caso sbagliato strada? Magari invece che nel West Side si trovava dalla parte opposta, sull'East River...

Si fermarono, per orientarsi. Gabriele volle controllare sull'opuscolo l'esattezza della strada, il numero civico.

Ester gli si strinse contro, prese ad accarezzargli il collo, affettuosa. Lui fu sensibile:

«Che fai?»

«Non hai freddo, così scoperto?»

«Se continui a palparmi, mi scaldo...»

«Siamo soli... veramente soli», scherzò lei.

«Può essere un'idea. Per trovarsi soli, basta venire a New York, sulla Quarantacinquesima!»

Ma dentro di sé stava pensando di essere davvero un cretino a portare in quel luogo isolato una ragazza come Ester. Con la sua linea snella, e la sua fantastica capigliatura, faceva venire il torcicollo a tanta gente! Anche il polacco l'aveva adocchiata.

Il negozio non poteva essere lontano. La differenza risultava di pochi numeri civici appena, doveva situarsi in quello stesso blocco di edifici, o al massimo nel successivo. Forse dietro l'angolo, per questo non si vedeva.

Percorsero il tratto residuo, rallegrati di potersi cacciare presto dentro un qualche locale, curiosi anche del mistero di quel negozio così noto e insieme irraggiungibile.

Forse di giorno la musica cambiava, i commerci animavano l'intera zona; dall'altro lato della strada, sui moli che si allungavano nell'Hudson River, chissà che carico e scarico di merci, probabilmente quella era una piazza ideale per il contrabbando internazionale. Con la massa di prodotti che affluiva a New York da Taiwan, dalla Cina, dal Giappone, dalla Malaysia, dall'Indonesia! In questa maniera, il Triestino rinunciava allo chic della rappresentanza, ma utilizzava i vantaggi della posizione strategica.

Vecchi manifesti pubblicizzavano qualcosa. Con sorpresa i due giovani si resero conto che le imposte chiuse davanti ai loro occhi erano quelle delle vetrine del Romano, il negozio parallelo al Triestino, citato insieme nella guida turistica. Il Romano stava tutto in quello spazio modesto? Si aspettavano un vasto emporio, invece era una specie di bugigattolo. Doveva esserci una bella differenza tra il Romano e il Triestino! Ma perché il Romano era chiuso? Non era per combinazione chiuso anche il Triestino? A che ora chiudevano i negozi a New York? In centro rimanevano aperti sino a tardi, sino alle otto e oltre. In centro, appunto; ma in una periferia come quella?

Il dubbio si insinuò d'un tratto. Pochi metri più in là, ecco finalmente il Triestino. Chiuso, anche quello! Il numero corrispondeva. Possibile? Mancava un'insegna col nome. Da qualche parte doveva pur esserci scritto: IL TRIESTINO. Avevano percorso tanta strada, a piedi e col freddo, per raggiungere quel posto? Una tana, una porticina che per scovarla bisognava andarci a sbattere contro col muso. Forse all'interno i locali si allargavano, ma certo non era quello che si aspettavano. Che cosa si aspettavano, le dimensioni di Macy's? Passavano dallo sfarzo di Petrossian al super-economico Triestino. Del resto, a quanto ne sapevano, il proprietario realizzava ottimi affari esattamente in quelle condizioni. Indugiarono a cercare una conferma, anzi una smentita. Invece no. IL TRIESTINO: eccolo scritto, piccolo. E chiuso! Orario? Chiudeva alle cinque e mezza! Che ora era? Le cinque e trentacinque. Per cinque minuti!

Per la verità, a guardarsi attorno, dava l'impressione di esser chiuso da due anni. Faceva bene sì a chiudere a quell'ora! Chi era il pazzo che si avventurava in quella zona, al calar del sole, oltre a loro, naturalmente?

Non potevano neanche ficcare lo sguardo dentro, per togliersi la voglia. Il guaio peggiore era che non potendo entrare, non potevano nemmeno telefonare a un taxi! Il che significava che dovevano tornare a piedi, ripercorrendo a ritroso e al buio la strada di prima.

Almeno Nicoletta se l'era svignata con la sua scorta di valige, o di borse, e con la macchina fotografica, comoda su un taxi che l'aveva scodellata davanti all'albergo. Invece loro tornavano con le pive nel sacco.

Dove lo trovavano un taxi in quel luogo abbandonato da Dio? Le macchine in corsa sulla Dodicesima Avenue non si sarebbero fermate nemmeno sul cadavere dei passanti. Sul fondo, la vegetazione del New Jersey era scomparsa, inghiottita dall'oscurità. Le banchine sui moli si poteva immaginarle frequentate unicamente da lupi mannari. Solo la portaerei-museo si distingueva ancora, fosca come un relitto dopo un naufragio. Un camion sferragliava su una rotaia in prossimità di un ponte.

Gabriele, per consolazione, volle accendersi una sigaretta. Ma il vento spegneva l'accendino, Ester lo aiutò proteggendo la fiamma con il paravento della sua giacca.

Dietro-front! Si lasciarono alle spalle quell'infilata di fondaci neri e lo scorrimento sporadico e veloce della Dodicesima. Bisognava riportarsi in fretta almeno sulla Nona, dove avrebbero trovato qualche localino aperto, per telefonare. O se non si fossero sentiti troppo stanchi, avrebbero anche potuto proseguire a piedi sino allo Sheraton, magari facendo prima una tappa per la cena.

Il problema era arrivarci, alla Nona. Il tragitto tra una Avenue e l'altra era un tunnel buio che poteva nascondere insidie a ogni passo. Rari lampioni diffondevano una luce fioca. In quell'isolamento, anche un individuo che non fosse un delinquente poteva scoprirsi l'istinto di approfittare dell'occasione. Quanti disperati si aggiravano nella metropoli! Bastava pensare a quello che era successo anni prima, durante il famigerato *black-out*. Quanti drogati, bisognosi di assicurarsi la loro dose. Di nuovo uno strano sentimento invase Gabriele: se si spalancava la botola, veniva fuori la verità, si vedeva su cosa si regge l'ordine precario della nostra convivenza civile.

Disse, svolgendo a voce alta il suo pensiero:

«Se avessi con me un'arma, staremmo più tranquilli.»

«È pericoloso», ribatté lei. «Se ce l'hai, prima o dopo, finisce che la usi.»

«È più pericoloso non averla, in caso di bisogno. In America un'arma la portano tutti, anche i bambini in fasce.»

«Che arma vorresti comprarti?», indagò Ester, possibilista.

«Un cannone!»

«Potremmo venire qui di nuovo, domani mattina, per acquistarlo dal Triestino, a metà prezzo.»

«Allora rinuncio! Dal Triestino non ci torno più; passerò anzi la vita a fargli propaganda contro, per vendicarmi.»

Scherzavano. Il diavolo non è poi brutto come lo si dipinge. Avevano già fatto quella strada all'andata; l'avrebbero percorsa al ritorno. E dopo, se ne sarebbero dimenticati. Oppure, ostinati, sarebbero davvero tornati, per verificare il prezzo della videocamera, e per vedere il muso del Triestino.

Dietro un cancelletto lungo e basso, il muro di un'abitazione era tutto imbrattato di graffiti. Scavalcando quelle punte di ferro, qualcuno, stando come in una gabbia, aveva disegnato un'infinità di zampe di gallina. Probabilmente il lavoro veniva effettuato di notte. Non era escluso che capitasse di incontrare uno di questi artisti nell'esercizio delle sue funzioni. Un pittore notturno, dinanzi alla sua Cappella Sistina. Una legione di ignoti spennellatori, a di-

120

segnare con devozione centimetro per centimetro la superficie terrestre.

All'improvviso si alzò acuto il rumore di un motivo
musicale. Che crebbe ancora, fragoroso; poi calò. Si profi-
larono le sagome di alcuni uomini, nei pressi di un furgone.

«Attenzione!», ammonì Gabriele. «Questa volta fai
come ti dico. Spostati lentamente verso il centro strada.»

«Sono quelli di prima?», chiese Ester, allarmata.

«Che ne so?»

Comparve anche un altro uomo, dietro il furgone.

Ester, titubante, scoraggiata dalla nuova apparizione,
dopo qualche passo tornò sulla destra, per attaccarsi al
braccio di Gabriele. Inutili, quelle manovre. Non rimaneva
che tirare diritto, facendo finta di niente.

«Cerca almeno di nascondere la borsa...», le raccomandò.

«Alla peggio, tiro fuori la videocamera, e gliela la-
scio...»

«Calma!»

Avevano proprio l'aria di aspettarli. O forse, stavano
semplicemente ascoltando musica. Fra poco lo avrebbero
saputo. Una musica aggressiva, musica rap.

Erano in quattro, sul marciapiede a lato di un parking. Tre neri, e un bianco. Il furgone aveva il vetro del finestrino posteriore fracassato. Uno di loro, con l'apparecchio dello stereo sulle ginocchia, era accovacciato sulla pre-
della.

Si avvicinarono guardinghi. Gabriele rimuginava se
convenisse fingere di conversare con Ester. Parlare li
avrebbe subito rivelati per stranieri. Ma non fece a tempo
a darsi una risposta che già si trovarono prossimi al gruppetto.

Al loro passaggio la musica tacque.

Sgusciarono silenziosi, e indenni, tra ceffi che li fissa-
vano.

Forse riuscivano...

« *Cigarette!* », li raggiunse una voce alle loro spalle.

Una voce non arrogante... Ma Gabriele simulò di non aver capito. La richiesta poteva non esser rivolta a lui.

La voce, più stridula, impartì un ordine, che Gabriele questa volta non intese esattamente, inducendolo però a girarsi.

L'uomo che reggeva lo stereo si alzò, facendogli segno che voleva fumare.

Ester scongiurò:

« Non gli dar retta! Andiamo via! »

Sarebbe servito solo a irritarli. Era evidente che aveva delle sigarette: stava fumando! A quel punto, se avevano cattive intenzioni, non si rimediava scappando. Non dare ascolto poteva aizzarne l'aggressività.

Gabriele, sforzandosi di mostrare disinvoltura, si fermò. Estrasse il pacchetto delle sigarette, e con inopportuna generosità lo consegnò intero.

Si accostarono tutti e quattro, interessati. Mentre ciascuno si sfilava dal pacchetto una sigaretta, Gabriele ebbe modo di valutarli: il più inquietante gli parve un nero alto e corpulento, con un cranio calvo e lucido, quasi senza collo sulle spalle massicce; un altro canticchiava e rideva, mettendo in mostra un dente d'oro al centro della bocca, segnato da una strana incisione; c'era anche un ragazzo, un biondino, dall'aria sofferente. Ma tutti sembravano aspettare un segnale dall'uomo dello stereo.

Bella compagnia! Forse però, concedendo qualcosa, li si poteva tenere a bada.

Gabriele rivolse un'occhiata a Ester, come a dirle: « Stai indietro!... ». Quindi, gettata via la sua sigaretta, estrasse l'accendino e accese la fiammella. Protese il braccio, rigido, quasi per garantire una distanza di sicurezza.

Ma la fiammella si spegneva, per il vento. Dovette provare più volte, senza successo. Il nero con il dente d'oro continuava a ridere, e soffiava, come se invece volesse, al pari del vento, spegnere la fiammella. Allora Gabriele accennò di consegnare anche l'accendino.

L'uomo dello stereo scrollò il capo. No, non voleva prendere in mano l'accendino. Ma chiedeva che gli si desse fuoco. Anzi lo esigeva. Lo prese per un braccio, indicandogli di entrare in un luogo più riparato, nel parking.

Gabriele riluttava, ribadì la sua disponibilità a consegnare l'accendino; ma quello insistette, accentuò la pressione al braccio. Tuttavia, cercava di rassicurarlo.

Fu costretto a obbedire, ma prima ingiunse a Ester: « Allontànati, tu! »

La donna era pronta a fuggire, ma non osava, rimaneva immobile. Lo chiamò querula:

« Gabri-e-le! »

L'uomo col dente d'oro gesticolò:

« *Come in! Come in!* »

Ester non sapeva quasi niente d'inglese, ma quelle parole le capiva anche lei.

« *Come in!* », ripeté quello, allegro. Sembrava che la invitasse a una festa. « *Come in!* », rideva.

Entrarono nel parking, spingendo Gabriele, aspettando Ester all'ingresso del reticolato squarciato, con ostentata cortesia, come si conviene con una signora.

Si metteva al peggio. Tra quella selva di macchine, in una zona morta, sarebbero stati in balìa dei loro aggressori. Gabriele doveva evitare di perdere il contatto con la strada. Si rifiutò di procedere. D'istinto cercò con lo sguardo attorno a sé un oggetto contundente.

Mentre accendeva la sigaretta al capoccia, riparato dietro la portiera di un camion, gli altri circondarono Ester. Il biondino cominciò a frugarle nella borsa.

La donna lanciò un grido. Un grido che si disperse esile nel buio, con l'unico effetto di convincere della sua inutilità.

Gabriele si sforzò di non perdere la calma. Occorreva venire a patti, cedere qualcosa, per evitare un danno estremo. Disse, contrastato:

« *I can give you some little money...* »

Ma intanto saltava fuori la videocamera, festeggiata

123

dal nero col dente d'oro. Il quale esaminò l'oggetto, tolse la custodia, sbirciò nell'obiettivo, tra le risate, puntando a turno sui compagni.

Ripeteva: «*Panasonic! Panasonic! Good!...*»

Il capo reclamò a sé la preda. Valutò anche lui la merce, da intenditore, puntò a sua volta lo strumento sui compagni, in particolare su Dentedoro che, diventato protagonista, prese a inscenare una semidanza.

Forse volevano soltanto divertirsi, giocare un po' alle loro spalle. Gabriele teneva sott'occhio la strada, sperando che passasse qualcuno, pronto a lanciare l'allarme. Si illuse per un istante di poterli abbindolare: da come si interessavano alla videocamera, ricordavano gli indigeni, a cui i colonizzatori sbarcando hanno appena offerto in dono perline e specchietti.

I selvaggi erano in realtà civilizzatissimi, almeno il più anziano che comandava la banda, e doveva avere una passione per le apparecchiature elettroniche in genere, oltre che per lo stereo, se a un certo punto, manovrando con apparente competenza la macchina, chiese:

«*Infrared?*»

Gabriele non capiva.

L'altro, seccato dell'incomprensione, bestemmiò, rovesciò una frase, in cui Gabriele, in ritardo, riconobbe le parole «*infrared rays*».

Infrared rays, certo! *Sure!* A raggi infrarossi...

«*Wonderful!*»

Dentedoro sollecitò:

«*Play, master!*»

Quello non si fece invitare due volte. Balzò sul cofano di un'automobile, quindi sul tetto, e inquadrò: l'ambiente, e poi, a uno a uno, i compagni. Dentedoro ricominciò la sua danza, suscitando risate. Anche il nero taurino, col cranio calvo, accennò a ballare.

Forse desideravano solo divertirsi. Si poteva ancora cavarsela a buon mercato... Ma com'erano caduti, da un momento all'altro, in quel trabocchetto? La città, la normalità, scomparse; il tempo fermo, un incubo.

Invocato, il Master chiese che si spostassero tutti di più verso il lampione da cui pioveva la luce.

Impose il silenzio, per spiegare. Un comizio. Una specie di comizio. Che voleva? *Television!... Movie!... Actors... Director... Live!*

Ridevano.

In quel discorso Gabriele coglieva appena alcune parole. Aveva visto un esaltato recitare da Gesù Cristo, impugnando la croce, a Washington Square. Ma il nuovo oratore non aveva in mente Gesù Cristo. *Television!* Aveva in mente la televisione. Loro erano gli attori. Il polacco, se lo avesse saputo, sarebbe stato soddisfatto.

Fu pronunciata la parola «*money*».

«*Money!*», confermò il Master, rivolto a Gabriele, agitando la mano, come se desse il via alla scena di un film.

Il denaro. Gabriele voleva evitare di estrarre il portafoglio, si cercò nelle tasche, trovò un biglietto da dieci dollari. Lo consegnò a Dentedoro, il quale lo sventolò trionfante davanti alla videocamera, lo diede al compagno nerboruto, il quale agitò anche lui il piccolo trofeo in direzione della videocamera, a sua volta lo passò al biondino, che invece se lo cacciò in tasca.

Applaudirono, in coro, al gesto spiccio di Larry, Larry il biondo con l'orecchino, silenzioso e così diverso dagli altri.

«*Money!*»

Altri soldi! Gabriele fu costretto a metter mano al portafoglio. Un portafoglio omaggio della Levi Strauss, che lui aveva inaugurato apposta per il viaggio americano, per ragioni di sicurezza, ancorato con una catenella al passante dei pantaloni. Sfilò cauto cento dollari.

Dentedoro fu il primo ad afferrarli. Si rinnovò il rito del passaggio della banconota da una mano all'altra, mentre il cameraman, sul tetto della macchina, ormai identificatosi nel suo ruolo di regista, impartiva istruzioni, continuando a riprendere la scena.

Gabriele, proprio dall'atteggiamento del Master, si persuase che non avevano nessuna intenzione di mollare. Erano incastrati, in quel parking abbandonato della periferia di Manhattan. Per una stupida imprudenza rischiavano di essere stritolati nel meccanismo di un'antica violenza sociale. Come salvarsi? Sperava ancora di rabbonirli, di venire a patti in qualche modo, soprattutto di tenerli lontani da Ester terrorizzata. La sua preoccupazione era Ester. Controllava eventuali movimenti sulla strada...

Estrasse tutto il denaro che aveva; e stando al gioco, anche lui lo mostrò alla videocamera, quasi per testimonianza, per aver diritto a negoziare la resa, e la liberazione.

Erano altri centoquaranta dollari. Aggiunti agli altri centodieci, duecentocinquanta dollari. Troppo pochi!

Infatti, li festeggiarono, ma non furono placati. Dentedoro volle frugare personalmente nel portafoglio: visto che questo era legato dalla catenella, cominciò a strappare, sempre ridendo, a trascinare Gabriele tirando i pantaloni. Gabriele si affrettò ad aiutarlo, slacciò la catenella dal passante.

Dentedoro, dopo aver esaminato con attenzione, deluso, disperse in aria le carte e i documenti contenuti; più in alto ancora scagliò il portafoglio.

Si volsero a Ester.

« *Tenderoni! Tenderoni!* »

Che voleva dire *tenderoni*? Gabriele non capiva il loro *slang*.

Ester negò di aver altro denaro.

Il regista questa volta si arrabbiò, o finse di arrabbiarsi. Pestò i piedi sulla lamiera del tetto, compiaciuto di ammaccarla rumorosamente. Chiese a Larry quanti soldi guadagnasse al giorno. Larry fece una smorfia. L'altro concionò che duecentocinquanta dollari da dividere in quattro erano troppo pochi, sessanta dollari a testa: « *A trifle!* ». Una bazzecola! I turisti avevano preso l'abitudine di andare a spasso per New York con poco contante. Per avarizia. Sbagliavano! Bisognava invece portarne tanto! *Cash!* Per evitare guai! Per il loro bene! Giusto?

Giusto! Andavano su di giri. Applaudirono il Master sindacalista, il quale intanto filmava.

Un bel film, di cui loro erano protagonisti, tutti insieme, derubati e furfanti, in comunione.

Il Master si rivolse a Gabriele, e siccome doveva distribuire le parti e non ne sapeva il nome, chiese democratico:

« *What are we going to call him?* » Si ponevano il problema di come chiamarlo.

Esitavano.

« *Fucking!* » Fottuto!, suggerì Craniocalvo. « *Faggot!* » « *Sucker!* », sghignazzarono altri. Fu invece il regista a trovare il nome:

« *Victim! His name is Victim!* »

Lo designavano la Vittima, nel rito che stava per compiersi! Come fermare quel processo sommario, convincerli a desistere? Gabriele non sapeva niente di loro, era un terribile equivoco, sentiva solo un'energia cattiva, nemica. Chissà che esistenza avevano alle spalle, sin dalla nascita, nei ghetti della grande città. A loro volta, difendevano una miseria orribile, attaccando, in un rapporto primordiale. Non sarebbero servite né parole né preghiere. Bisognava contrapporre un'energia contraria, più forte, che lui non possedeva.

Volevano l'oro, adesso.

Gabriele si tolse l'anello, lo diede a Dentedoro, poi gli consegnò anche l'orologio, in mancanza di meglio, un Casio di poche decine di dollari comprato giorni prima a Chinatown. Non aveva altro! Alzò le mani vuote verso la videocamera, in segno di prova.

Il nero cedette ai compagni l'orologio, si tenne invece l'anello, se lo infilò al dito, ne aveva altri nella mano. Aveva anche il dente d'oro al centro della bocca, con una grot-

127

tesca incisione. In fondo, l'oro a che serve? A essere esibito. E lui lo esibiva, anche in bocca.

Lo esibiva, e aveva voglia di far baldoria. Cominciò a palpeggiare Ester, che si ritrasse con ribrezzo, gridando.

Gabriele fece la mossa di buttarsi in soccorso, ma Craniocalvo lo agguantò rapido, gli storse il braccio dietro la schiena. Craniocalvo era un energumeno pieno di muscoli, gli spezzava il braccio...

Dentedoro insisteva, voleva strappare l'anello dalla mano della donna, la quale reagì di furia, come una gatta, per sottrarsi graffiò in viso il suo assalitore.

Un solco di sangue tracciò la guancia di Dentedoro, che si tastò la ferita, un po' sconcertato.

Applaudirono. Applaudirono anche a quella reazione. Avevano voglia di baldoria, tutti. Lo stesso Dentedoro mostrò di apprezzare le unghie e il carattere della giovane. Si fece di nuovo sotto, autorizzato dal danno subìto, per imporre le sue ragioni.

Nell'atto di immobilizzarla, le strappò il berretto: si scoprì la massa dei suoi capelli.

L'effetto fu disastroso. La vista di quella magnifica capigliatura femminile, di color fulvo, trasmise un messaggio, che fu immediatamente raccolto. Gabriele intuì che qualcosa di nuovo interveniva, irrimediabile.

«Red!...», esclamò Dentedoro.

«Red!... Red girl», gli fecero eco gli altri.

Anche Craniocalvo lasciò la presa del braccio di Gabriele, cambiando bersaglio. Dentedoro voleva toccare i capelli della donna, cercò di pararne i colpi, Craniocalvo lo aiutò ad agguantarla.

Gabriele accorse, come poté, avventandosi contro quest'ultimo. Ci fu una breve colluttazione, il nero lo colpì più volte al viso, lo scaraventò contro il finestrino di una macchina, gli piegò di nuovo il braccio dietro la schiena, sino a che si accasciò a terra. A terra, gli sferrò un calcio sul dorso.

Il Master intanto dava istruzioni, strillava di spostarsi, di non uscire fuori campo, di non rovinare il capolavoro. Craniocalvo trasportò il corpo della Vittima perché fosse ben visibile, mostrò alla videocamera le ferite inferte, il sangue che sgocciolava, sollevò in alto il pugno in segno di vittoria.

Ester piangeva e supplicava, ma col risultato di eccitarli ancora di più. Si accostò pure il biondino, frenetico, ripetendo alla donna delle frasi che lei non era in grado di capire né di ascoltare.

Nemmeno allora Dentedoro rinunciò alle sue pulcinellate, nel corpo a corpo afferrò una ciocca dei capelli di lei e la allungò sulla testa pelata del suo compagno, come fosse uno scalpo, reclamando l'attenzione del regista su quell'effetto speciale. Rideva a crepapelle, ma schizzò via in tempo per evitare la collera di Craniocalvo.

I capelli rossi di quella giovane e fragile creatura sulla testa lucida e marrone dell'aggressore, sottolinearono il contrasto tra due condizioni, l'ingiustizia del rapporto, il bisogno di ripararvi, la violenza della vendetta come unica soluzione di risposta.

Il Master, dal tetto della Lincoln piombando sul cofano, e di nuovo risalendo sul tetto, alla ricerca della postazione migliore, pestava i piedi, spronava la combriccola, e insieme, affascinato dal proprio ruolo, studiava l'efficacia delle parti, documentava l'avvenimento, lo trasformava in immagine. *Television!*

Esisteva la violenza nella vita, ed era accettata, come un elemento necessario; e perciò ogni giorno, ogni ora, ogni istante, la si accettava e la si giustificava. Ora esplodeva in quel ghetto urbano, nel recinto di un parking, dentro una prigione di lamiere, deliberata, malvagia, allegra. Inconsciamente, solo l'eccesso poteva procurare soddisfazione e pace. Non bastava la violenza, volevano lo spettacolo della violenza, da figli del loro tempo. Passavano alla storia, sulla Quarantacinquesima Strada.

A Gabriele spettava la parte della Vittima, e quei neri ne ricavavano finalmente un vantaggio. Era finito in una trappola, e non poteva più uscirne. Col braccio destro spezzato, non opponeva resistenza in alcun modo, era ridotto alla posizione di testimone.

Strapparono la giacca a Ester, che si divincolava e urlava. Craniocalvo andò per le spicce, le fece male. Con una mano la teneva, con l'altra trafficò per spogliarsi. Era un bruto con un collo incassato tra le spalle, una massa di muscoli sulle braccia e sul petto, e chissà che arnese tra le gambe.

«*Jimmy!... My Jimmy!...*»
Television!

«*Dakota!*» Dentedoro rideva mostrando la stanga eretta di Craniocalvo. Avevano i sessi ciascuno con un nome proprio, indipendente. E quello di Craniocalvo era Dakota!

Tolsero alla giovane donna la camicetta, il reggiseno, che proteggeva due coppette minuscole e pallide, le tirarono giù i jeans sino alle ginocchia, e le mutandine, scoprendo il pube. La nudità li scatenava come una festa, il tempo correva per condurre a un buco nero, alla felicità convulsa di un orgasmo.

Occorreva a ogni costo provocare una difficoltà, ritardare gli eventi. Gabriele da un po' aveva adocchiato un grosso frammento di vetro, sotto una ruota. Non poteva servirsene come arma, non ne aveva la forza. Ma appena scorse una luce di fanali sulla strada, decise: raccogliendo le estreme energie si rizzò in piedi, lanciò un urlo e con la mano sinistra, disperato, scaraventò il frammento di vetro in direzione dell'automobile che passava. Non riuscì a centrarla, il vetro si infranse in tanti pezzi...

La macchina rallentò, si fermò qualche secondo. Anche la banda interruppe le operazioni, si zittì, in attesa...

La macchina riprese la sua marcia, indifferente.

Dentedoro annunciò lo scampato pericolo, il secondo tempo del film. Mostrò le nudità della donna alla videocamera, le gambe, il pube peloso, il ventre morbido, il corpo che si contorceva. Ne apprezzava la qualità e chiedeva apprezzamento a un pubblico invisibile. Faceva freddo, ma nessuno se ne accorgeva.

Gabriele piangeva per l'umiliazione, per il dolore, per l'impotenza. Pensava a sua madre, in Italia, a quando le avrebbero comunicato che un giovane di venticinque anni, di nome Gabriele Florio, era stato aggredito da quattro teppisti, su una squallida strada di Manhattan. Pensava che la sua vita era giunta al termine e che, comunque, fosse anche continuata, non sarebbe stata mai più come prima. Guardava a terra, tra le macchine di un vecchio parking, la carne tenera e profanata di Ester, la fiamma della sua vita.

Scoppiò una lite tra i membri della gang. Larry, il biondino, che sino a questo momento era rimasto da parte, impediva a Craniocalvo di coricarsi sulla donna. Non si capiva se voleva avere la precedenza, o se invece voleva proteggerla.

Si insultarono:

«*Kiss my dick!*»

«*Shitface!*»

Dentedoro rideva, amplificava con l'eco gli insulti: «*Kiss my di-ick!...*», «*Shi-it-fa-ace!...*», li aizzava, chiedendo la complicità del Master.

Larry era smilzo, ma con gli occhi invasati, tremava, come un drogato in crisi di astinenza. Estrasse un coltello, e il rivale, che era tanto più robusto, esitò, ebbe paura di quel ragazzo con l'orecchino.

Larry, con un lampo negli occhi, indicò il sesso scoperto di Craniocalvo, nero ed enorme, e vibrò una coltellata per aria, radente. Lo avrebbe castrato, per Dio e per il diavolo, se avesse osato avvicinarsi alla Rossa.

Sì, avevano paura di lui, anche Dentedoro rinsavì, si mise al riparo da quella lama folle. Sapevano che diventava intoccabile, quando perdeva il controllo.

Larry si chinò su Ester in lacrime. Le accarezzò commosso i capelli, poi glieli baciò, le sfiorò una guancia con la mano. L'aiutò ad alzarsi, sempre tenendo discosti i compagni con la minaccia del coltello puntato. Voleva isolarsi con la donna, portarla all'interno del parking, nel rifugio di uno di quei lugubri edifici.

Lo stesso Master protestò:

«*Fokky you! Fokky you!*» Portandosi via la Rossa per stuprarla da solo, interrompeva la ripresa del film!

Larry sosteneva la donna, che però resisteva anche contro di lui, a oltranza.

Nell'oscurità, lontano, si alzò un sibilo, risuonò improvvisa una sirena... Sì, una sirena lacerava il silenzio della strada, a gran velocità stava accorrendo un *cruisecar*, una volante della polizia!

Forse il vetro scagliato poco prima contro la macchina di passaggio aveva dato il segnale. Forse qualcuno, nascosto dietro le occhiaie di uno di quei fondaci, aveva assistito alla scena, e lanciato l'allarme. Gabriele cominciò a urlare, per far più rumore prese a tempestare di calci la portiera di una vettura.

Serpeggiò lo scompiglio. Bestemmie, avvertimenti. Cercarono di convincere Larry...

Dentedoro fu il più pronto a squagliarsela, saltellando tra le carcasse delle macchine. Anche gli altri scapparono, anche Larry tremante, che prima volle baciare i capelli della Rossa, ciascuno in direzione diversa, nel labirinto della notte.

Nell'obiettivo della Panasonic ormai c'erano solo fantasmi. Ma domani le immagini si sarebbero rimesse in movimento, autonome; si poteva godere lo spettacolo: una, due, tre, dieci volte. Al rallentatore. *Television!*

Il Master, costretto, scendendo giù dal tetto della Lincoln, fu l'ultimo a mettersi in salvo, come un capitano che abbandona dopo il suo equipaggio la nave che affonda, stringendosi sotto braccio il bottino prezioso.

MALIBU

Gloria aveva portato almeno un bagaglio di troppo, cioè suo figlio Lucas. Senza degnarsi di preavvisare. Come se fosse la cosa più naturale del mondo. E il bambino già combinava un guaio, riaprendo la portiera della jeep mentre Aldo faceva retromarcia, col risultato di colpire in pieno un paletto sul marciapiede.

Lo stesso Aldo minimizzò il danno: più che altro, un fastidio per l'assicurazione della jeep noleggiata. Ma dato che non se n'era accorto, la colpa era più sua che del bambino, e comunque era stato sfortunato a centrare un paletto così sottile.

Incidente chiuso. Si affrettarono anzi a lasciare Hollywood Boulevard perché, non lontano, alcuni poliziotti avevano preso a perquisire e a malmenare dei neri, provocando un parapiglia.

Fiancheggiarono di nuovo The Walk of Fame, la Passeggiata a lastroni raffiguranti le stelle dei divi, su cui Lucas aveva voluto saltellare. Una folla variopinta animava il Corso, sfilavano i negozi di articoli musicali tappezzati dai manifesti degli attori, le insegne dei teatri, i locali a luci rosse.

Addio, Hollywood! Cominciava la vacanza vera.

Avrebbero dovuto essere in quattro, due coppie: Marina Baltierra e il marito, oltre a lui e a Gloria Alvarado. Invece si trovavano in tre. Marina Baltierra non era arrivata, aveva avuto un impedimento all'ultimo istante, e Gloria era venuta sì, ma col figlio.

Deliziosa però. Cristo! come si presentava... Aldo l'aveva conosciuta a New York, due settimane prima, ma in ambiente mondano, e poi al ristorante, fra tanta gente, in toilette elegante, con un'altra pettinatura. Eccola invece in tenuta sportiva, con la maglietta turchese a maniche corte, le scarpe da ginnastica e i jeans stracciati sul ginocchio, i capelli raccolti a coda di cavallo e rialzati sulla nuca. E soprattutto, quell'aria fantastica da bambola bionda e assopita, quegli occhi tondi che non guardavano da nessuna parte e richiamavano l'attenzione, quell'innocenza capricciosa stampata in viso che faceva pensare al privilegio di un'infanzia protratta... Era proprio grato a Marina Baltierra di averli presentati. Marina, con tutte le sue moine, era una donna intelligente, curava sempre ad arte i suoi collegamenti, magari l'aveva fatto apposta a mancare l'appuntamento.

Allora perché la presenza di quel ragazzo? Per metterlo in mezzo e crearsi un alibi? O perché la madre altrimenti non sapeva dove lasciarlo? Gloria era già sposata e separata, con due figli, un maschio e una femmina. Difficile crederlo, a vederla. In ogni caso, quando a New York Aldo lo aveva saputo, non aveva dato alcuna importanza a quel dettaglio.

Alle spalle Hollywood Boulevard, attraverso Sycamore Avenue si innestarono su Wilshire Boulevard. Aldo non conosceva la strada, ma si orientava abbastanza bene. Doveva adesso proseguire su Wilshire, per un lungo tratto, fino a sboccare a perpendicolo sulla costa. Lucas – informò la madre – non aveva mai visto il mare, loro abitavano a Chicago, sui grandi laghi, ma il mare no, non lo aveva mai visto, e lo desiderava tanto. Per questo lo aveva portato.

Evviva, il mare. La festa, dunque, era per tre.

Gloria restava anche troppo silenziosa, forse studiava il suo compagno, in fin dei conti non sapevano quasi nulla l'uno dell'altra. Fu Aldo a tenere la conversazione, raccontò dei suoi movimenti durante gli intervalli degli impegni di lavoro, nei giorni scorsi: era stato ospite di un amico che abitava in una villa al confine di Bel Air e gli aveva fatto visitare la zona delle colline; una volta con alcuni operatori cinematografici era arrivato sino a Palm Springs, paradiso dei campi da golf; in un'altra occasione aveva percorso la costa a sud, da Santa Monica e Marina del Rey, giù giù verso Long Beach e Newport Beach, sino a Balboa Island.

Lo affascinavano gli spazi sterminati, quella condizione di benessere diffuso, la vegetazione continua così differente da quella mediterranea, il clima di eterna primavera: l'impressione, la tentazione, era di starsene tutta la vita in pantaloncini e maglietta a divertirsi, a praticare sport, a bighellonare... Senza i problemi degli umani, senza inutili stress. La sensazione della ricchezza la si percepiva quasi a toccarla con la mano: non solo per le ville, per le piscine private, per i negozi di Rodeo Drive... Il Padreterno aveva dotato quei luoghi di risorse naturali. Nel porto di Los Angeles, costruito per intero artificialmente, su un'immensa spianata sostavano migliaia e migliaia di automobili, provenienti dal Giappone, pronte a essere distribuite sul mercato americano da lì sino alle città dell'Atlantico. Lo aveva in particolare colpito la vista dei pozzi petroliferi lungo la costa: a poche centinaia di metri dalla terraferma, su isolotti in mezzo alle palme, delle trivelle basse pompavano il petrolio giorno e notte, senza deturpare il paesaggio. La produzione della materia prima avveniva nei luoghi stessi del consumo.

Gloria ascoltava tranquilla, ogni tanto si voltava verso il figlio che le strappava i capelli. Lei era americana, a quelle cose c'era abituata. Obiettò svogliata, nel suo accento stretto:

«Però a Los Angeles ci sono i terremoti.»

Vero. I terremoti. Passava da lì la faglia di San Andreas. Si aspettava il Big One, la grande scossa. Vero. Ma le case erano costruite con criteri antisismici. Anche i grattacieli, ormai; poggiavano infatti su specie di biglie, che assicuravano elasticità. Del resto, non si poteva avere tutto dalla vita: il clima, la ricchezza, gli spazi... Giusto almeno avere la spada di Damocle dei terremoti, per compensazione.

A quel punto Lucas strillò:

«*I want to see the earthquake! I want to see it too!*»

Voleva assistere a un terremoto!

«*Shut up!*», lo zittì Gloria. Gli spiegò che non si dicono queste cose.

«Porta male...», rise Aldo, dentro di sé incerto se toccare qualcosa di ferro. Ma non trovò niente a portata di mano. Bisognava sperare che quel bambino viziato non fosse sempre soddisfatto nei suoi desideri dalla sorte...

Un dato che saltava all'occhio: Lucas non assomigliava per nulla a sua madre. Gloria era biondissima, luminosa, lui di un rosso pel di carota, tutto sommato bruttino, probabilmente assomigliava al padre, un irlandese. Nel sedile posteriore era neutralizzato. Pazienza... Rimaneva il problema perché se lo fosse portato dietro, mare a parte. Gli americani non fanno tante storie con i figli. Gloria era evidentemente una donna emancipata, senza pregiudizi. Gli venne in mente il film *Thelma and Louise*. Sì, Gloria forse apparteneva a quel tipo di donna. Che pretendeva di più? In quel modo, tuttavia, alla presenza del moccioso, non aveva ancora potuto baciare né Thelma né Louise.

Gloria invece avrebbe volentieri rivisto l'Europa. Parigi... Roma... A Roma alloggiava a Campo de' Fiori. Aveva un terrazzino meraviglioso sulla piazza, dove si tiene il mercato delle erbe. Sperava di tornarci. Ma adesso, dove erano diretti?

«Prima tappa, Malibu. Va bene?»

«Hai già prenotato l'hotel?»

«No. Ci fermiamo, quando e dove decidiamo. Tu hai preferenze?»

«Andare avanti in macchina... E dormire... Al sole!»

Ottimo programma. Sole purtroppo non ce n'era, quella mattina. La nebbiolina tardava a diradarsi, e in prossimità della costa si addensava a banchi. Ormai arrivavano alla spiaggia di Santa Monica.

Raggiunsero Ocean Avenue. Ecco il lungomare, la spiaggia sottostante.

Una spiaggia larghissima, di rena fine e dorata. In fondo, dormiva il mare, nascosto e imbronciato. L'oceano.

Lucas si agitò. Voleva scendere, voleva vedere l'Oceano Pacifico, il primo mare della sua vita.

Posteggiarono. Gli spazi si stendevano chilometrici. La spiaggia era così larga che al suo interno vi correva il rettilineo di una strada asfaltata, percorsa dalle biciclette. In Italia non esistevano spiagge così. Quello era il guanciale di un oceano che copriva vasta parte del globo. All'altra estremità di Los Angeles, su quelle acque, alla stessa latitudine, si incontrava Tokyo, Shanghai... Anche la passeggiata del lungomare si apriva ampia, fiancheggiata da aiuole verdi, all'interno delle quali svettavano le palme. Qua e là dei barboni sul prato coltivavano la loro desolazione nella pigrizia della temperatura mite. Si respirava una tale aria di libertà affacciati a quella balconata, sotto quel cielo...

Lucas, appollaiato sulla ringhiera, voleva scendere in spiaggia, buttarsi subito in acqua. Aldo dovette spiegargli che l'acqua era troppo fredda, soltanto in piena estate era possibile immergersi senza tuta. Ma il ragazzo non capiva mai quello che Aldo gli diceva, evitava di rispondergli, si rivolgeva alla madre, che interveniva per ripetere. L'inglese di Aldo era accettabile, ma non abbastanza per far breccia nell'attenzione di quel piccolo interlocutore.

No, non conveniva scendere in spiaggia, con il fuoristrada colmo di valigie in vista. Meglio proseguire, e cercare una località fuori del centro urbano.

Risalirono in vettura, mentre Lucas si attardava a fare acrobazie sulla ringhiera. Gloria lo richiamò, senza successo.

«Lascialo! Non c'è premura...», ne approfittò Aldo. Le prese la mano, guardandola negli occhi.

Lei sorrideva, mettendo in mostra la sua splendida bocca. Non era molto opportuno, a pochi passi dal bambino, ma a un certo punto bisognava pur cominciare. L'attrasse a sé, le mise lento la mano tra i capelli biondissimi, le cercò la bocca... Era la seconda volta che la baciava. La prima a New York, in ascensore, all'improvviso, un istante... Era mancata poi l'occasione, ma anche quel breve contatto era stato propiziatorio, aveva aperto un'intesa. La baciava adesso, come aveva a lungo desiderato, con voluttà, indugiando. Lei non si scompose, ma partecipò senza esitare, prendendosi il suo piacere, con naturalezza, come se lo aspettasse.

Lo rimescolava il gusto di quelle labbra, di quella carne. Sarebbe stata, sì, una magnifica vacanza, un'esperienza rilassata e forte.

Lucas tornava, si separarono.

Si rimisero in cammino. Aldo accese la radio, cambiò stazione, si diffusero le note di una canzone, Gloria riconobbe la voce di John Lennon.

Sul lungomare trotterellavano dei corridori, facendo jogging, giovani ma anche anziani, con la benda attorno alla testa, e le cuffie alle orecchie. Lucas stava scomodo nel sedile posteriore tra valigie e borse, con un piede si ostinò a sbarazzarsi di un oggetto ingombrante, che però non poteva cedere perché incastrato sotto il sedile.

Aldo rifletteva all'atteggiamento della sua compagna. Si erano baciati, con godimento. Non avevano ancora avuto un rapporto più intimo, ma era implicito nelle premesse, come un beneficio naturale. Il ragazzino rappresentava un inconveniente, non un impedimento. La madre non se ne faceva un problema. Aveva una bocca di zucchero, e dei colori smaglianti. In silenzio, Aldo la riconsiderò di nuovo, mentre guidava. Aveva gambe alte e snelle. Come sarebbe stata nuda? E nell'amplesso? Un'eccitante scoperta lo attendeva, alla prima sosta di quel viaggio, su quella strada lunghissima parallela al mare.

Parlarono ancora di Marina Baltierra, l'amica comune che aveva favorito il loro incontro. Marina abitava a Park Avenue in una casa piena di mobili antichi e di ninnoli, e lavorava per i grandi sarti. Conosceva un sacco di gente che conta, in America e in Italia. Da trent'anni a New York, aveva sposato un americano, ma non si era mai decisa alla scelta definitiva: ogni tre mesi al massimo aveva bisogno di tornare a Roma, per mantenere i contatti ma anche per ritrovare l'ambiente in cui aveva vissuto da ragazza. Nella sua casa-museo i mobili venivano dall'Italia, erano quelli di famiglia. Teneva ferma in garage una Spider rossa fiammante, ma adesso Edward le aveva passato la sua Cadillac, quella che anche Aldo aveva visto perché Edward la guidava la sera che erano andati tutti insieme al River Café di Brooklyn. Anche la Cadillac stava ovviamente ferma nel garage. Edward se n'era comprata un'altra, e per usarla dentro Manhattan teneva l'autista fisso.

Sulla Pacific Coast Highway potevano scorrere liberi sin che ne avevano voglia. La strada si srotolava come un nastro, arrivava costa costa sino in Canada! Però occorreva far attenzione a non superare le 45 miglia orarie. In quel primo tratto tuttavia il mare si scorgeva solo in lontananza, coperto da una fila continua di negozi, di baracche. Data la stagione, il paesaggio era abbastanza brullo, la terra friabile, marrone e talora rossastra, con macchie di cespugli, e qualche accensione di buganvillea in fiore.

A un semaforo la corsa fu interrotta, l'incrocio venne attraversato da un furgone con un rimorchio vuoto ma enorme, destinato a carichi eccezionali. Aldo sapeva dell'esistenza di simili convogli, che in California trasportano i giganteschi tronchi dalle foreste del Nord, ma di persona non ne aveva mai visto uno prima di allora. Dopo averlo indicato a Lucas, gli venne il dubbio, perché i rimorchi di quei convogli quando sono sgombri vengono anch'essi caricati sulla motrice principale per filare a velocità normale, invece quello era vuoto e procedeva a passo di lumaca.

Servisse a quello scopo o solo a bloccare il traffico, Lucas non si degnava di rispondere, né allora né mai. Non appena ripartirono, furono affiancati da una vecchia Mercedes. A bordo un tizio, un ispanico, che mandava segnali, anzi faceva gesti di minaccia nella loro direzione. Per quale ragione protestava? Perché non li superava? Ancora gesticolava... Dando un'occhiata nello specchietto retrovisore,

Aldo infine intuì la causa di quell'ira. Lucas di dietro faceva le boccacce, probabilmente tutto il tempo che erano stati fermi al semaforo si era divertito a provocarlo. Si trattava di una bambinata, al diavolo quell'ispanico, non era il caso di dare così in escandescenze; Gloria intervenne a rimproverare il figlio, flemmatica, come se lo invitasse a non infilarsi le dita nel naso.

Malibu. L'inizio di Malibu.

Il panorama si slargava, la strada in quel punto si sviluppava in un'ansa fino al promontorio di fronte, intervallata dalla fuga dei tralicci dell'alta tensione; la spiaggia ricompariva sotto il ciglione. Il sole faceva capolino, pallido; sull'oceano persisteva una leggera foschia.

Da quelle parti doveva esserci il Paul Getty Museum. Infatti di lì a poco comparve il cartello. Gloria manifestò il desiderio di visitarlo, ma Aldo non spasimava all'idea di chiudersi tra quattro pareti in un museo; inoltre, a quanto ne sapeva, per visitare il Paul Getty bisognava prima prenotare, e prenotare con notevole anticipo. L'argomento non scoraggiò Gloria: nel caso non avessero trovato parcheggio, avrebbero rinunciato. Anche Marina aveva raccomandato di andare a vedere il Paul Getty Museum... Dinanzi all'autorità di Marina Baltierra, pronuba della loro relazione, le resistenze di Aldo furono vinte. Perché no? Il Paul Getty era un museo famoso, si trovava fuori mano rispetto al centro, quella poteva essere in effetti l'occasione giusta. Gloria non dimenticò la macchina fotografica.

Sarebbe stato meglio prenotare, ma di posto ce n'era quanto ne volevano. Il museo era praticamente deserto, il custode giustificò quella limitazione tassativa col fatto che, in base a un accordo con i proprietari della zona, i visitatori pedoni non erano ammessi, e gli automobilisti potevano entrare solo su prenotazione, per evitare che abbandonassero le macchine ai bordi della strada, procurando impicci.

Un plauso postumo al mecenate Paul Getty il Vecchio. In Italia non c'era analoga efficienza. In Calabria al

140

nipote omonimo – era il nipote? – avevano tagliato un orecchio.

La costruzione si ispirava alla struttura di una villa romana, secondo l'opuscolo riproduceva la pianta della Villa dei Papiri, nei pressi di Ercolano, sepolta dall'eruzione del Vesuvio nel primo secolo dopo Cristo. Conteneva cose interessanti, ma nella sezione greco-romana Aldo ebbe l'impressione che molte fossero delle patacche. Chissà perché, conversando con Gloria, gli venne da ricordare il film *Batman*, dove Jack Nickolson nel ruolo di Joker entra in un museo di Gotham City e si sbizzarrisce a deturpare le opere d'arte, spezzando statue, imbrattando tele di autori venerati. Quella era una scena geniale, con un significato dissacratorio! Che significato? Non avesse mai fiatato! Lucas non capiva mai niente di quanto gli usciva di bocca, ma questo dovette intenderlo anche troppo bene. Fu per un miracolo che non andò a sbattere contro un busto del secondo secolo, quindi cominciò ad agitarsi e a scorrazzare nelle sale, mettendo a repentaglio i vari cimeli. Lo avevano con loro Joker, e occorreva tenerlo sotto controllo continuamente! Gloria beata pensò persino di fotografarlo davanti a un disegno di Rembrandt riproducente Cleopatra nuda col serpente, il suo piccolo Joker senza maschera.

Aveva ragione Marina Baltierra: valeva la pena di visitare quel museo, in special modo risultò interessante la sala dei disegni italiani del sedicesimo secolo. C'erano anche altri pezzi di notevole pregio, ma con quella peste in circolazione non si poteva far altro che tornare in fretta all'esterno.

Fuori, un peristilio classico con colonne, il giardino stilizzato e una vasca-piscina. All'altra estremità della piscina, una statua in bronzo su un sasso dominava la prospettiva scenografica. Aldo questa volta volle scattare lui la fotografia a Gloria, davanti alla statua, nella stessa posizione.

Gloria si prestò al gioco, si mise in posa, ruotò il dorso, con le braccia larghe sollevate in alto, come la statua.

141

Rideva disinvolta, e Aldo pensò che le stava facendo un provino, e che lei lo sapeva ed era esattamente quello che voleva.

Gli chiese, allegra:

« Così, ti ispira? »

Contro quello specchio d'acqua, Gloria sembrava una ninfa, biondissima. L'opposto di lui, bruno, di pelo folto...

« Sarebbe meglio senza i vestiti... »

Lei scherzò:

« Senza i vestiti, nel museo? »

Ridiscesero sulla litoranea. Ma procedevano lenti, occhieggiando la spiaggia, e in un punto particolarmente panoramico si affacciarono.

Una sabbia compatta, di lieve argento, che l'onda levigava. L'onda lunga del Pacifico... Una colonia di gabbiani planava sulla battigia, formando curiose simmetrie. In lontananza, quasi sull'acqua, si intravedevano delle case basse, in apparenza senza pretese.

Tre uomini si dirigevano verso il filo dell'acqua. Uno si tolse gli indumenti, ed entrò. Aveva intenzione di fare il bagno? La temperatura doveva essere freddina! I due compagni lo osservavano, uno anzi aveva tirato fuori una videocamera e ne seguiva i movimenti.

Ma l'uomo in costume, un grassone, esitava, si guardava attorno. Alla fine si tuffò, prese a nuotare, come un orso. Un orso polare!

Insomma, il bagno, osando, si poteva fare. Lucas capriccioso sollecitò una promessa dalla madre, la promessa di poter fare il bagno anche lui, nei giorni successivi. Ma la madre non gli dava retta. Il ragazzo sapeva nuotare? Abbastanza. Aveva frequentato un corso in piscina per due anni, ma discontinuo, per colpa di ripetute influenze.

Col sole l'aria si stava scaldando. Gloria già pregustava il piacere di stendersi al sole in costume... Sulle ondulazioni delle colline si assiepavano qua e là delle costruzioni. Anche campeggi di roulotte. E le ville famose, i ranch dei divi, dove si nascondevano? Aldo cercava suggestioni, avendo in mente il progetto del suo film.

Di nuovo in marcia.

Su una spianata verde campeggiava a caratteri cubitali la scritta in pietra della Pepperdine University. Il campus si sviluppava sull'altura, a più livelli, ordinato nelle sue geometrie. Una collocazione privilegiata, fuori della città, aggettante sul mare. Gloria raccontò di aver interrotto gli studi, da matricola, a Chicago, per il matrimonio. Ma li avrebbe interrotti comunque, lei semmai aveva desiderato frequentare una scuola di recitazione. Aldo invece, nonostante sin da ragazzo aspirasse a diventare un regista cinematografico, si era laureato in Scienze politiche, a Roma, ma dopo l'esame di maturità aveva fatto l'esperienza di un mese nel campus di Berkeley. Un'esperienza per certi aspetti indimenticabile. All'inizio aveva alloggiato a San Francisco, e faceva la spola. Una libertà totale, a cui in Italia non era ancora abituato. Di notte con altri studenti del campus effettuava scorribande, di giorno dormiva. Si divertivano, si spostavano a gruppi, di tutte le lingue. Lui condivideva la camera con un cinese. Gli studenti americani vivevano lontani da casa, per la maggior parte lavoravano anche, qualcuno aveva già cambiato quattro o cinque macchine, una dopo l'altra. Girava anche parecchia droga. Aveva compreso allora quanto diversa fosse la famiglia americana da quella italiana. Per lo più i genitori erano separati. Quella libertà gli era piaciuta, eccome, era stata una vera ubriacatura... Della California conosceva solo Berkeley, San Francisco, la baia. Una volta era sceso sino a Monterey e a Carmel. Adesso, a distanza di anni, colmava finalmente il vuoto, si ricongiungeva, percorrendo la costa da sud.

Gli sembrava in quel momento che la felicità potesse essere: costeggiare l'oceano, scivolando, all'infinito... O almeno, la via più prossima alla felicità, quella di tenersi vicini al mare, come a qualcosa di essenziale e decisivo. Questo probabilmente era merito di Gloria, del suo modo di essere, e di essere compagna.

In corsa, quasi a partecipare il suo stato d'animo, le accarezzò una gamba. Lei gli sorrise, mettendo in mostra la sua bocca fresca, i suoi denti candidi. Aldo fu tentato da una nuova complicità, le infilò un dito nello spacco dei jeans, sopra il ginocchio, con deliberata lentezza lo mosse in orizzontale, premendo appena, quasi a misurare la fessura.

Gloria lo scrutò, per interpretare quel linguaggio, si animò per una sua poco chiara reazione, tirò fuori la lingua, per fargli le beffe.

Risero entrambi, di slancio. Perché gli faceva le beffe? Perché? Non solo il figlio, anche la madre aveva il vizio di fare le beffe?

Dentro di sé rifletteva che la famiglia americana, sì, era proprio diversa da quella italiana. Gloria ne era una dimostrazione. Niente complicazioni. Aveva portato il bambino. E con ciò? Perché stupirsene? Proprio lui che aveva sempre disprezzato i pregiudizi... Doveva riuscire a trovare un buon rapporto con quel bambino.

Bisognava procurarsi dei rullini nuovi per la macchina fotografica. Per questo, attratti da un ingresso grandioso tra aiuole e splendide palme, entrarono in un centro commerciale. A Malibu tutto era comodo, l'area di parcheggio enorme, i negozi eleganti e quasi vuoti. Evidentemente, lo stress era vietato, i residenti arrivavano con i macchinoni di lusso, le Chevrolet e le Lincoln, con i poderosi Toyota e Isuzu scoperti, risparmiandosi inutili code.

Trovarono ciò di cui avevano bisogno, ma poi girellarono a dare un'occhiata alle vetrine. Boutique in stile casual, di articoli sportivi, pantaloncini, magliette: Malibu Sport, Malibu Photo, Malibu Beachwear...

Gloria volle provarsi un paio di occhiali da sole, con la montatura bianca. Si considerò davanti a uno specchio, chiedendo il parere di Aldo. Anche Aldo ne valutò l'immagine allo specchio: slanciata, con colori luminosi, i jeans rotti, l'espressione tranquilla... Adorabile. Diede parere favorevole.

Un altro settore del negozio era specializzato in articoli da mare: costumi, tute, stivaletti, e soprattutto surf. Dalle pareti tappezzate di parquet, sotto il basso soffitto, pendevano le tavole multicolori da surf. Quelle acque, con l'onda alta e lunga, erano il paradiso per il surf. A saperlo fare! Lucas ne aveva viste prima solo in televisione, e se ne innamorò. In effetti, avevano disegni originali, colori accesi. Una, per esempio, presentava su fondo giallo un ragno o un granchio che tendeva le sue tenaglie verso un riccio. Un'altra era coperta da una vegetazione tropicale, tra cui si acquattavano grosse lucertole, in un ambiente esotico, alla Gauguin. Altre più sobrie erano ornate da composizioni di vaghi simboli astrologici. Su una era dipinta una sirena, che aveva i lineamenti di Marilyn Monroe. *Sweet Marilyn!* La sua immagine, la figura di lei in danza, con la gonna sollevata da un soffio malizioso, dominava leggendaria, a Hollywood e a Los Angeles. Quest'ultima tavola in particolare piacque a Lucas, e questa volle regalargli Aldo, per farlo contento e per ingraziarselo. Gloria non si oppose, vedendo come il figlio si stringeva il suo trofeo.

Conseguenza fu che, tornati alla vettura, dovettero sistemare la tavola ingombrante. E siccome sul tetto della jeep non fu possibile, perché c'erano le aste del portapacchi ma mancavano i tiranti per legarla, per il momento trovò posto all'interno, per lungo tra le valigie, con la punta che arrivava al parabrezza, creando una barriera tra Aldo e la sua compagna. La verità era che non si potevano fare programmi con un marmocchio irrequieto dietro, e che con tutta la buona volontà si finiva per essere pesantemente condizionati. Meglio allora, approfittando della sosta del *lunch*, cercare subito un alloggio, e studiare qualche soluzione alternativa.

Aldo non si fidava di anonime locande, scelsero dunque l'hotel più rassicurante, proprio sul mare: una costruzione restaurata da poco, la cui facciata ricordava le storiche missioni della California, le decorazioni in stucco rosa e il tetto in tegole di stile messicano. Anche gli interni risultarono accoglienti, con il caminetto, il tetto perlinato, il terrazzino... La cosa migliore era la spiaggia attrezzata, e soprattutto la vista sull'oceano che, come si vantò la giovane della reception, spaziava da Point Dume a Palos Verdes.

Purtroppo si rese necessario prendere due camere contigue, perché il ragazzo doveva dormire in compagnia della madre. Il che significava, tra l'altro, che Aldo, per abbracciare Gloria, doveva aspettarne la visita furtiva, non prima che Lucas si fosse addormentato.

Il fatto imprevisto fu che nella stanza attigua, dalla parte opposta rispetto a quella di Gloria, alloggiavano ospiti piuttosto agitati. Per l'esattezza, provenivano rumori e gridolini non sospetti, una coppia faceva l'amore con trasporto, cigolava il letto, e la spalliera sbatteva contro la parete. A quell'ora di primo pomeriggio, due caldi amanti si stavano sollazzando, per nulla imbarazzati che trapelassero le loro effusioni. Non si poteva davvero menzionare tra i comfort dell'albergo che le pareti fossero insonorizzate! Un incidente degno delle camere a ore del più squallido motel. Del resto, perché in queste cose private un elegante residence avrebbe dovuto offrire maggiori garanzie?

E Gloria, come si sarebbe rivelata a letto? L'impazienza di Aldo crebbe. Sembrava distratta, chiusa nel suo cerchio magico. Rideva, come se il mondo non esistesse, come se esistesse solo lei. Rideva, con quella bocca fresca, che suscitava desideri, avvolta dalla luce dei suoi colori... Il loro rapporto era anomalo, praticamente ancora non si conoscevano. Eppure, non poteva essere un'ingenua, aveva già avuto un marito, e aveva subito accettato il suo invito, da donna emancipata. Forse anche perché sperava di trovare, col suo aiuto, la parte in un film... La Baltierra era capace di simili intrighi, magari l'aveva consigliata in questo senso... Ma se lo scopo ultimo fosse stato quello, allora perché presentarsi con lo scudo del figlio? Quello rimaneva un mistero. In ogni caso, non vedeva l'ora di esplorarla, di stabilire un'intimità segreta, da cui ancora era escluso... La presenza di quel bamboccio costituiva un ostacolo, di cui si sentiva geloso, e che voleva allontanare.

Gloria si incaricò di aumentare i suoi fremiti. Si presentò dabbasso scalza, con i pantaloncini corti al posto dei jeans, una T-shirt di cotone bianca di estrema semplicità. Portava i capelli ancora con la coda di cavallo rialzata, ma questa volta fermati da un fiocco nero. Non aveva bisogno di truccarsi, lei. Gambe alte e cosce tenere, lasciate in evidenza dai pantaloncini corti, celebravano le lodi di mamma natura.

La cucina era messicana, si proponevano di limitarsi a qualche assaggio, provarono il *taco*, ma poi furono stuzzicati dalla specialità della casa: *carnitas*, con salsa troppo piccante, e *helados*, gelato per spegnere il fuoco. Avevano voglia di festeggiare, risero parecchio, rievocarono l'incontro casuale di New York, per la prima volta criticarono blandamente anche Marina Baltierra, che in effetti era alquanto vezzosa, Gloria ipotizzò che l'amica avesse un debole per Aldo. Non doveva essere però una trascinante passione, se si era sacrificata a vantaggio della sua più giovane amica...

Intanto, Lucas si era alzato, transitava fra i tavoli, dava fastidio ai rari clienti, cominciò a tirare pallottole di carta in prossimità di una coppia di anziani signori, sinché non finì per colpire anche la vecchia. Bisognò scusarsi. Per fortuna, l'anziana donna fu molto comprensiva, affermò saggia che era un pupo vivace, che i bambini hanno tutti i diritti, che sono il futuro, guai se non ci fossero. Credeva che il pupo fosse il loro figlio, e non la smentirono. Gloria, incoraggiata, estrasse dalla borsetta la fotografia della figlia. Si chiamava Sharon. Una bella bambina sì, a differenza del fratello. Aveva infatti i colori e il tipo della madre. Da dove fosse venuto fuori Lucas, non si capiva. Alla madre non assomigliava. L'anziana signora era paziente e saggia, ma non intelligente: come poteva pensare che il padre

147

fosse lui, Aldo, completamente diverso, meridionale, con pelo riccio e nero, mentre Lucas era di tipo anglosassone, e rosso carota?

Insomma, nutriva un'antipatia per quel ragazzino, e soprattutto quel ragazzino manifestava un'antipatia per lui. Mai una volta che gli rispondesse, persino quando gli aveva regalato la tavola da surf aveva mugolato un grazie, costretto dalla madre!

Peccato per quel sole pallido, che non riusciva ad acquistare forza. Decisero di non ripartire prima del pomeriggio del giorno successivo, sperando che il tempo migliorasse.

Anche così, erano i signori della spiaggia, i soli abitatori a eccezione dei gabbiani che planavano a intervalli, restando poi immobili quasi contemplassero anch'essi la distesa marina. Con la foschia non si potevano scorgere Anacapa Island e Santa Cruz Island, e tantomeno Santa Catalina, più a sud e più lontana. Ma l'orizzonte si apriva vasto, un molo alla loro destra avanzava nell'acqua su alte palafitte di legno, dando l'impressione del contatto col mare aperto, la sabbia soffice e intatta come un'orlatura d'oro.

Sdraiati su quel tappeto naturale, si scambiarono le prime vere confidenze. Aldo amava il mare, desiderava che il suo film, al di là della storia raccontata, esprimesse questo suo sentimento: che presentasse mare mare mare, comunicando allo spettatore la sensazione di sciogliersi, di entrare nell'acqua profonda, nella spuma dell'onda... Sin da ragazzo aveva cercato qualcosa in quella dimensione. Lui villeggiava a Sabaudia, una località a cento chilometri da Roma, ci passava buona parte dell'estate; ma per il fine settimana, quando poteva, ci tornava anche nelle altre stagioni. Possedeva un catamarano, con cui andava sino a Ponza, e a Palmarola. Due ore di traversata, col vento a favore. Altrimenti, anche il doppio. Il rischio esisteva, non a caso quel tragitto col catamarano era proibito, e la Guardia costiera, se lo avesse beccato, lo avrebbe multato. Si fermava due o tre giorni, con un amico, in una delle isole, dormendo all'aperto, dentro il sacco a pelo, con poche provviste a disposizione e la borraccia. Rievocando le sue avventure marine, Aldo si appassionò. Di notte soprattutto era bello, accanto al fuoco, il mare che circondava e separava dal mondo. Si prendeva sonno con il rumore della risacca contro gli scogli... Alcune volte, destandosi nell'oscurità, gli era successo di ascoltare il verso della berta maggiore. Gloria si incuriosì, chiese dei particolari: era forse una specie di gabbiano? Aldo non conosceva il nome in inglese, si era però sempre dilettato di ornitologia e in genere di zoologia, spiegò che la berta maggiore è un uccello oceanico, raro, un uccello assai più grande di un gabbiano, con un'apertura alare di un metro e mezzo, o poco meno. Si nutre di pesce e approda soltanto per nidificare. Lui ne aveva ascoltato il verso mentre si avvicinava al nido: un verso che è un lamento straziante, di un bambino appena nato, un suono indimenticabile, misto d'acqua e d'umano, che gli aveva suscitato un'oscura tensione, un orrore religioso, come se all'improvviso avesse udito il pianto impossibile di se stesso che usciva dal grembo della madre. Non sapeva altrimenti come descrivere la sua sensazione in quella solitudine sconfinata. Se ci riusciva, voleva che nel suo film vibrasse l'emozione di quel suono segreto.

La mattina, ci si svegliava nell'isola alle prime luci dell'alba. Una volta, aveva fatto la pazzia, una cosa che si era messa in testa da tanto tempo, sino a che si era levato la voglia: era partito da Sabaudia da solo, con la canoa! Non sapeva perché. Non si trattava di una sfida. Fatto sta che, a metà percorso, si era trovato in difficoltà, tanto che non sapeva più se tornare indietro o andare avanti. Cosa aveva fatto? Era andato avanti, arrivando stremato... Al ritorno, era salito sul barcone di un amico, che aveva incontrato per caso.

Gloria, ascoltando, sorrideva. Disse, perplessa:

«Sei un uomo complicato... In mezzo al mare non avevi paura? Se ti sentivi male?»

Alzò le spalle:

149

«Non mi sono sentito male. »

« E se il tuo amico col barcone non ti incontrava? »

« Nella vita bisogna aver fortuna... »

Il suo amico, Alberto, non quello che lo aveva salvato, l'altro con cui guidava il catamarano, era un pittore, anche lui complicato, secondo la definizione di Gloria. Gli aveva dedicato un quadro, che a suo giudizio rispecchiava la personalità di Aldo. Un quadro che Aldo teneva in camera da letto, nella casa di Roma. Rappresentava un lago, coronato da vegetazione, tra cui un grande platano, con giochi di luce a pelo d'acqua, e variazioni leggere, fantasiose, inquietanti. Al centro del lago galleggiava un cigno candido, con il collo ritto ed elegante, che tuttavia, riflesso nell'acqua, si duplicava diventando incredibilmente la tenaglia di uno scorpione. Sott'acqua, insomma, sia pure nell'acqua tranquilla di un laghetto, veniva fuori il lato oscuro, demoniaco. Alberto a lato del quadro aveva scritto una citazione da Shakespeare: « La mia testa è piena di scorpioni ». La testa di Aldo, non quella di Alberto. Secondo Alberto, comunque, quel cigno era il ritratto di Aldo...

Durante il racconto, Gloria lo ascoltava, vagamente ironica. In conclusione scosse il capo: quel pittore era interessante, e doveva avere anche lui molti scorpioni nella testa. Ma sbagliava, lei non era un'esperta di zoologia, tuttavia questo poteva dire con certezza: che Aldo non assomigliava a un cigno, ma a un lupo. Aveva un pelo così nero e folto!

Okay. Niente cigno. Ma Sabaudia adesso era lontana, come l'adolescenza. Si trovava invece a Malibu, davanti all'oceano, in compagnia di Gloria. Anche Malibu era stata un suo sogno, un fondale della sua immaginazione, e adesso lo aveva portato alla luce, lo realizzava.

Gloria, scendendo in spiaggia, si era messa una collana d'avorio, e allungata su un fianco giocherellava facendo scorrere sul filo ora un grano d'avorio ora l'altro. Aldo le scostò la mano, continuando lui quel gioco, accarezzandole lieve il collo con i polpastrelli. Aveva una gola tentante,

Gloria; sensuale, con una fossetta disegnata dalla pelle liscia e luminosa... Quel silenzio attraversato dagli sguardi era più eloquente di tante parole: la storia della loro relazione era originale, priva di passato, esisteva un margine di calcolo da entrambe le parti, molti pensieri si celavano, il corpo si caricava di un'attesa segreta, prefigurando il piacere dello svelamento.

No, Aldo non gradiva parlare del soggetto del suo film. Anticipò solo che raccontava l'estate di alcuni giovani ricchi e scapestrati, attorno a una serie di ville sul mare, e le vicende familiari per assicurarsene l'eredità. Attraverso il male e il mare, voleva che emergesse questo: che gli dèi esistono. Che esistono in natura.

Un po' sibillino, ma occorreva accontentarsi. Dal canto suo, Gloria confermò che aveva sempre avuto l'aspirazione, forse generica, forse ingiustificata, non spettava a lei dare un giudizio, di diventare un'attrice. Le era però mancata l'occasione giusta. Una volta le cose stavano combinandosi, c'erano già la sceneggiatura pronta, il produttore pieno di soldi, una società per la pubblicità e la distribuzione, ma lei era rimasta incinta di Sharon, suo marito aveva posto i bastoni tra le ruote, erano intervenute difficoltà, il progetto era sfumato. Marina Baltierra c'entrava anche lei, sì, in quanto avrebbe messo a disposizione gli abiti della sua collezione. Sin da bambina, la fotografavano; e le foto venivano esposte, e anche pubblicate. In parecchi, le avevano profetizzato che quella era la sua strada...

Aldo indagò:

«Sai fingere con disinvoltura? Intendo davanti alla macchina da presa...»

«Credo di sì...»

Ma la domanda era infida.

«Secondo me, sei più adatta alla fotografia che alla recitazione...», la punzecchiò, per valutarne la reazione. Si rammentò di come si era esibita in posa, al museo, a imitazione della statua.

Lei dispettosa, intuendo vagamente il significato di

quel tranello, rispose alla sua maniera, facendogli le beffe... In quell'indugio, veniva quasi da pensare che volesse fargli apprezzare la lingua, così tenera nella bocca invitante... Ognuno ha le sue armi. Se intendeva stimolarlo, ci riusciva perfettamente.

«Mettimi alla prova...», aggiunse ridendo.

Era questo, era soprattutto questo che voleva? Essere messa alla prova? Perché no? Forse, a inventarle il ruolo adatto, poteva davvero risultare che possedesse del talento. In apparenza non aveva bisogno di nulla, mostrava una sicurezza spontanea e assonnata, persino chiusa in se stessa. Guardandola, si dimenticava che fosse sposata e già separata, e sembrava più una sorella che una madre, con un sospetto di infantilismo che le risparmiasse i pesi della responsabilità e delle decisioni... Quale la verità? Di sicuro non gli era mai capitato prima di conoscere una donna così... Quanto ci teneva a fare l'attrice? Era infantile o, al contrario, realista? Ma anche questo dubbio lo intrigava. La verità magari stava a mezza strada, in un impasto inestricabile. E se c'erano delle sorprese, si sarebbe accinto a sperimentarle, nel modo più proficuo. Gli balenò un'idea: se non avesse dimostrato di possedere estro come attrice, non era detto che non gli suggerisse qualcosa in qualità di personaggio, per la sua trama... Quest'idea certo era uno degli scorpioni della sua mente.

Intanto, Lucas aveva finito di costruire il suo castello di sabbia e, dopo avervi prestato tante cure, lo aveva demolito di colpo, con energia esagerata. E adesso correva a far sollevare in volo gli uccelli, li inseguiva ostinato lungo la spiaggia, sul filo della battigia. Al largo, una vela solitaria sul mare lievemente increspato.

Quella giornata, tra il viaggio in aereo e il resto, doveva essere stata faticosa per il ragazzino. C'era da augurarsi che si fosse stancato abbastanza, e si addormentasse presto. L'intesa, un bisbiglio imbarazzato, fu che Gloria avrebbe raggiunto Aldo in camera, non appena le fosse stato possibile.

Contemplarono il tramonto dalla rotonda dell'hotel, come sulla tolda di una nave alla fonda. Un sole a palla scese al limite dell'orizzonte, sotto un cielo altissimo: un sole disegnato da un Gauguin, a strisce orizzontali, di diversa intensità cromatica, che si schiacciò sull'acqua, sino a sprofondarvi.

Sulla rotonda venne a suonare per loro un inserviente dell'hotel, Julián. Suonò la chitarra, cantando delle arie tristi del suo paese, l'Andalusia. Un giovane simpatico, dai capelli corvini, che chissà quale destino aveva portato a vivere in quella sponda lontana del Pacifico e chissà quali avvenimenti o persone rievocava col suo canto. Anche Aldo volle provare qualche accordo, e Julián gli cedette la chitarra. Aldo strimpellò, intonando anche lui una canzone, in italiano, poi una in inglese per cantare insieme con Gloria.

Sulla rotonda comparve una coppia, una bruna ingioiellata che fumava un sigaretto e un uomo mezzo ubriaco, un tipo con la corporatura di un giocatore di rugby. Aldo indovinò che erano i vicini di camera, che avevano prodotto tanti gemiti e rumore. L'uomo era paonazzo, e parlava a voce alta. Chiese ancora da bere, e Julián dovette lasciare la sua chitarra e andare a servirlo.

Una vicinanza spiacevole, in un luogo così poco frequentato. Anche le villette a sinistra sulla spiaggia erano quasi tutte spente, e le luci dei lanternini sulla rotonda ormai misuravano il buio e il silenzio.

Il giocatore di rugby tracannò un grosso boccale di birra. Minaccioso e allegro, si rivolse a Lucas per chiedergli se avesse fatto la pipì in acqua. Lucas rispose che non aveva fatto il bagno, la madre non glielo aveva permesso, non aveva voluto nemmeno che posasse in acqua la tavola da surf. Gloria colse al volo la situazione, per allontanarsi col figlio cercò il pretesto che aveva dimenticato il surf sulla sabbia e lo accompagnava a riprenderlo. L'uomo continuò per conto suo, commentò che tutti al mondo fanno la pipì sott'acqua. Il mare ormai non è altro che questo: piscio e petrolio. Lui d'ora in avanti invece voleva farla non

153

sotto, di nascosto, ma fuori, birra, con lo zampillo. Tanto il risultato era lo stesso. Ecco una cosa che le donne non potevano fare, una delle ultime differenze rimaste tra l'uomo e la donna! La bruna si irritò, per obbligarlo a tacere non esitò a spegnergli il sigaretto sul dorso della mano. Quei due battagliavano sempre, a letto e fuori del letto. Per fortuna, stavano partendo. La bruna pose come condizione di guidare lei, per l'intero percorso, sino a Santa Barbara.

Finalmente, si arrivava al momento decisivo.

Ma quella sera, l'attesa fu lunga ancora, più del previsto. Lucas fece più capricci del solito, nonostante la stanchezza accumulata stentò a prender sonno, forse per la novità della stanza, della situazione.

Una situazione che rischiava di diventare ridicola, perché c'era un bambino che li condizionava, come nel ménage tra due coniugi, mentre nella sostanza non si conoscevano affatto. A una cert'ora, oltre la parete i rumori cessarono del tutto, e il nervosismo di Aldo aumentò, si tramutò in un'eccitazione profonda. Di lì a poco, superato l'impedimento, Gloria avrebbe varcato la soglia, sarebbero stati soli, in quel luogo appartato, avvolti dal buio. Sentiva come se avesse percorso tanta strada, in un viaggio lontano dall'Italia, dall'Europa, dal suo ambiente, lasciandosi alle spalle qualcosa che gli pesava, alla ricerca di qualcos'altro. Lo aveva trovato su quella striscia ultima di mare. Il suo era stato un viaggio verso la felicità, e adesso era venuta l'ora di stringerla, di conoscerla, di assaporarla.

Aveva voglia di sballare, come il giocatore di rugby ubriaco. Gloria aveva una personalità così particolare, sembrava non accorgersi degli altri, mentre ne chiamava gli sguardi, paga del suo privilegio, dei suoi occhi tondeggianti color verdeazzurro, dei capelli che al sole scintillavano come miele fresco... Sorrideva come se il mondo non esistesse, come se esistesse soltanto lei. E lui voleva perfezionare il gioco e l'illusione, voleva dedicarvisi come se in effetti non esistesse che lei... La gioia non stava nella razionalità, ma nella perdita del controllo. La felicità è mistica, come una preghiera... Con quell'indole, come sarebbe stata nell'orgasmo?

Perché tardava? Il bamboccio non era ancora crollato? Oppure anche Gloria aveva finito per addormentarsi, aveva per qualche sua ragione rinunciato? O intendeva per caso tenerlo sulle spine? Che ne sapeva di quella donna? Lui voleva godersi la madre, non tenere a balia il figlio, selvatico per giunta.

Per sfogare l'inquietudine, uscì sul terrazzino, considerò qualche istante il sonno dell'oceano, le rare luci della costa, lo sciacquio dell'onda, più forte nel silenzio. Si accomodò sulla sdraia, con un occhio alla porta...

Quando questa si aprì, l'emozione lo riprese, le fu grato di essere venuta, di essere così com'era. Non gli importava niente d'altro, delle cose che non sapeva o non capiva, di sfruttarla o eventualmente di essere sfruttato. Gloria, dietro l'apparenza mite, aveva la sua determinazione, riservava le sorprese che lui aveva intuito, o in cui aveva sperato.

Non le andò incontro, per studiarla, per ricambiarle il suo senso di attesa, e di disagio.

Gloria, accostando piano la porta, vi si appoggiò con la schiena. Si guardarono, da quella distanza, trepidanti. Aldo si limitò ad alzarsi in piedi.

Lei, dopo un'incertezza, si mosse, sotto lo sguardo che la valutava. Mentre procedeva lenta si tolse la maglietta, scoprendo i seni turgidi. Quindi si sfilò i pantaloni, scrollandoseli di lato. Si spogliava camminando, e seminava a terra gli indumenti.

Fu allora che Aldo le andò incontro.

Era lui l'ingenuo, non la donna, che mostrava di conoscere l'importanza del rituale, e cominciava a quel punto, con spontaneità mista ad artificio. Ecco Gloria Alvarado, nel segreto di una stanza, bisognosa di piacere, come tutti. Se la strinse contro, nuda, con la pelle liscia come seta, ad aderire, col solo slip che la copriva, sul tepore del ventre. La baciò frugandola, in un fremito.

Le fece scivolare le mutandine, in un turbamento reciproco, in un preludio emozionante che introduceva al recupero di un'unità, la sollevò sulle braccia, come una sposa, che deve varcare la soglia, ma una sposa pronta a un amore libertino.

Sul letto, si spogliò sopra di lei, aiutato da lei, riprese a frugarla. La trovò già bagnata, e quando entrò, ne sentì le vibrazioni, lo spasmo violento.

Intrecciandogli le dita dentro i capelli, Gloria con un'espressione mutata negli occhi gli sussurrava, voluttuosa: «Mio lupo!... Mio lupo!...», e Aldo in silenzio si appropriava di quel corpo giovane e avvenente, con impeto, e tuttavia cercando di moderare la spinta, il rumore, al pensiero, suo malgrado, che nella camera accanto qualcuno nella notte potesse avvertire i loro movimenti.

Ma ogni precauzione, ogni riguardo divennero inutili, sotto l'urgenza. La realtà esterna perse senso. Lei, a un tratto, non si dominò più, fu rapita da un demone, in un cerchio magico... Gemeva in una pena profonda, come se fosse sgozzata, e in quell'agonia raggiungesse la verità misteriosa della gioia.

Il giorno dopo, un cielo limpidissimo, spazzato dal Santa Ana, il vento di terra. Un paesaggio e un clima caldo da Eldorado. Eldorado-Alvarado: questo il pensiero di Aldo, nell'affacciarsi sulla spiaggia, considerando le prospettive del soggiorno e del viaggio, con la sensazione indefinibile che la felicità fosse un fatto liquido...

Fu subito disposto a stabilire migliori rapporti col figlio della sua amante. Bisognava realizzare un diverso equilibrio in quel triangolo. Potevano diventare amici. Che cosa lo impediva? Cercò di attirarne l'attenzione. Raccontò della sua visita agli Universal Studios, del terremoto simulato – visto che si interessava di terremoti – durante il quale anche i pilastri crollano e i binari deragliano, e della torre dell'orologio di McFly, quella famosa colpita dal fulmine al termine del film *Ritorno al futuro*. Poi, nel suo nuovo zelo, per una casuale associazione, passò a descrivere il Museo dei Guinness, a New York, al piano terra dell'Empire State Building. Alla prima occasione, si proponeva di portarci anche Lucas. Si vedeva la riproduzione dell'uomo più alto del mondo: più di due metri e settanta, un giovane dell'Illinois. La donna più piccola invece era circa settanta centimetri, e il più vecchio un giapponese, arrivato alla bellezza di centoventi anni! C'era anche il più grasso, con una pancia spaventosa, che assomigliava a un disco volante. In un plastico erano confrontati gli edifici più alti del mondo, da una piramide egiziana – non rammentava quale – alla Tour Eiffel, ai grattacieli americani: le due torri del World Trade Center di New York, un grattacielo canadese, e quello di Chicago, che deteneva il record assoluto e che Lucas certo conosceva, perché si trovava proprio nella sua città...

Aveva le migliori intenzioni di essere gentile. Per questo si stufò presto di continuare, dato il risultato zero. Ci voleva ben altra pazienza che la sua. Lucas non si appassionava ai record. Non capiva, con la scusa dell'inglese, o faceva finta di non capire. Non capiva, e non apriva bocca. Era quella la sua natura. E la madre non ne faceva un dramma. Però, sarebbe stato meglio dargli una lezione. Rimaneva un problema, aperto.

Prendevano il sole, sdraiati sulla sabbia. Anche altri clienti dell'albergo si godevano il sole sfavillante, in relax. In mare alcuni *surfers* si divertivano a fare acrobazie, sull'onda gonfia. Lucas aveva ottenuto questa volta l'autorizzazione di mettere la sua tavola in acqua, di giocare a riva.

Parlottavano, pigri, complici. Gloria giaceva immobile. Si girava solo per allungare un'occhiata al figlio in acqua. Aldo le spalmò sul dorso una crema. Ancora risuonavano alle sue orecchie, con una forza di seduzione oscura, gli accenti di straziata dolcezza, di singhiozzo musicale nell'aurora del mondo, usciti da quel corpo femminile in sussulto... Come se il piacere, troppo intenso, svelasse il suo opposto, il dolore...

Ma quelle note notturne adesso erano proibite. Ridevano. Essere soli, del tutto, su quella spiaggia, nella luce... Perché non raggiungevano Santa Catalina? No, non in catamarano! Troppo distante! E lui non conosceva abbastanza i venti dell'oceano. Si proponeva comunque di informarsi, in albergo. Qualche battello doveva far servizio, forse partiva da San Pedro o da Long Beach.

Venne Julián a offrire delle bevande. Chiesero a lui. Si sbarcava con l'aliscafo ad Avalon, l'unica località abitata nell'isola. O se no, anche in aereo. Santa Catalina era stata acquistata dal re del chewing-gum: l'intera isola, molto più grande di Capri, beato quel proprietario...

Julián era un giovanotto simpatico, a cui piaceva chiacchierare. Si trattenne un poco con loro. Sapevano, vero, che Alvarado è il nome di una strada di Los Angeles? Calle Alvarado, piena di movimento e di folclore, con negozi spagnoli, italiani, cinesi... Il nonno, il bisnonno era spagnolo? La *señorita*, la *señora*, non aveva il tipo spagnolo. Il cliente col fisico da giocatore di rugby? Sì, era partito, la sera prima, bestemmiando contro i *chicanos*. Ne beveva birra! Un *hombretón*, un pezzo d'uomo. Ma a comandare era la donna. Secondo Julián, beveva tanto anche per questo. Si insultavano, in modo terrificante. Ma, secondo Julián, erano felici. Perché felici? La *locura*. Che cos'è la *locura*? Non lo sapevano né Aldo né Gloria. *Locura. Madness... Lunacy...* La pazzia, sì! Per vedere lo spettacolo della pazzia non avevano che da andare a Venice. Non andavano a Venice? *Qué lástima!* Peccato. Venice era una corte dei miracoli. Tutti i matti, gli eccentrici, andavano sulla passeggiata di Venice, per esibirsi. Julián rideva, comunicativo. Un posto dove si incontrava di tutto: per esempio, la donna che porta il cane in carrozzella, col cappellino e gli occhiali. O un vecchio sui pattini, vestito da clown, che fa l'idiota. O l'uomo-pirata, col pappagallo sulla spalla... La *locura*! Venice si chiamava così perché attraversata da una rete di canali, come Venezia...

Quando Julián smise di disquisire sulla *locura* e si allontanò col vassoio delle bevande, Gloria si accorse che, approfittando della sua distrazione, il figlio indisciplinato stava facendo il bagno, e si sbracciava, per salutarli.

«È troppo al largo!», esclamò, alzandosi in piedi.

«Ma sa nuotare?», chiese Aldo.

«È troppo al largo!», ripeté lei, impaurita.

«Il fondale è basso, non c'è pericolo...»

«Lu-ucas!... Lu-ucas!...», lo richiamarono, appressandosi all'acqua.

Ma il ragazzino li chiamava anche lui, ondeggiando, su e giù, e ogni volta che tornava su, agitava il braccio. La tavola da surf gli galleggiava vicino.

«*Lu-ucas!...Oh my God!*»

Sembrava in difficoltà.

Ma nel caso, con quel fondale basso, gli bastavano poche bracciate per mettersi al sicuro, per toccar terra.

I giovani *surfers* si erano spostati più a destra, roteavano come delfini, non erano in grado di intervenire, non sentivano le grida, per il vento contro.

Probabilmente invocava l'attenzione della madre, fingendo di annegare. Peste di un ragazzino! Era predestinato a rovinare la vacanza! Aldo esitava, ma sempre più inquieto: ormai era entrato in acqua, per avvicinarsi, per rendersi conto meglio.

«Lu-cas!»

Ruppe gli indugi, si protese in avanti, fece alcuni passi nell'acqua fredda, intuì che camminando avrebbe impiegato troppo tempo, si gettò a nuotare, a piene bracciate, sostenendo l'improvvisa sensazione di gelo. Tuttavia, ancora non era convinto, Lucas inscenava una commedia... Piccolo fottuto, figlio di puttana! Meritava che gli si tirasse il collo!

Nuotava con tutte le energie, consapevole che un solo

istante di ritardo poteva essere decisivo; se non era una commedia, rischiava di andare a fondo.

Avanzando, la distanza restava ancora sensibile, Lucas si immergeva, riaffiorava sempre meno a lungo... Il freddo doveva averlo paralizzato, o il panico. Se non lo acchiappava in tempo, non lo trovava più... Era anche colpa sua, gli aveva regalato lui quella maledetta tavola da surf, col viso di Marilyn Monroe.

Da tempo non si gettava in acqua, era senza allenamento, arrivò in prossimità completamente sfiatato. Doveva a ogni costo salvare quel ragazzo! Lo agguantò per una mano mentre già si inabissava, lo riportò a galla, a fatica. Lucas si abbrancò a lui frenetico, schiacciandolo con un peso enorme, che Aldo non riuscì a sopportare. Allungò le gambe, e con un senso di terrore si avvide che nemmeno lui toccava terra. Fece qualche bracciata all'indietro, trascinandosi Lucas convulso, cercò di gridargli: «*Be lighter! Lighter...*». Più leggero... Ma la voce per lo sforzo gli uscì strozzata, incomprensibile... Di nuovo distese le gambe, disperato, senza trovare la terraferma. Capì che la sua bracciata era inefficace, neutralizzata da una corrente in senso contrario, troppo forte. Cercò vicino a sé la tavola da surf, invano.

Il Santa Ana, il vento di terra! Gli mancavano magari pochi metri sotto i piedi, ma bastava per morire. Resistette sin che poté, poi, stremato, spinse quel corpo verso riva, per dargli un'estrema possibilità, per avere lui stesso una tregua e respirare...

Lucas calò a fondo...

C'era tanta acqua attorno, il mistero del mare, che Aldo altre volte aveva sfidato, prefigurando la propria morte. Ma adesso, assisteva impotente, con un senso di colpa, al venir meno della vita di quella creatura, così giovane... Gli dèi esistono, forse; ma Lucas moriva. Gloria in quel momento lo aspettava a riva...

Aveva voluto punirlo, era Lucas invece che lo puniva... Lo faceva apposta! Si metteva in mezzo, tra lui e la madre, per sempre. Si immerse, per tentare di recuperarlo, come un palombaro, in un miracolo. Ma il segreto dell'oceano era così avvolgente, liquido, insondabile... In quell'affanno, uno scorpione attraversò la sua mente, come l'immagine di un mostro in un acquario.

DOLLARI

Peccato. Un'occasione da non perdere. Ma evidentemente l'indicazione era sbagliata. Giorgio non sapeva dove esattamente fosse Woldenberg Park, ma ormai non poteva che trovarsi nei pressi. Eppure, l'estensione di un parco, anche al buio, non doveva essere difficile notarla.

Non si incontrava nessuno a cui chiedere. Impossibile pensare che non ci fosse un viavai, un movimento di persone, che non si udissero dei rumori, a segnalare il luogo del raduno.

Appena qualche giorno prima Giorgio, ufficialmente il dottor Giorgio Corallo, si era insediato al consolato italiano di New Orleans; e che subito gli si presentasse l'opportunità di ascoltare Bill Clinton in una tappa della sua campagna di candidato alla Casa Bianca, gli era sembrato una circostanza favorevole, una coincidenza di buon auspicio. Tutta l'America impazziva nel seguire alla televisione il dibattito presidenziale tra Bush, Clinton e Perot, come se si trattasse dei vari round di un attesissimo incontro di pugilato. Ma poter assistere dal vivo, vedere da vicino, coi propri occhi, era un'altra cosa... Se Clinton diventava presidente degli Stati Uniti, poter dire il classico: «Io c'ero!».

Bisognava però: 1) che quello fosse il posto giusto, ma un parco non si capiva dove potesse svilupparsi in quell'area stretta tra i grattacieli e il fiume; 2) che Clinton vi tenesse effettivamente il comizio, del che era da dubitare, considerato il silenzio generale; 3) che Clinton vincesse le elezioni, eventualità ancor più improbabile, se riusciva a suscitare un concorso di pubblico quasi nullo.

Forse per il cattivo tempo la manifestazione era stata

rinviata, o soppressa. O chissà, si svolgeva al coperto, nella sala congressi di un grande albergo... Gli venne questa idea scorgendo le luci di un hotel; ma dopo aver percorso pochi metri, scartò l'ipotesi, perché anche da lontano si rese conto che nella hall incrociavano scarsi e quieti clienti.

Rinunciava.

Niente comizio, e niente benvenuto di Clinton a lui. O viceversa. Gironzolò ancora un poco, svoltando in direzione del fiume.

Invece, forse il comizio si teneva davvero. Sul fondo, si allargava una macchia scura di alberi, transitava una fila di persone: un passeggio fitto, con una meta comune... Due poliziotti a cavallo, con casco e manganello, lo convinsero che quella era la strada buona, stavano lì di certo a presidiare il servizio d'ordine.

Chiese informazione ai due energumeni, e quelli confermarono, indicando col manganello la località.

Woldenberg Park. Sembrava piuttosto un giardino pubblico, di modeste dimensioni. Il terreno era molliccio per la pioggia caduta durante la mattinata, bisognava procedere evitando i tratti di pantano. Il cielo, gonfio d'acqua, minacciava altri rovesci.

All'ingresso, su tavole improvvisate distribuivano *free food*, cibo e bevande gratis: Pepsi-Cola a volontà, e frittelle di mele, che si stavano esaurendo.

Ne offrirono anche a Giorgio, insieme agli ultimi ritardatari, che si affrettavano.

Le frittelle, mica male. Gli offrirono anche il bis. Perché no? A quell'ora di sera faceva comodo. Viva la politica americana! E viva il governatore Clinton! Per mantenere la mensa imbandita a disposizione di tutti gli elettori, dovevano aver trasportato cibarie e lattine di Pepsi a vagonate.

Ecco, dunque, il teatro della manifestazione. Un vasto spiazzo erboso, circondato dalla vegetazione, gremito di gente. Il palco era stato eretto davanti a un battello, alto con le sue ciminiere nere al di sopra della stessa torretta di comando, imbandierato con le coccarde della rivoluzione francese. Si trovavano proprio sulla riva del Mississippi, e infatti una teoria di fanali punteggiava il Riverwalk, e altre luminarie in lontananza disegnavano l'audace campata del Greater New Orleans Bridge.

Gente allegra, ma ordinata. In tanti agitavano cartelli con le scritte CLINTON/GORE, sotto le strisce e stelle della bandiera statunitense. Altri portavano dei panama con i nomi e i colori dei loro beniamini; altri delle magliette... Un ambiente pittoresco!

Il problema, trovare un posto dove sedersi. Le gradinate delle tribune, ai lati dell'anfiteatro, erano già abbondantemente affollate...

Dove collocarsi?

Qualcuno più agile si arrampicò fino in cima per stare sì in piedi, ma in posizione soprelevata, e altri subito seguirono l'esempio, colmando i residui vuoti anche lassù. Stavano appollaiati pure sulle transenne che delimitavano lo spazio tutt'attorno, dietro cui pattugliavano, tra il fogliame, i poliziotti a cavallo.

La cerimonia sarebbe dovuta cominciare alle sette, e Giorgio già era arrivato con una decina di minuti di ritardo, ma le operazioni preliminari si prolungavano, i riflettori puntavano sul palco degli oratori ancora vuoto. Colpa della pioggia.

Di Clinton nemmeno l'ombra.

In attesa, dato che al centro si apriva ancora un piccolo varco, Giorgio sgomitando con pazienza riuscì ad accostarsi a una gradinata, dove ogni tanto qualcuno si spostava scavalcando con acrobazie i vicini seduti.

Di nuovo in America. Dopo un intervallo di tre anni. Questa volta a New Orleans... Gli faceva piacere. Non era mai stato prima in Louisiana. Ecco il suo ambiente per i prossimi anni. Non conosceva ancora praticamente nessuno, tranne la segretaria e un paio di funzionari. Ma quell'area sulla sponda del Mississippi, che prima per lui non era mai esistita, e che aveva fatto fatica a raggiungere, adesso sembrava il centro del mondo. Passava di lì Clinton, che poteva diventare presidente degli Stati Uniti, cioè l'uomo più potente della terra. A quarantasette anni, l'età esatta di Giorgio. Il quale non era candidato alla presidenza, aveva però viaggiato parecchio per il suo lavoro, e ora ricominciava da capo. Viva comunque i quarantasettenni! Sì, gli faceva piacere, ricominciare a quarantasette anni.

Sul palco salirono alcuni personaggi, si diffusero le note di una musica, serpeggiò improvviso un movimento tra la folla, dalla parte opposta fu consegnato un fascio di cartelli con le scritte CLINTON/GORE, si levò alto un nugolo di braccia per afferrarli... I cartelli trascorsero di mano in mano, distribuiti alla spicciolata, subito si esaurirono... Fu rimesso in circolazione un altro fascio, altri si fecero sotto, se ne impadronirono in pochi istanti... Se li distribuivano sempre da quel punto, non sarebbero mai arrivati negli altri settori del raduno, e tantomeno dove si trovava lui, Giorgio Corallo!

Chi aveva il cartello, adesso lo sbandierava come un trofeo...

Dall'altoparlante una voce si scusò per il ritardo: bisognava aspettare ancora dieci minuti, il governatore Bill Clinton veniva da Baton Rouge, negli ultimi sei giorni aveva visitato cinque Stati, e nonostante le cattive condizioni atmosferiche stava giungendo a New Orleans!

All'annuncio fecero eco le urla dei sostenitori, si alzarono mille braccia, si illuminarono le lampade, le telecamere si orientarono sul palco, dove intanto cresceva il fervore dei preparativi. Un altro fascio di cartelli fu messo in distribuzione, da un altro punto, e subito si disperse.

Che giornate quelle di Clinton! Cinque Stati in sei giorni. Stati grandi come il Texas, o la California, l'Arizona, il Montana... Ma adesso toccava a New Orleans, la dolce la tenera la sensuale New Orleans... L'orchestra prese a suonare le note della canzone: *Give me Louisiana, you are my sunshine*... Accanto a Giorgio, una donna con l'impermeabile rosso cominciò a ballare con una bambina in braccio, dei giovani intonarono un coro... Sotto la luce dei riflettori il palco sembrava allestito a bordo del battello, il Natchez, un piroscafo a ruote per le crociere sul Mississippi. E quando si udì il segnale muggente della sirena, che soverchiò ogni altro rumore, si ebbe quasi l'impressione che quella folla fosse in attesa dell'imbarco, e che tra poco il battello avrebbe intrapreso la sua navigazione...

Ormai non rimaneva più un centimetro quadrato vuoto, gli organizzatori scegliendo quella località delimitata avevano previsto tutto; forse per un avvenimento come quello ci si poteva aspettare un afflusso superiore, tempo permettendo, ma quel catino rigurgitante dava il senso di una partecipazione incontenibile.

Che miscuglio di razze! I neri lì erano differenti che a New York o a Washington, le creole poi avevano delle chiappe immense... Tra gli asiatici, così a Giorgio avevano detto, c'era una consistente colonia vietnamita. Los Angeles invece, dove aveva abitato prima di rientrare a Roma al Ministero degli Esteri, era mezzo spagnola, e al momento del trasloco si era affidato a una squadra di messicani clandestini, risparmiando più del cinquanta per cento... Ma la Babilonia era New York, sette anni con la metropolitana avanti e indietro due volte al giorno per raggiungere Manhattan dal Queens; e quando la metropolitana aveva un guasto, capitava di restar fermi più di un'ora in piedi, schiacciati tra gli spintoni della massa di pendolari. Il prezzo che doveva pagare per vivere a Forest Hills. Eppure quella casa a Forest Hills, quei ritmi stressanti li rimpiangeva un poco... New York, d'accordo, era un tritacarne, e i suoi amici italiani in genere dopo qualche anno non resistevano, fuggivano. Invece, fosse dipeso da lui, ci sarebbe rimasto volentieri. A lui piaceva il tritacarne! Era stata la sua scelta di vita, da quando a diciotto anni aveva lasciato Palermo. Il suo motto: casa americana, moglie giapponese, amante francese, cucina cinese. La moglie giapponese ce l'aveva: Tomoko era carina, servizievole, più giovane di lui, gli era invidiata da tutti; la casa americana l'aveva avuta per il passato e l'avrebbe avuta di nuovo entro qualche settimana; per la cucina cinese non esistevano problemi. Gli mancava l'amante francese, ma... avrebbe cercato di rimediare! A New Orleans col French Quarter e con i suoi costumi trasgressivi, non era impossibile... Tanto più che Tomoko si tratteneva a Tokyo ancora per un mese. A pensare queste cose, sorrideva tra sé ricordando divertito la reazione di un suo amico il quale aveva fatto confusione, scegliendo il peggio: e cioè, moglie americana e casa giapponese...

Lo sguardo gli cadde su due donne, in prima fila sulla gradinata, una magra e graziosa con una ricca capigliatura rossa e l'altra tarchiatella e con il berretto a visiera inneggiante a Clinton. A giudicare da come si lisciavano, soprattutto la seconda, non era da escludere che fossero due lesbiche. La più giovane aveva il tipo di un'italiana, o di una spagnola. Nel caso, fatti loro. L'America era anche questo: libertà, e libertà di fare l'amore con chiunque, uomo o donna, senza bisogno di nascondersi.

A quanto pareva, la sirena del Natchez aveva dato un falso allarme. Il palco adesso era pieno di persone che andavano e venivano, ma non si cominciava affatto, nonostante che i dieci minuti fossero passati... La musica dal vivo teneva su il clima d'attesa, e la signora con l'impermeabile rosso continuava a ballare con la sua bambina in braccio. Una bella resistenza! E anche la bambina, poveretta! Del resto, non era la sola di quell'età. Poco più avanti, un altro bamboccio galoppava da fermo in groppa al padre, paziente sotto il carico. Un altro ancora, invece, sulla gradinata, sonnecchiava mesto, con il capo appoggiato sulle ginocchia di un adulto.

Alle spalle, dietro le transenne, successe qualcosa, molti si voltavano a guardare, forse stava arrivando Clinton... Ma presto fu chiaro che non si trattava di lui, arrivavano invece altri personaggi, forse delle autorità locali.

Ricominciò la distribuzione dei cartelli con le scritte CLINTON/GORE, più abbondante delle precedenti. Adesso interi settori disponevano di quelle insegne; quando le alzavano assieme, sulle teste si formavano dei grappoli colorati.

You are my sunshine, come suonava la canzone. Altro che sole! Ma, almeno, niente acquazzone. Solo una grande umidità. Il tempo, pur instabile, migliorava leggermente. Ma, su quel prato fangoso, bisognava stare attenti a non impiastricciarsi. E se proprio doveva piovere, si sarebbe provveduto formando un tetto di ombrelli.

New Orleans era da vedersi con il sole, che ne valorizzava le caratteristiche di città meridionale. Ma tra quella folla una persona l'avrebbe rammentata per sempre in un diverso scenario, sotto un velame grigio di pioggia battente. Carmen Spano, anzi, se di nuovo si fosse messo a piovere, sarebbe stata contenta, a lei l'acqua di New Orleans aveva portato fortuna... Non la preoccupava più che qualcuno la osservasse, e la giudicasse. Si era perfettamente accorta, per esempio, dello sguardo attento, forse un po' ironico, di un uomo in piedi dirimpetto a lei, con i capelli corvini e la pelle olivastra. Non la interessava più; al contrario, adesso si sentiva liberata, con una voglia di sfidare il giudizio degli altri. Per questo aveva il coraggio di prendere la mano di Nathalie e di tenerla nella sua, accarezzandola, e di sussurrarle parole all'orecchio in segno di intimità.

Prima, non osava. Non osava, per sua timidezza, e perché non voleva perdere l'amicizia di Nathalie. Che era una donna complicata, l'attraeva ma non la incoraggiava, non abbastanza... Carmen era attanagliata dal dubbio di commettere uno sbaglio, già un'altra volta le era accaduto. Nathalie per giunta aveva un matrimonio alle spalle, anche se ormai viveva separata dal marito. La gita in crociera sul Mississippi, il giorno prima, era stata decisiva. Sino alla vigilia, Carmen aveva provato momenti di felicità stando con la sua compagna; di notte, dopo l'eccitazione della passeggiata sulla Bourbon Street, se l'era sognata. Ma era felice e insieme nervosa, nervosa come se da un momento al-

169

l'altro potesse diventare infelice. Aveva persino pensato che, nell'eventualità più disperata, si sarebbe gettata nel Mississippi... Sì, in fin dei conti, prima o dopo bisognava morire, e a lei non sarebbe dispiaciuto morire giovane piuttosto che vecchia, all'estero, in una città come New Orleans... Si sentiva così nervosa che la mattina era cominciata con un incidente, per colpa sua. Avevano acquistato il biglietto per navigare sul fiume alcune ore, programmando di visitare le antiche piantagioni di cotone con le case coloniali, nelle terre di *Via col vento*; ma dopo un po' che erano salite sul battello, prima di salpare, l'altoparlante aveva preso a trasmettere una musica a tutto volume. Una musica raschiante diffusa da un apparecchio rozzo, un frastuono indiavolato, che dopo un poco rompeva i timpani. Qualche passeggero si era protetto le orecchie con le mani o fasciandosele con un foulard; ma altri, beati loro, resistevano imperturbabili, come se non provocasse alcun fastidio. Carmen non avrebbe voluto mostrarsi così fragile, ma i suoi nervi vibravano come corde tese, il rumore orribile non smetteva mai, trasmettevano quella musica per avvertire da lontano il pubblico che il battello stava partendo e che occorreva sbrigarsi se ancora si voleva approfittare dell'occasione. Trasmettevano quella musica per avvertire il pubblico da lontano, ma non tenevano conto dei passeggeri a bordo, che già avevano pagato il biglietto. Carmen non ce la faceva più, sentiva addirittura montarle una nausea, le stava venendo un mal di testa che non le sarebbe passato più, che le avrebbe rovinato l'intera vacanza, alla fine aveva ceduto, era corsa a rifugiarsi nel locale di ristoro al coperto... Qui dentro in effetti il rumore risultava attutito, e qui l'aveva raggiunta Nathalie, e l'aveva confortata procurandole anche un punch al bar. Il frastuono era durato ancora a lungo, durava esattamente quindici minuti, come aveva spiegato la cameriera del bar, ogni volta prima della partenza.

Quando erano tornate sul ponte, con quella quantità di turisti, non avevano più trovato liberi i due posti, per cui se volevano stare all'aperto ad ammirare il paesaggio lungo il fiume, dovevano rimanere in piedi. Naturalmente, quella crisi forse non sarebbe scoppiata, se dietro non avessero agito delle precise ragioni. Ma Nathalie era stata comprensiva. Nathalie era gentile, sempre, e anche per questo Carmen ben presto se n'era innamorata. Come se il primo incidente non fosse bastato, avevano per di più scoperto di avere sbagliato il tipo di biglietto, o il tipo di battello, perché quello a vapore dove si erano imbarcate, per errore o no, non portava alle piantagioni, ma invece risaliva verso l'interno per un'oretta; dopo di che, tornava indietro, procedeva sin sotto le impalcature del Greater New Orleans Bridge, e riconduceva i passeggeri all'imbarcadero.

In tutto, il viaggio durava appena due ore, invece che sei. E per due ore potevano restare in piedi sul ponte, perché lo spettacolo era interessante e Carmen si era risollevata, anche se dentro di sé si sentiva sconfitta. Ma poi, si era verificato un fatto imprevedibile, che aveva rovesciato la situazione, che aveva addirittura modificato la sua vita... Erano partite col sole, Nathalie come tanti altri turisti aveva fotografato nella luce i grattacieli di Downtown, e i rimorchiatori carichi lungo il fiume, e le vecchie costruzioni sulle sponde: quando di colpo il tempo era svoltato, il cielo si era coperto di nuvolaglia, in breve il paesaggio si era offuscato in un'unica tinta uggiosa che comprendeva la terra il cielo il fiume... Cominciavano a cadere dei goccioloni, mettendo in fuga tanti passeggeri. Così avevano potuto di nuovo sedersi. La pioggia sul Mississippi! L'acqua nel fiume, e l'acqua nel cielo... Sembrava che non potesse esserci niente di più triste, invece era stato l'opposto. Ormai la pioggia cadeva a raffiche, obliqua; soltanto i più temerari non avevano abbandonato il ponte, limitandosi a trasportare le sedie al riparo parziale della tettoia. Per giunta, con il vento e con il battello che procedeva in direzione contraria, le ondate sciabolavano sino a bordo. Carmen era bagnata come un pulcino, ma entrambe ridevano, l'una stretta contro l'altra. Ridevano, ormai avendo dimenticato il pianto di prima, come se fossero due viaggi distinti, appartenenti a due epoche diverse. Nathalie era protettiva, quasi materna, e le asciugava il viso e i capelli inzuppati, e quando le aveva asciugato il collo col fazzoletto, mentre già Carmen sentiva l'emozione del contatto di quelle dita, le aveva detto di aver sete e le aveva bevuto delle gocce con le labbra, lì, sul suo collo...

Allo sbarco, pioveva ancora a dirotto, e i passeggeri si disperdevano in fretta riparandosi con impermeabili in plastica, messi in vendita all'istante per pochi dollari. Anche Carmen e Nathalie li avevano acquistati, biancotrasparenti, con la scritta NEW ORLEANS, e se n'erano avvolte come due uova di Pasqua. In albergo, nonostante il loro velo crepitante, erano giunte come se avessero fatto la doccia; e quando Nathalie a sorpresa si era tolta la parrucca tizianesca inzuppata mostrando dei capelli corti alla maschietta e una fisionomia diversa, più inquieta e affilata, Carmen con un tonfo al cuore aveva riconosciuto con certezza il segreto della personalità dell'amica, e l'aveva adorata...

Musica musica musica! Ascoltate la tromba del divino Armstrong, che è nato qui, a New Orleans. Chi non è insoddisfatto di se stesso? Chi non aspira a cambiare, nella sua vita privata, nella vita pubblica, negli amori, nel lavoro? Dal palco una voce prometteva un mutamento nel corso dell'America, e specialmente in Louisiana, invocava il prossimo presidente degli United States of America, elogiava il Congressman Jimmy e il Congressional Black Caucus, che aveva dato un importante contributo nell'organizzare la manifestazione.

Il pubblico dei neri rispondeva all'appello, come una falange che sta per diventare finalmente protagonista nella battaglia. Non c'è festa senza i neri, non c'è ballo, non c'è canto, non c'è maggioranza, senza i neri, senza i creoli, senza gli afroamericani... Clinton lo aveva capito, e aboliva gli steccati e le discriminazioni, richiamava l'unità del popolo americano. In attesa di sentire la parola dalla sua bocca, sul palco si alternavano gli oratori per i preamboli, interveniva adesso una donna a nome delle donne. Anche lei osannava «*the next President of the U.S.A.*», chiedeva a tutti un voto «*for a change*».

Change! Parola dolcissima... *Change.* Chi può non voler cambiare? E chi vuol cambiare più dei giovani, i quali si trasformano giorno per giorno, e vorrebbero insieme con loro trasformare il mondo? E Paolo Alleva, con i suoi vent'anni, sentiva questa prospettiva come una lusinga personale, come una sirena ammaliante, come un'ambizione irresistibile. Lui era venuto negli Stati Uniti per questo: per mettersi all'avanguardia, per studiare le nuove tecnologie informatiche. Non aveva intenzione di lasciarsi intrappolare nel sistema italiano; nel suo paese le università erano troppo fatiscenti. Sin da bambino aveva identificato la propria vocazione in una macchina meravigliosa: il computer. Subito si era distinto tra i suoi compagni, gli riusciva facile ciò che agli altri risultava ostico, ben presto aveva sognato di affermarsi come programmatore. Era di passaggio da New Orleans, destinazione, naturalmente, la Silicon Valley. Tra l'altro, gli avevano consegnato il manifestino pubblicitario per strada, e lui per poco lo stava rifiutando, credendo che si trattasse dell'offerta di un seccatore. Senza quel manifestino giallo non avrebbe incontrato Clinton. Sperava di essere egualmente fortunato in altri incontri, che tutto il suo soggiorno americano gli portasse fortuna.

Se Bill Clinton scalzava Bush, se a quarantasette anni riusciva a diventare l'uomo più potente della terra, era una vittoria dei giovani, un messaggio per il mondo intero. L'Italia, invece, era dominata dai Matusalemme. Bella differenza, tra Clinton e i politici italiani! Clinton per riposarsi dalle estenuanti campagne elettorali faceva ore di jogging. Ve l'immaginate in Italia Andreotti o Spadolini a sgambettare in tenuta sportiva? A Paolo veniva da ridere solo a pensarci. Anche Bush, per la verità, era in gamba. Anche Reagan. La mentalità americana aveva bisogno di simboli di dinamismo, di energia. Bill Clinton in questo era il meglio. Suonava persino il sassofono, che a Paolo Alleva pia-

173

ceva tanto. Strumento difficile, il sassofono. *Saxophone.*
Sax-sex. Clinton correva, suonava e soprattutto scopava.
Che fica quella Jennifer Flowers, che era stata la sua amante! Paolo ne aveva visto le foto in una rivista porno. Nella
vasca da bagno, in mezzo alla schiuma, dal didietro... Una
donna fantastica! Viva le cosce di Jennifer Flowers, la nuova Venere nata dalla spuma del mare! Aveva poi cercato di
incastrare il suo Bill; ma per lui, presidente o no, ne valeva
la pena! *Sax-sex!* Paolo era contento di essere lì, per Clinton...

Rifletteva adesso a una singolare coincidenza. Il nome
Bill. Il suo idolo infatti non era Clinton, il suo mito aveva
un altro nome, si chiamava Bill Gates. Bill Gates a trentacinque anni era il presidente della Microsoft, la più grande
compagnia produttrice di software per microcomputer nel
mondo. Aveva inventato giovanissimo il sistema operativo
MS-DOS per il primo PC dell'IBM, e stava in testa alla
classifica dei supermiliardari della rivista Forbes. A trentacinque anni, batteva lo stesso Clinton! Girava in Porsche
959 o in Ferrari. Il suo ex compagno di scuola Paul Allen,
che aveva fondato insieme con lui la Microsoft, si era comprato addirittura un jet privato. Paolo al confronto era in
ritardo, a vent'anni non aveva realizzato niente, ma ancora
poteva considerarsi in tempo, veniva in America per questo... Non era stato facile superare le resistenze dei genitori; se restava in Italia, era spacciato. Prediche e mentalità
provinciale. Devi frequentare il liceo classico, devi romper-
ti il collo con le cose vecchie, devi ammirare i monumenti
antichi. Devidevidevi. Meno male che conosceva alla per-
fezione l'inglese. Voleva anche lui sfondare, e stringere la
mano a Bill Gates!

Se il ritardo aveva il compito di aumentare la tensione, il risultato era stato perfettamente raggiunto. Sembrava ormai, più che l'avvio di un comizio, un festival, un raduno di musica rock. I cartelli colorati con le scritte CLIN-
TON/GORE continuavano ad affluire a ondate, si alzavano
urla invocanti l'arrivo della rockstar, gruppi in coro ripete-

vano lo slogan «*Three more weeks*», un oratore dal palco raccomandava di andar a votare nella fatidica data, fra tre settimane. Dietro la fila di salici piangenti erano scoppiati dei disordini, i poliziotti a cavallo avevano immobilizzato un uomo, forse un ubriaco, di peso lo trascinavano via sollevandolo sotto le ascelle.

Lala d'istinto aveva fatto le corna, con la sinistra, mentre nella destra sventolava il suo panama con i colori di Clinton e Gore. Alla larga, alla larga dai piedipiatti! D'un tratto, sullo sfondo buio si erano accese anche le insegne rosse del Marriott Hotel, vicino a quelle bianche dello Sheraton e di Canal Place, che invece già brillavano da un pezzo. Lala amava le luci nella notte, ed era deluso che proprio l'albergo dove alloggiava, unico tra i grattacieli della zona, rimanesse spento. A Lala dava gusto il consumo e lo sperpero di energia degli americani. Lui, quando negli anni Sessanta aveva visto l'America per la prima volta, era impazzito. Le metropolitane, i grattacieli, gli spazi, il business, i locali notturni, le donne, i dollari... Impazzito, proprio letteralmente. Gli era venuta come una febbre nelle vene, non riusciva a star fermo, per esprimere quello che gli bruciava dentro avrebbe dovuto mettersi ogni tanto a saltare e a scattare, come un pupo. Signorimiei, prima era come se fosse stato un bambino, a cui si dice: non fare questo e non fare quello, vai a letto presto, piccioli non ce ne sono neanche per fiatare, la miseria porca è una condanna che colpiva tuo nonno e tuo padre, e colpirà anche te, i tuoi figli e i figli dei figli. E all'improvviso, aveva invece scoperto l'America! Aveva scoperto un altro mondo, le strade larghe, la libertà, l'abbondanza del cibo e delle merci, i quattrini che ti aprono qualsiasi porta... Diventava insomma un uomo, con le tasche piene, e nei pantaloni l'uccello sodo, che poteva sfogare quando voleva, con le donne che preferiva, spagnole, inglesi, portoricane, bianche o di colore o di mezzo colore! Quella febbre non gli era passata nemmeno con gli anni, anche se aveva avuto bisogno di un certo tempo, o di troppo tempo, e commesso parecchi sba-

175

gli, prima di imbroccare le scelte giuste. Era un pesce piccolo, che stava diventando meno piccolo, e forse presto, se la sorte lo aiutava, facendo gli scongiuri, si trasformava in un pesce grosso.

Si era dovuto dare una calmata, per forza di cose, perché purtroppo gli anni volano per tutti, e aveva imparato di più a controllarsi, a non fare fesserie; ma dentro gli bruciava sempre quel fuoco, come il primo giorno in cui era arrivato, quella determinazione, quella voglia di rivincita. La svolta era stata l'incontro con John Agassi, a NuovaYork. John Agassi sì che era un pesce grosso. Minchias! Lui ne aveva conosciuto la famiglia, al paese, quand'era ragazzo, una famiglia benestante, di proprietari, stimata e riverita, anche dalla Chiesa, ma non immaginava che il figlio, che era andato a vivere a NuovaYork, avesse dei coglioni di quelle dimensioni. John Agassi lo aveva ricevuto nella sua casa nell'East Side, a Sutton Place. Quella scena Lala non se la poteva scordare, lo aveva abbagliato. Non aveva mai visto prima degli ambienti così, per il lusso, per i quadri e i tappeti, per il cameriere in livrea che lo serviva... Ma la cosa che più lo aveva colpito era stata la vista del ponte, il Queensboro Bridge.

Gli veniva in mente adesso forse perché, in lontananza, luccicavano le luci del Greater New Orleans Bridge. Lala il Queensboro Bridge lo aveva percorso venendo dall'aeroporto, e ogni volta vi aveva trovato un traffico indiavolato, e lo aveva stramaledetto. Invece, dal salotto di quella casa, alla stessa altezza del ponte, faceva un'impressione completamente diversa: sembrava entrasse nelle camere, santo Dio, attraverso le finestre panoramiche, addobbato per una festa. Da lì si incolonnava una fila interminabile di macchine, partiva il movimento universale; e da quelle vetrate, nel silenzio della sontuosa abitazione, lo si osservava e lo si dominava, con un sentimento di potenza e di onnipotenza... Quando si erano accese le luci, quel cordone di lampade a palla illuminate gli aveva ricordato, chissà perché, le luminarie durante le processioni nel suo paese, a Castroreale, col Cristolongo inalberato e la gente affacciata alle finestre... Ma che differenza! Il Queensboro Bridge era una struttura in acciaio, enorme e leggera, un prodigio della tecnologia, in un mondo moderno, lanciato verso l'avvenire, in cui tutto era interessante e ricco... Gli avevano spiegato che l'intero appartamento era stato ricostruito da un noto architetto di Manhattan, in rapporto al ponte. Al ponte, sissignore. Nel salotto la parete d'angolo, l'unico punto dove la superficie delle vetrate si interrompeva, era coperta da una pianta grassa alta sino al soffitto, che si sviluppava contro il ponte formando uno strano contrasto. Lì ogni elemento era verticale: le torri che reggevano le campate del ponte, il *building* da cui si godevano lo spettacolo, la pianta grassa sino al soffitto, persino le candele accese sulla tavola, alte come quelle in chiesa! John Agassi ci stava come un boss, come un pascià, come un re: un uomo di poche parole, serio, di albero solido e asciutto, come il suo ponte. E anche il figlio, Alexander, un giovanotto col manico, che assomigliava al padre, ma aveva già l'aria americana, e curava gli affari come un vero manager. Venivano anche loro dal paese, dalla Sicilia interna della montagna, ma chi l'avrebbe detto? E avevano a cuore la famiglia, e lo si vedeva da come trattavano Mike Parlagreco, che era una persona semplice e all'antica, ma frequentava la loro casa da più di quarant'anni. Parlagreco, poveretto, altro che greco, non parlava quasi nemmeno l'italiano. E nelle lettere alla famiglia in Sicilia scriveva, nel mese di ottobre: sono contento che siamo vicini a Natale, non vedo l'ora che arriva, così una volta che passa Natale siamo più vicini all'estate e alle vacanze, e non vedo l'ora che arrivano perché non vedo l'ora di riabbracciarvi. Ma Parlagreco, di cui Lala poi aveva sposato la figlia, era stato quello che lo aveva introdotto nel giro.

Lala aveva il motorino nella testa. Lui ci arrivava tardi alle cose, come il tempo delle vacanze, ma ci arrivava. A differenza di suo suocero, aveva la testa fine e imparava, aveva studiato alle scuole serali, superando lo scoglio dell'inglese, coi sacrifici. Aveva avuto, è vero, una serie di fastidi con la giustizia per risse e furterelli, perché doveva campare. D'altronde, o faceva così, o crepava. Lui non aveva nessuna voglia di crepare. Finalmente, aveva fatto il salto di qualità. Si metteva al sole, a un altro livello, con la rispettabilità portata dai signori quattrini. Almeno, sperava. Il passato non esisteva più...

Aveva la febbre, da giovane, perché era la sua natura e perché lo divorava la passione di migliorare. Il suo modello era John Agassi, che – a quanto si diceva – aveva cominciato la propria fortuna con il traffico di viveri e altri generi tra le truppe americane e il mercato nero in Sicilia. L'America è grande anche per questo, perché se hai i quattrini, nessuno ti chiede se li hai da un anno, da un secolo o da un'ora. Ognuno ha i suoi scheletri nell'armadio. La vita è dura, una lotta continua al coltello, e il resto sono chiacchiere, che hanno il pregio di non costare niente. Anche il signor Clinton, scava scava, chissà quante ne aveva combinate, quanti compromessi, quanti colpi bassi, per salire così in alto... E perché doveva essere diverso per Rosario Lala, fu Domenico, che era partito da zero, anzi da sottozero? E si accontentava, in fondo, di poco, delle briciole di altri: di gestire la sua parte nell'organizzazione di una catena di ristoranti e pizzerie.

Avevano cominciato a NuovaYork, e adesso gli era stata affidata la piazza di New Orleans. Con la ristorazione si facevano affari, in ogni posto dove c'erano interessi, turismo e puttane. Viva il turismo e viva le puttane! Non sapeva tutto, se dietro la facciata si nascondeva dell'altro e che cosa, da dove venivano i capitali, eccetera eccetera: la mano di Agassi padre e figlio garantiva l'operazione. Era suonata la campana anche per lui, all'età di cinquant'anni e passa. Glielo dimostrava a tutti, a quelli che lo avevano tenuto con la testa sotto il tallone, se i meridionali hanno voglia di lavorare o no, e simili sciocchezze: i soldi li sapeva far ballare anche lui, entrava in concorrenza coi messicani, coi cinesi, coi coreani, e con Domineddio, se necessario. Sventolava il panama, ma a lui non importava niente di Clinton o del signor Bush. A lui semmai importava di avere buoni rapporti con la polizia, e ancora meglio, non averne affatto. Lui era presente in quel casino di gente perché la sede del raduno si trovava a duecento metri di distanza dal Marriott Hotel, dove alloggiava, e perché gli era venuta la fantasia di vedere in faccia il personaggio e rendersi conto coi suoi occhi di che impasto era e se davvero poteva vincere. Per il resto, repubblicani o democratici, Bush o Clinton, gli elettori dell'uno o dell'altro erano potenziali clienti, tutti indistintamente avevano la pancia, dovevano mangiare, e lui era disposto a riempirgliela!

Il chiasso aumentava, dietro le transenne si intravedeva adesso un corteo, erano forse gli accompagnatori di Clinton. Un fremito... Era lui in persona, tra i poliziotti, che gli facevano largo! Quasi due ore di ritardo, precisamente un'ora e quaranta, ma pazienza! Con le tournée massacranti a cui si sottoponeva, glielo si poteva perdonare: veniva da Baton Rouge, aveva parlato agli studenti della Southern University, quindi si era fermato anche alla Dillard University, e doveva ancora affrontare il pubblico di New Orleans, reso impaziente dall'attesa prolungata!

Da dove passava, per giungere al palco, per non farsi schiacciare? No, passava dall'altra parte, dall'esterno, il servizio d'ordine gli aveva creato un corridoio. Lo seguiva anche Gore, il suo vice.

«*Three more weeks!... Three more weeks!...*», intonava ritmicamente la folla. Ancora tre settimane! E poi sarebbe stato presidente degli Stati Uniti, in sostituzione di Bush. Ancora tre settimane, e avrebbe raggiunto il suo scopo, dopo tanta fatica, anche fisica, compresa quella di farsi largo a quell'ora di sera, e tenere il comizio e convincere gli elettori che era lui il candidato giusto.

Un'ovazione lo salutò, quando salì sul palco, illuminato a giorno dalle televisioni.

Rispose agitando il braccio, sereno, sorridente. Era persino abbronzato! Non sembrava stanco per niente. Rispondeva alle acclamazioni con naturalezza, simpatico, mentre la danza dei cartelli colorati era ripresa.

Ciascuno urlava fischiava applaudiva a suo modo. Era arrivato Bill Clinton, lo avevano davanti agli occhi, e lui si divertiva come loro. Anche Gore, a dire la verità, era un giovanotto notevole, ben piantato. Accanto a lui stava una donna, una bionda, vestita di rosa: non poteva essere Hillary, la moglie di Clinton, che invece era di un biondo meno acceso. Difatti, si trattava della moglie di Gore, che mandava baci al pubblico, sfoggiando un sorriso smagliante. Un'altra donna, vestita di rosso, un po' discosto, faceva dei gesti coordinati, sì, traduceva per i sordomuti le parole pronunciate dagli oratori, per i sordomuti presenti tra il pubblico di Woldenberg Park e per quelli che seguivano l'avvenimento nelle loro case, seduti davanti al televisore.

Accoglienza trionfale. A giudicare dal preludio, dal clima generale che si respirava in quel catino gremito di gente, Bush era sconfitto, come d'altronde assicuravano tutti i sondaggi, anche se gli ultimi ne segnavano una rimonta; e anzi, secondo gli esperti, quello poteva essere l'inizio di una pericolosa e rapida inversione di tendenza. Insomma, ormai si era arrivati alla stretta decisiva: o Bush si avvicinava ulteriormente al suo rivale, mostrando che il successo di Clinton era una meteora, un episodio emotivo, un ammonimento per il presidente in carica che aveva deluso, oppure i giochi erano fatti, lo sfidante trionfava a sorpresa. In un caso o nell'altro, era necessario impegnarsi sino all'estremo istante. Lo aveva dichiarato lo stesso Bush in un recente comizio nel New Jersey, riferendosi al capovolgimento del risultato nella partita tra gli Atlanta Braves e i Pittsburgh Pirates: le elezioni politiche sono come il baseball, dove per sapere chi ha vinto occorre aspettare l'ultimo lancio del battitore... Per questo anche Perot, il terzo incomodo, ripeteva di non dar retta ai sondaggi, che lo volevano perdente, invitando gli americani a dimostrare il contrario e a votare per lui, decretandone la vittoria.

Ma il rivale vero era e rimaneva Bush. Su un cartello

si leggeva addirittura: «*George Bush, you make me sick*».
E l'oratore di turno ironizzava sul presidente che dedicava
tanto tempo a golf, tennis e cavalli.

Gli United States of America avevano bisogno d'altro, avevano bisogno di un presidente giovane, con idee
giovani, che si occupasse dei problemi della gente. Un nuovo oratore esordì in questo modo:

«*Young people!*»
sollevando l'entusiasmo generale, e continuò tra gli applausi enumerando con enfasi le «*different races: His-pan-ic,
Eng-lish, Eu-ro-pe-an, Jew-ish, A-si-a-tic...*», che compongo-
no il grande popolo americano.

Clinton, sorridente, abbronzato, con la cravatta rossa,
ancora non prendeva la parola, si limitava a salutare agitando il braccio. Accanto a lui, Gore. Si susseguivano i
personaggi sul palco a introdurlo, fu la volta del Congressman della Pennsylvania, del Maryland, quindi di New
York City, quindi intervenne il nero Jefferson... L'inter-
prete a fianco gesticolava silenziosa, traducendo ogni parola per i sordomuti.

Crepitavano gli slogan. Adesso la folla scandiva:
Bush-Quayle down
Clinton-Gore up!
Al collo di molti erano comparse delle collanine, gialle
rosse e verdi. A intervalli riprendeva il movimento ritmato
dei cartelli, sulle teste svettava la danza di qualche ombrello aperto. La bambina che ballava in braccio alla madre cominciò a piangere, innervosita dallo strepito e dalla stanchezza, la madre infaticabile cercò di distrarla, accennando
nuovi passi di ballo. Il nero Jefferson intanto lanciava mo-
niti, invocava la legge del Mississippi...

Pochi conoscevano la realtà dell'acqua e del fiume come Salvatore Manicastri. Forse perché veniva da lontano,
e la sua vita era stata piena di anse, prima di arrivare a
quell'approdo. Da bambino aveva sofferto, sua madre buonanima andava ancora a prendere l'acqua alla fontanella
pubblica e si caricava la quartara piena sulla testa; mentre

lui sul carretto doveva trasportare le fascine o la paglia dai campi alla fattoria, nella strada polverosa sotto il sole feroce, col cane schiavo, legato al mozzo della ruota, che abbaiava a quelli che incontrava. Anche Turi si sentiva schiavo, e anche lui aveva voglia di abbaiare. Aveva in mente solo una cosa: il mare. Il mare gli prometteva la liberazione, attraverso il mare sarebbe scappato... Se no, se non ci riusciva, aveva già deciso di prendere una barca, di andare al largo e di annegarsi.

Aveva fatto il servizio militare in Marina lavorando in sala macchine, perché dimostrava abilità per i motori. Poi, l'avventura dell'emigrazione: ma invece che a Philadelphia, dove era diretto, lo avevano spedito in una città industriale dell'interno, a lavorare in una fabbrica di articoli meccanici per automobili. La catena di montaggio però non la tollerava, preferiva il chiuso della stiva, preferiva stare nella pancia di una nave e di avere ogni tanto la possibilità di uscirne, di governare il suo strumento e la sua casa, di sbarcare in porti diversi, di conoscere nuovi paesi, e nuove donne...

A St. Louis... aveva visto il Mississippi per la prima volta a St. Louis. Era rimasto così impressionato che aveva voluto immergere la mano nell'acqua, e poi si era bagnato la fronte, come se fosse acqua benedetta. Quand'era bambino, in Sicilia, il fiume era per lui il Simeto, un torrente, a tratti un greto limaccioso, che si ingrossava in occasione di rare piogge: eppure, anche così possedeva qualcosa di misterioso, aveva una sua vita indipendente, nei suoi meandri tortuosi andava tuttavia lontano, conducendo infine al mare. Ma il Mississippi spalancava orizzonti sconfinati, era una massa d'acqua sterminata, un serpente gigantesco che si snodava per migliaia di chilometri, secondo misure che in Sicilia e in Italia non erano immaginabili, attraverso Stati diversi, toccando città come Minneapolis, Davenport, St. Louis, Memphis, penetrando nel cuore di civiltà e climi che mutavano in continuazione, dal nord al sud, dalle regioni del freddo al caldo subtropicale... Il Mississippi era il padre dei fiumi, e lungo il suo corso ferveva la vita, scorrevano i traffici, navigavano le imbarcazioni i rimorchiatori le chiatte i vaporetti, scivolavano immensi tronchi, si affacciavano nuove terre sulle due sponde...

Da allora, aveva trascorso la sua esistenza su carghi e rimorchiatori, trasportando materiali da costruzione, bitume, prodotti petrolchimici, cotone... Quelle rive a poco a poco gli erano divenute familiari, conosceva la vegetazione e il colore delle stagioni, il regime delle acque e le sorprese del fondale. Quanti turisti in crociera aveva incontrato, viaggio dopo viaggio! Molti lo salutavano festosamente, lo fotografavano anche, lui rispondeva sempre, pensando che un'immagine di sé e del suo carico sarebbe stata portata lontano, conservata in mezzo ad altre immagini e paesaggi senza nome... I turisti passavano e andavano via, mentre lui, Turi Manicastri, il siciliano, rimaneva a navigare quelle acque, su e giù, assieme ai neri, ai creoli, ai meticci... Era diventato, da principio senza accorgersene, un custode del fiume, e aveva imparato tante cose, ora dopo ora, giorno dopo giorno, esperienza dopo esperienza, sino a impadronirsi del suo segreto.

Il suo segreto... Il Mississippi infatti, nelle interminabili navigazioni, di giorno e di notte, d'estate e d'inverno, aveva preso a parlargli, col suo linguaggio, e Turi lo ascoltava e lo interrogava e a sua volta gli confidava i suoi pensieri e i suoi sentimenti, come non avrebbe fatto con nessun altro, nemmeno con sua moglie e con suo figlio Cosmo... Aveva capito così che l'acqua è vita, ma nasconde la morte ed è essa stessa morte; e che il fiume è come il tempo, sempre uguale e sempre diverso: per questo lui navigava sul Mississippi, su acque antiche che già da secoli e millenni avevano esplorato quel territorio, senza che se ne conservasse memoria umana. Perché la memoria umana è come la mente di un bambino appena nato, che ricomincia da capo... Turi Manicastri aveva capito soprattutto questo: di essere lui stesso un bambino, anche se ormai era diventato vecchio, anzi più diventava vecchio più si rendeva conto di essere in realtà un bambino, che anche in queste due cose in apparenza opposte non c'era differenza, pur se a spiegarle gli potevano ridere in faccia, e lui comunque non avrebbe saputo spiegarle, perché non aveva studiato abbastanza... Non aveva potuto studiare, come avrebbe desiderato; in compenso, aveva visto l'acqua del Mississippi tutti i giorni, e toccato l'acqua, e parlato con l'acqua: e aveva scoperto che ogni goccia è collegata con tutte le altre, in una circolazione infinita; e che il fiume, anche il fiume più grande, come il Mississippi, scorre per arrivare al mare, e confondersi e smettere di essere Mississippi. E la vita di lui, Turi Manicastri, così lunga e così breve, era simile a quella del Mississippi, che nasceva tanto lontano, e attraversando paesi disabitati e villaggi e città, dopo un viaggio meraviglioso sfociava verso New Orleans, sino a gettarsi nel Golfo del Messico... Era simile perché anche la vita sua, di Turi, il figlio di don Pasqualino e di Veronica Sabetta, adesso che era in pensione, e non poteva più navigare con il solito carico di tonnellate e tonnellate e al massimo andava con la barca a pesca, si concludeva a New Orleans. E in quella conclusione c'era tutto, c'era l'inizio e la fine, la partenza e il ritorno, c'era il Simeto e la Sicilia, la terra da cui aveva voluto scappare e che invece aveva sempre tenuto non dimenticata nel cuore e nella mente, come un sogno, come il sogno di un primo amore e di un primo dolore. E presto si sarebbe trasformato in un pupo senza filo, in un pezzo da museo, come lo Steamboat Natchez, il battello a ruote, che stava fermo, con le ciminiere annerite, come una reliquia del tempo che fu, come uno scenario dipinto, nella notte, ormeggiato per la storica occasione lì invece che alla banchina all'altezza di Toulouse Street, mentre l'ultimo candidato alla presidenza degli Stati Uniti e i suoi sostenitori recitavano la loro parte, acclamati dalla folla, sulla riva del Mississippi, che faceva finta di dormire.

Successe un fatto inatteso, che portò alle stelle l'entusiasmo: Clinton lanciò in mezzo al pubblico una manciata di monete. Rispose un crepitio di grida, mani si protesero in alto, nel punto fortunato della caduta i più pronti si chinarono alla ricerca, tra la selva di corpi e di gambe, tastando nei nascondigli tra le zolle umide.

Si intonò un coro, in onore di Clinton. La festa, la madre delle feste, cominciava adesso! Altro che fatto inatteso! Quello era un avvenimento attesissimo da sempre, l'oggetto del desiderio: che piovesse la cuccagna! La manna dal cielo. I dollari... Erano dollari quelli che Clinton aveva lanciato? Perché no? Cosa esisteva di più dolce? Quello era il miracolo, che finalmente si avverava, la chiave che apriva tutte le porte. Viva il giovane Clinton, re della pioggia!

Ci fu un secondo lancio, un fuoco d'artificio di gocce d'argento, che si sollevò e ricadde, effimero. Clinton sorrideva, pacato, salutando con il braccio. *Change! Change!* Che stava accadendo? Questa sì che era una novità! *Dollars! Dollars!* Un momento di grazia, una danza magica...

Dollars

Dollars *Dollars*

Dollars   *Dollars*

Dollars *Dollars*

Dollars

Beati quelli che sono stati presenti al comizio di Clinton! Beati quelli che potranno dire: io c'ero, in Woldenberg Park, quella sera! Beati quelli che hanno partecipato e non sono rimasti esclusi!

Che cosa aveva lanciato Clinton? Sul mare di teste aveva ripreso frenetica la danza dei manifesti colorati. E il miracolo? Sarebbe ricominciata, fra poco, la suprema beatificazione gratificazione erogazione, un frullar leggero di banconote? Banconote verdi, di corso internazionale: *fifty dollars*, *ten dollars*, anche *one dollar!* Con la testa di Grant, di Hamilton, di Washington! Grand'uomini e benefattori dello spirito e del corpo (la *bête humaine*), in una galleria nella quale Clinton, anche lui incorniciato, era l'ultimo. *In God we trust.* Crediamo in Dio. Tutti fedeli. Fedelissimi. Che cosa aveva lanciato Clinton? Non carta, ma monete!

Monete d'argento? In volo, sembravano d'argento. O semplici *quarters*? Anche quelli ben accetti. Volavano bene le aquile impresse sui *quarters*!

Di bocca in bocca si sussurrava la parola

Dou-bloons

DOUBLOONS? Possibile? Aveva lanciato dobloni? Dobloni d'oro e d'argento, come quelli stivati nei galeoni spagnoli che affondavano durante le tempeste? Ripescate i Santi Dobloni!

Aveva cominciato, intanto, a parlare Al Gore, il vice. Si entrava nel vivo, nel vivissimo. Aveva grinta, *el hombre*. Accanto a lui, la donna in rosa, la moglie bionda, mandava baci, felice. Tutti felici. Al Gore se la prese con il suo corrispettivo, il vice di Bush alla Casa Bianca, Quayle.

Il pubblico a quel nome rumoreggiò, polemico. Quayle, famoso per le sue gaffe, per la sua ignoranza, una quaglia invece che un'aquila. Mentre Gore e Clinton erano delle teste pensanti, delle teste d'uovo, con laurea. Clinton ne aveva addirittura due: una conseguita a Georgetown e una a Yale. E altre ad honorem erano pronte, tra le parrucche di altre prestigiose e costose Università, se vinceva.

Inutile sfondare porte aperte. Gore lasciò da parte la quaglia Dan Quayle, e se la prese con la politica di Bush, nel suo complesso e nei particolari. Durante l'amministrazione di Mister Bush, tutto ciò che sarebbe dovuto andare su, era andato giù. Pollice verso. E tutto ciò che sarebbe dovuto andare giù, era invece andato su. Pollice al cielo. *Down and up. Down and up.* I repubblicani avevano fatto ogni cosa *upside-down*: a rovescio. E ciò che avevano fatto non era *good* per il paese: la povertà era salita, e la disoccupazione anche. Salito anche il prezzo del gas. E il Welfare State. Mentre era scesa, in tutte le sue manifestazioni, la qualità della vita. E, naturalmente, il potere d'acquisto del dollaro. Due pollici giù.

I fan gli diedero ragione, fecero eco intonando un nuovo canto:

Bush-Quayle down
Clinton-Gore up!
Insomma, bisognava cambiare:
CAMBIARE
L'America, i cinquanta Stati della Confederazione chiedevano di cambiare. *Change*, parola magica.

Clinton rinnovò il gioco del lancio delle monete, sorridente, fresco. Le gettava a intervalli, con mira calcolata, con lanci di varia portata, senza scomporsi, come se fosse al circo o al luna park e dovesse centrare il foro dei vasi di pesci rossi, con la differenza che lui scagliava mucchi di monete, contemporaneamente. Però la gittata non era sufficiente, favoriti risultavano sempre gli uditori delle prime file; occorreva ben altro tiro per raggiungere il fondo dello scenario e le gradinate. E tutti volevano accogliere l'obolo, il dono, quale ne fosse il valore, in ricordo tangibile di quella giornata: uomini e donne, adulti e bambini, in un modo o nell'altro. L'ombrello che danzava aperto, adesso era stato rovesciato, anche lui *upside-down*, non per riparare dalla pioggia ma per raccoglierla, per ricevere nel suo incavo i graditissimi proiettili. E la bambina che s'era stancata di ballare con la madre e piangeva, ora aveva trovato un altro motivo di distrazione; e il ragazzetto che galoppava da fermo sulle spalle del padre era sceso di sella, per esplorare sulla terra fangosa. E persino Tom il tenero, l'altro bamboccio, che sino ad allora aveva dormicchiato sulla gradinata, distrutto dalla noia di quei discorsi che non capiva e dal sonno, si era svegliato e anche lui si faceva largo, per quanto poteva, in preda all'eccitazione. Mentre sul palco l'altra donna, quella rossovestita, proseguiva imperterrita a gesticolare, traducendo ogni sillaba per i sordomuti. E il significato, con e senza traduzione, era chiaro: ed era che tutti si sentivano stimolati o appagati, che Clinton aveva successo e che la Casa Bianca avrebbe avuto presto, fra tre settimane, come gridavano in coro, un nuovo inquilino.
Bush-Quayle down
Clinton-Gore up!

Nugoli di fotografi e operatori televisivi, una miriade di giovani, la delegazione dell'Arkansas al completo, i corrispondenti dei giornali, i meccanismi a rimbalzo via cavo e via etere dei mass media. Domani sul quotidiano locale « The Times-Picayune », ma anche sul « New York Times », tempio del giornalismo occidentale e planetario, la cronaca dell'avvenimento, la notizia dell'irresistibile consenso popolare al governatore Bill Clinton.

Cambiare. Cambio di guardia alla Casa Bianca, nella ministeriale Washington. Cambio di tutto.

Change-change-change.

Clinton, secondo l'accusa di Bush, si era sottratto agli obblighi di leva, aveva evitato di partire per il Vietnam? Argomento pericoloso quello del Vietnam, Bush avrebbe fatto meglio a non vantarsi troppo del conflitto in Iraq, era infatti stato lui a creare il fantoccio Saddam, prima di dichiarargli guerra, e a crearlo con i soldi dei contribuenti americani: questo gli era stato rinfacciato da Perot, il candidato indipendente, il miliardario di Dallas, il brutto anatroccolo nella gara per la presidenza. Che Clinton eventualmente si fosse imboscato non interessava al ventenne Paolo Alleva, anzi era un motivo in più di simpatia: anche Paolo non avrebbe voluto fare il servizio militare, e invece vi era costretto, e per ora aveva solo ottenuto il rinvio per il periodo degli studi universitari. A lui non interessava il servizio militare, interessavano invece il computer, la musica: hard rock e jazz, il sassofono e la musica country; e naturalmente, le donne. E naturalmente, il denaro... *Change! Change* in dollari ($), moneta universale... Viva Bill Clinton, che prometteva prosperità e distribuiva dobloni. Bill: Clinton o Gates. Bill come banconota, in inglese. Bisognava scrivere una canzone su questa parola alata. Bill come *billion*: bilione, cioè miliardo ma americano, miliardo di dollari...

Ad avere i *billions* per la verità non erano né Clinton né Bush, ma Ross Perot. Anzi forse lui possedeva non i *billions*, ma i *trillions*. Quant'è un *trillion*? Un trilione italiano, ossia un bilione americano, ossia mille miliardi. Quanti zeri? Uno più uno meno: dieci alla dodicesima... Per fare il calcolo, occorreva il computer. Infatti Perot, a differenza degli altri due concorrenti, i soldi li aveva guadagnati anche così, pioniere come *broker* nel ramo computer, titolare della Electronic Data Systems. A parte la soluzione Clinton, al giovane Paolo Alleva non dispiaceva nemmeno questo Paperone americano, che si permetteva il lusso di spendere soldi propri nella campagna elettorale, si pagava degli spazi pubblicitari martellanti sulle reti televisive, correva voce che avesse addirittura pagato 150.000 dollari per una sola promozione sulla NBC, e comunque si intendeva di bilanci più degli altri, tant'è vero che spiattellava in continuazione cifre incredibili e prometteva di diminuire il deficit federale, che ammontava a tre-cen-to-qua-ran-ta *billions*.

E se tra i due litiganti avesse davvero avuto la meglio il terzo incomodo Perot Paperone, Perot Paperot? Perché no? L'essenziale, cambiare. *Change! Change*, in America, in Russia, in Italia e ovunque. Paolo Alleva voleva aprire tutte le porte, tutte le casseforti con la chiave di cui disponeva, con il linguaggio del computer. Lui aveva talento per i linguaggi in genere. Perot Paperot: chiedeva il brevetto, anche per questa invenzione linguistica. Si esprimeva benissimo in inglese. Non gli interessava, no, il conflitto in Iraq, non gli interessava l'Iraq ma il Compaq, il computer portatile che voleva comprarsi durante il suo soggiorno americano, a prezzi ultracompetitivi. Un Compaq LTE LITE/25E, con microprocessore 386SL a 25 MHz, con 4 MB di memoria, video VGA monocromatico a matrice attiva, *trackball* EasyPoint, trasformabile grazie alla base di espansione in un PC da tavolo standard, dotato di funzione *hibernation*, peso 2,9 Kg., costo meno della metà che in Italia, con cambio ancora favorevole!

> *Bush-Quayle down*
> *Clinton-Gore up!*

I sostenitori ripetevano questo slogan, e Gore si mostrava efficacissimo nel coinvolgerli. Parlava con energia, come se andasse all'assalto, e ogni tanto li provocava con domande retoriche, del tipo «Volete più posti di lavoro?». Ovviamente sì. «Volete che i ricchi diventino sempre più ricchi e i poveri sempre più poveri?» Ovviamente no. Ma il metodo funzionava, e Gore appariva un trascinatore.

Ormai, ondata dopo ondata, una gran parte del pubblico era riuscita a impadronirsi di un cartello col nome della coppia di sfidanti. E persino il dottor Giorgio Corallo, inviato dal Ministero degli Esteri italiano, all'altra estremità rispetto al palco, ne aveva uno e si divertiva a sbandierarlo, quando si riattivava la danza. Un rito, e una festa. Urla e fischi! Il fastidio era stare in piedi, nella ressa; ma le gradinate traboccavano più che mai.

Giorgio impugnava il suo cartello, ma si teneva pronto ad acchiappare qualche moneta, anche per la curiosità, per verificare che qualità, che conio di monete venisse distribuito. Così, a getto di fontana, a spruzzo, davano un'illusione di benessere, di ricchezza collettiva. Chi non si fa sedurre dai dollari? E lui era particolarmente sensibile. Lo eccitava il mercato americano, con i prezzi che variano da un negozio all'altro, per la stessa merce, da un'occasione all'altra, da una svendita all'altra. Con i dollari compri tutto ciò che vuoi, perché ogni cosa ha un prezzo, ma la stessa cosa ha un prezzo differente, a seconda della domanda e dell'offerta, a seconda delle necessità della concorrenza. Gli italiani, senza esperienza, per lo più si lasciano turlupinare. Arrivano a New York e rimangono abbagliati dagli annunci di saldi clamorosi. Per esempio, gli avevano raccontato questo episodio: il cugino di un suo collega voleva acquistare una macchina fotografica di un certo valore. Sulla Quinta Avenue c'erano tre negozi quasi in fila, che offrivano il medesimo articolo, due tenuti da spagnoli e uno da un ebreo, il quale vendeva a prezzi più ragionevoli. Questo cugino del suo collega però non lo sapeva, aveva comprato nel primo negozio dov'era entrato, uno dei due spagnoli. Uscendo, davanti alla vetrina dell'ebreo, si accorge di aver pagato la merce al doppio del suo valore, torna dunque indietro, per reclamare un ulteriore sconto. Parole al vento. Il venditore dapprima si difende adducendo le alte spese di rappresentanza sulla Quinta Avenue, e altre scuse. Il cliente, allora, tenta l'ultima carta, di convincerlo con questo argomento: che se ruba in quel modo sfacciato, la notizia finirà per risapersi, e nessuno andrà più a comprare da lui. Ma il perfido mercante ha ormai perso la pazienza, e indicando il flusso di persone davanti alla vetrina, ribatte con una scrollata di spalle: «Il mare è grande, e i pesci sono tanti!». Infatti quel poveraccio aveva abboccato, esattamente come un pesce all'amo.

Giorgio si comportava all'opposto: si informava, confrontava marche e prezzi sulle rubriche specializzate, andava a scovare l'offerta più conveniente del mercato, magari quando si trovava a Los Angeles percorrendo centinaia di chilometri in automobile, arrivando sino a Pomona, a Pasadena e oltre. Non lo faceva soltanto per risparmiare, perché anzi gli capitava di ricomprare lo stesso prodotto ma aggiornato, con caratteristiche tecniche superiori. In casa possedeva quattro macchine fotografiche, aveva già cambiato il computer almeno cinque volte e sostituito il forno a microonde dopo pochi mesi. Lo faceva per il gusto della contrattazione, per una sua tendenza consumistica, per disporre sempre dell'ultima novità tecnologica. Si era comprato la casa a Los Angeles quando stava tornando in Italia, e adesso non voleva rivenderla anche se a New Orleans doveva cercare un appartamento in affitto. Probabilmente se la sarebbe comprata a New Orleans quando di nuovo si fosse trasferito altrove! Il piacere era quello di guadagnare in dollari, di far girare i dollari, di spendere i dollari. La sua vera aspirazione sarebbe stata non quella di seguire la carriera diplomatica, ma di lavorare a Wall Street, fra i terminali del New York Stock Exchange, in mezzo alle urla degli operatori di borsa, che arricchivano o fallivano dall'oggi al domani con una speculazione azzeccata o sbagliata, con un imprevisto rialzo o ribasso di titoli!

Un'idea geniale, quella di Clinton. Il primo a giocare era proprio lui, un poco alla volta aveva allungato il tiro, attingeva da un recipiente al suo fianco, e lanciava generoso, con traiettoria calcolata, in progressione. La gente si contendeva le monete, sbracciandosi per coglierle al volo, prima che si disperdessero a terra. Chissà quanti assistevano allo spettacolo in televisione! In quei giorni nei locali non si trasmetteva altro che i video di Madonna, le partite di baseball e i dibattiti dei candidati presidenziali! Giorgio, raggiungendo la nuova sede, aveva trovato l'America in ebollizione: un giovane governatore dell'Arkansas prometteva una svolta radicale al sistema, era sul punto di rovesciare la vecchia nomenklatura di Washington. Prima domanda: non era troppo giovane? Seconda: non era troppo piccolo l'Arkansas come bagaglio d'esperienza, come trampolino di lancio? Little Rock, la capitale, era veramente *little*, contava appena 180.000 abitanti e l'intero Arkansas 2.500.00 circa, meno di un distretto di New York City!

In qualsiasi modo si fosse conclusa la competizione, la parabola di Clinton era esaltante, rappresentava una speranza e un modello d'identificazione per l'immaginario collettivo: questo era possibile negli States, gli States erano una nazione-guida anche per questa spinta, forse pericolosa ma creativa. Ciascuno ha la sua storia, e in quel marasma anche Giorgio Corallo aveva la sua storia personale: anche lui si univa agli applausi, festante e tuttavia ironico, per una riserva d'orgoglio, per una consapevolezza ambiziosa e inconfessabile. Lui, uomo-corallo, aveva ormai le grandi misure nella mente, proveniva da lontano e da una minoranza, ma aveva viaggiato e attraversato diversi usi costumi e linguaggi, aveva una moglie giapponese e figli con tratti somatici orientali, si integrava in qualsiasi ambiente e tuttavia sapeva distaccarsene, non aveva più una terra sua, ma considerava sue, nel limite, tutte le terre del vasto mondo, e l'America gli offriva questo palcoscenico privilegiato, questa condizione anticipatoria.

Ciascuno ha la sua storia personale, e Lala ne aveva una peggiore di tanti altri. Anche a lui sarebbe piaciuto, come no?, seguire studi regolari e andare all'università, fare la vita comoda e non sporcarsi mai le mani. Invece, lo avevano trattato sempre a calci nel didietro, sin da bambino, anzi soprattutto da bambino, quando non poteva difendersi e doveva invece subire la violenza di chiunque. Perché questo proprio da bambino aveva imparato: che se sei nel bisogno, non c'è nessuno che ti dà una mano, nemmeno Domineddio. Perciò nutriva un rancore... E adesso che era passato dall'altra parte della barricata, non si lasciava incantare dalle sirene, che dicevano che è necessario aiutare gli altri, perché siamo tutti uguali e tutti figli di Dio e tutti dobbiamo morire, e tante belle moine, parapà e parapé... Dov'erano allora questi predicatori, questi cuori teneri, quando lui aveva bisogno d'aiuto e schiattava sangue? Aveva dovuto fare sacrifici e rischiare la pelle, e abbandonare la famiglia e il paese, e addirittura trasferirsi da un continente all'altro, e ricominciare da capo.

E pure adesso ricominciava una nuova fase, a New Orleans, lui che ormai era abituato alla vita e al clima di NuovaYork. Chi mai poteva immaginare che, a oltre cinquant'anni, sarebbe finito in quella città del Sud? Si vede che era il suo destino di meridionale: con la differenza che in Sicilia il sole è caldo e secco e semmai soffri perché il vento africano in certi giorni ti entra nella testa; qui invece l'umidità era soffocante, le case piene di muffa, e le eliche dei ventilatori giravano in continuazione, anche di notte, perché altrimenti non si respirava. Ma già si era adattato, o quasi.

Con i mezzi a disposizione, diventava un altro uomo. Avrebbe lasciato il Marriott Hotel soltanto dopo aver trovato la casa che sognava, con la vista del fiume e del ponte... Forse, forse aveva adocchiato quella che si adattava al caso suo... Intanto stava aprendo due ristoranti contemporaneamente, in due quartieri diversi della città, uno addirittura sul Mississippi, in una costruzione restaurata, con

193

la terrazza all'aperto su un vecchio pontile in disuso. Lo chef, Anthony Mancuso, lo aveva scelto lo stesso John Agassi, chiamandolo da uno dei locali migliori di Manhattan. In quel campo di attività Lala si muoveva a suo agio; modestia a parte, con la sua iniziativa da dieci tirava fuori cento. A New Orleans le cucine più ricercate erano quella cajun e quella creola, con piatti forti, salse piccanti, carni cotte nel vino... Le specialità, soprattutto il pesce e le zuppe: gamberi imperiali, ostriche che costavano niente, carne di alligatore, e poi cozze aragoste granchi calamari, a volontà... Anche la cucina cinese era molto apprezzata: con il pesce lavorato in maniera diversa, *Chinese* o *Szechuan style*; oppure, i piatti tipici, l'anatra mandarina, l'anatra pechinese, il pollo con le mandorle, il pollo con acagiù, le banane al miele fritte... Una grande varietà, per ogni gusto e per ogni tasca. I due nuovi ristoranti, come già quello di NuovaYork, puntavano invece sulla cucina italiana, per vincere la concorrenza. Pasta fresca, carni, pollame e pesce, tutto *Italian style*: la pasta Voiello, i gamberi alla siciliana, l'insalata alla Cesare Augusto, che faceva sempre colpo, e i frutti di mare marinati alla griglia col marchio di qualità Mancuso... Il quale Mancuso era capace di miracoli, i suoi piatti nella pubblicità venivano presentati come delle vere opere d'arte, perché per il turista tutto in Italia è opera d'arte; e se poi i miracoli non li faceva il rinomato Mancuso vincitore di premi, provvedeva il boss, Mister Agassi, che aveva le sue relazioni e i suoi metodi, oltre che le sue proprietà immobiliari e le sue fattorie negli Stati Uniti e in Argentina.

America. Americalonga. Americabella!... E dire che Lala da ragazzo aveva patito tanta fame, e lo avevano persino picchiato perché aveva dovuto rubare dei fichidindia, che per la fretta si era mangiato con le spine, pungendosi la bocca e le mani, mentre ora poteva imbandire tavolate degne di un principe e di questo Clinton, che tra l'altro aveva la faccia di un bravo figlio. E non mancava nemmeno l'angolo pizzeria, per attirare più clienti: e per questo

194

il menu portava un nome speciale anzi specialissimo, per vendicarsi della fortuna porca del passato: ed era Lala's pizza, pizza di lui Rosario Lala, fu Domenico... Peccato che non era più giovane come una volta, questo pensiero sì lo angustiava. Aveva dovuto smettere di fumare, su ordine del dottore, mentre prima fumava ottanta sigarette al giorno. E quando andava a letto con la sua nuova partner stava ormai attento a non esagerare, contro le sue abitudini. Ma indietro con l'età non si torna, la giovinezza è una delle poche cose che coi dollari non si possono procurare.

Chi non aveva problemi di risparmiarsi era il senatore Gore, che da quasi venti minuti parlava col ritmo di un treno in corsa, arringando la folla, ponendo domande e provocando le risposte, in coro. Stava concludendo il suo intervento, ed era evidente che Clinton aveva scelto bene la sua spalla; insieme potevano ottenere importanti risultati, anzi l'aggressività di Gore era tale che si faceva fatica a pensarlo in seconda posizione. Nel frattempo, Clinton aveva continuato a lanciare monete, tranquillo, senza mostrare stress o disagio, si divertiva a modificare il tiro, secondo strategie note solo a lui, a vedere le braccia alzate mentre in aria balenava il brillio d'argento delle monete...

Nella confusione una giovane donna avvertì un malore, a stento la portarono sulla gradinata, dove le fecero spazio, la allungarono. Risultò che si trovava in gravidanza avanzata! E tuttavia, in quelle condizioni, era rimasta sino ad allora in piedi, pigiata tra la folla, forse aveva anche compiuto un brusco movimento, per afferrare una moneta. Infatti, ne teneva un gruzzolo in pugno... Una volta sedutasi, si sentì meglio, assistita da un compagno, negò di voler andar via, non c'era da preoccuparsi, le era mancata un po' l'aria, per l'agitazione o per l'umidità della sera... Una signora gradevole, con i capelli biondi lunghi, e un fisico slanciato, nonostante il pancione.

Incidente chiuso.

Toccava a Bill Clinton, finalmente. Un uragano di applausi. Bill! Bill! *Three more weeks! Three more weeks! Next*

President of the United States! Clinton giovane, bello, foto-
genico, telegenico, meravigliosamente abbronzato! Come
faceva ad essere così abbronzato? In Louisiana e non solo
in Louisiana in quei giorni pioveva, e lui non aveva tempo
per curarsi la tintarella, naturale o artificiale che fosse!

Cominciò a parlare da *winner*, da vincitore, al popolo
degli United States, e a quell'esordio scrosciò subito un altro fragoroso applauso.

Ma a differenza di quella di Gore, che lo aveva preceduto, la voce dell'oratore era modulata bassa, si diffondeva
con difficoltà nel buio di Wondelberg Park. Subito fu
chiaro: Clinton era rauco! Aveva una voce dolce, ma grac-
chiante... A forza di parlare nelle varie tappe della sua
campagna elettorale, di sostenere dibattiti televisivi con
Bush e Perot, di rispondere alle innumerevoli domande ed
esigenze del partito, dell'organizzazione, della famiglia, e
via di seguito, si era ridotto a quel filo di voce, che minacciava di incrinarsi da un momento all'altro, e che doveva
invece conservare e potenziare in vista dei prossimi e deci-
sivi impegni, primo fra tutti il dibattito presidenziale alla
TV del successivo lunedì notte.

Il prossimo presidente degli Stati Uniti d'America privo di voce! Dopo il primo istante di sorpresa, questo infortunio valse a umanizzare la figura del protagonista. Il dota-
tissimo e giovane Clinton non aveva voce, discorreva fami-
liarmente, ma non aveva per ciò voluto disertare il suo impegno, sottrarsi al confronto con l'elettorato della Louisiana!

A voce bassa, Clinton iniziò a enunciare le sue promesse: promise per prima cosa «*more jobs*», più posti di
lavoro.

Si rinnovava il mito di Kennedy, o almeno se ne pro-
filavano i presupposti. Come John Kennedy, il candidato
era giovane, amabile, riconduceva al potere l'opposizione
democratica dopo un'astinenza di dodici anni, usava il gri-
maldello del cambiamento per rovesciare un sistema di cui
gli americani s'erano stufati, dava alla nazione una *first la-*

dy avvenente e moderna... Al suo fianco, no, per l'occasione non c'era Hillary, ma la moglie di Gore, e Gore. Tutti giovani. La generazione dei quarantenni saliva alla ribalta della storia, realmente e simbolicamente, e portava energie e mentalità fresche, all'altezza dei nuovi tempi.

Clinton spiegò che la gente, estraniata negli anni dell'amministrazione Bush, provava un nuovo bisogno di partecipazione politica, di rendersi soggetto attivo del proprio presente e del proprio futuro. Perciò, alle prossime elezioni, da New York all'Illinois all'Oregon, dal Minnesota all'Oklahoma alla Louisiana, sarebbe andata a votare, per affermare questo diritto e questo desiderio. Clinton, da parte sua, lottava per un più largo coinvolgimento, per l'inclusione e non per l'esclusione, per fare in modo che le differenze della società americana fossero una forza e non una debolezza. Un obiettivo fondamentale della sua politica era il recupero delle minoranze: delle donne, dei neri, dei gay, dei gruppi più deboli...

Esattamente, le parole che Carmen Spano aspettava di sentir pronunciare. Forse davvero finiva il tempo dell'emarginazione, e si inaugurava una nuova era. Forse davvero Clinton era la persona giusta, per rivendicare la parità dei diritti e delle identità, anche sessuali.

Nathalie, svelta come un gatto, in quel momento riuscì a impadronirsi di una moneta, che adesso il senatore Gore si incaricava di lanciare dal palco, subentrando a Clinton. Avevano anche loro una moneta, in ricordo! Nathalie le diede appena un'occhiata; giocando, per metterla subito al sicuro, come un oggetto prezioso o una refurtiva, infilò la mano dentro la camicetta dell'amica, lasciò cadere il cimelio nel reggiseno.

Risero entrambe. Quello era il pegno che le parole di Clinton non sarebbero rimaste vuote promesse. Carmen si strinse il seno, per avvertire contro la pelle l'impronta della moneta, e quasi per conservarvi il contatto della mano dell'amica.

Ma la curiosità prevalse, estrasse quel tondo metalli-

197

co. Insieme lo esaminarono, strette l'una all'altra. Una moneta larga e luccicante, non d'argento, probabilmente di nichel... Un doblone commemorativo, che su un lato portava i nomi di Clinton e Gore con la data di quel giorno e il luogo, mentre sul rovescio erano effigiati dei suonatori davanti a un locale, lungo una strada indicata come la Bourbon Street... Carmen vi impresse le labbra sopra, ridendo, consapevole di fare una cosa stupida, ma felice di farla. In cuor suo formulò una specie di voto. Per lei quella moneta era più preziosa che se fosse stata d'argento o d'oro: le avrebbe fatto applicare un foro e l'avrebbe portata al collo, per sempre.

Sarebbe andata sulla Bourbon Street, abbracciata all'amica, senza nascondersi, anzi col piacere di esibire la sua relazione. Sulla Bourbon Street, e in qualsiasi altro posto. A San Francisco, per esempio. Basta con le umiliazioni, con la vita da clandestina. Quanto aveva sofferto! Soprattutto con suo padre, che la tormentava, la rimproverava, la faceva sentire colpevole... Suo padre per spronarla la irrideva, la chiamava «Santa Santocchia», non comprendeva nulla di lei e della sua personalità, se avesse saputo la verità gli sarebbe venuto un infarto. Per questo motivo era partita, aveva deciso di vivere lontano dall'Italia e dall'Europa, lontano dagli occhi di suo padre, ma libera, libera! Clinton era giovane e intelligente, queste cose le capiva, anche lui aveva fumato marijuana, lo dicevano tutti, e non poteva chiudersi come i predecessori. Carmen sfogava l'eccitazione urlando il sostegno al suo beniamino, mentre già fantasticava di andare a farsi fare i ritratti dai pittori bohémien di Jackson Square, e ancor meglio di comprare un regalo per Nathalie, nel più elegante negozio della Royal Street, uno stupendo monile celebrativo, questo sì in oro...

Il cielo era nero. Forse alla fine, durante la notte, sarebbe nuovamente caduta la pioggia. E contro quel cielo nero le luci del Riverwalk sembravano stelle. Ma la stella più brillante era quella di Clinton, che accendeva tante speranze.

Rauco, insidiato dall'umidità, Clinton spiegava questo: che Bush aveva pensato ai ricchi, i quali erano diventati sempre più ricchi. Mentre gli altri ceti erano diventati sempre più poveri. Occorreva interrompere questo meccanismo perverso, modificare la politica economica, e ripristinare la centralità dell'America. La nazione aveva sempre dato la risposta giusta nei momenti cruciali della sua storia, aveva saputo voltar pagina. Lo avrebbe fatto anche adesso, aprendo la porta a un glorioso avvenire. Clinton, con l'aiuto di Dio, si dichiarava ottimista: «*Change is on the way*», e «*That's the American way*»: questa la via americana.

Sulla sua bocca ritornava insistente la parola AMERICA, ma l'orizzonte si dilatava: il mondo ormai era diventato piccolo, e l'America occupava una gran parte di questo piccolo mondo. Avrebbe avuto ragione questo governatore con la faccia rassicurante, che sembrava baciato dalla fortuna? La promessa di Clinton non nascondeva per caso, secondo l'accusa di Bush, l'inganno di Clinton? I dobloni lanciati alla folla avevano galvanizzato antiche aspirazioni, ma erano, non potevano essere altro che metallo vile, che non costava e non pagava, patacche commemorative di un sogno ad occhi aperti, di un'euforia collettiva.

Un'euforia quanto duratura, quanto effimera? Durante il discorso, un gruppetto isolato di guastafeste aveva il coraggio di alzare un cartello, esprimeva una muta protesta: «*Abortion kills children*». L'aborto uccide delle creature viventi. Che senso aveva? Poteva un giovane come Clinton non schierarsi a favore della vita? Non era anzi il garante di un nuovo modo di intendere e di realizzare la vita? Ma ecco il punto, il nodo, il fosso: non era Bill Clinton, il sorridente governatore dell'Arkansas, che aveva bevuto il latte dalle mammelle di una dea, non era Clinton troppo giovane? Non era troppo giovane per un compito così impegnativo, per una sfida così rischiosa? In concreto, alla resa dei conti, aveva spalle e palle sufficienti?

Turi Manicastri, il navigante, aveva navigato in tante acque, acque di mare e acque di fiume. Sapeva che non c'è niente di peggio della bonaccia, quando si sta immobili e ci si strugge e si aspetta un alito di vento. Per questo era partito dall'isola, a diciott'anni, ed era andato lontano, il più lontano possibile. Ma con l'età, con l'esperienza, aveva imparato che la massa d'acqua più scorre in tumulto, più ha energia e più può provocare danno. Questo nel mare aperto, ma anche nel fiume: perché anche il Mississippi, quando si gonfia troppo d'acque e straripa, inonda i campi per chilometri e chilometri, rivendicando i suoi diritti, e forma laghi dentro le foreste e devasta i seminati. Questa la legge del fiume, con le sue collere periodiche.

Turi Manicastri l'intera sua esistenza l'aveva passata guardando l'acqua, che scorre e insieme sta ferma, che sta ferma e insieme scorre. E per sé non aveva più niente da chiedere, ormai era arrivato alla foce. E la sua saggezza era povera cosa, non serviva a nessuno, ed era in parte il risultato del sangue vecchio che gli scorreva lento nelle vene. La sua saggezza valeva come la moneta di Clinton, che non la butti via perché ti ricorda una giornata o un episodio, per il sentimento; perché buttarla o tenerla è lo stesso, ma se la vuoi spendere, ti ridono sul muso, non ci compri neppure un tozzo di pane, che piuttosto te lo danno gratis. Mister Manicastri era sempre rimasto Turi, il ragazzo siciliano di un tempo, con la sua testa e la sua mentalità antiquata, e le mani callose di chi è abituato ai lavori pesanti. E valeva così poco quello che aveva capito in tanti anni, che suo figlio Cosmo, persino suo figlio Cosmo che era la pupilla dei suoi occhi, non gli dava retta, ormai anzi si comportava come un estraneo vero e proprio, e per le feste non gli mandava nemmeno una cartolina di auguri. Turi era rimasto ignorante, e non si era aggiornato, mentre Cosmo aveva studiato, e avrebbe dovuto quindi sapere cosa significa un padre, e cosa non significa. Ma a Cosmo a un certo punto lo aveva morso un insetto velenoso, un serpente cattivo tra le canne, i compagni lo avevano ubriacato, non vedeva un palmo al di là del suo egoismo, si vergognava del padre, che viveva in una casa modesta sul fiume.

Aveva la passione delle automobili, specialmente delle automobili da corsa, e non gli bastavano mai i soldi, non gli bastavano di sicuro quelli che il padre gli poteva procurare. Era andato a lavorare a Lafayette, sempre in Louisiana, e da lì qualche volta ancora ritornava. Dopo, si era trasferito a Columbus, e dopo, a Indianapolis... Anche Cosmo, in fondo, scappava, senza saperlo, come era scappato Turi mezzo secolo prima. Sembrava che volesse una cosa sola, correre correre correre: per schiantarsi, alla fine, contro un muro, e quietare una buona volta. La società americana gli aveva fatto questo effetto, come una droga, e lui non riusciva a venirne fuori, non rispettava né Dio né famiglia. O forse, con la volontà di Dio, se non trovava quel muro lungo la sua strada, gli avvenimenti prendevano un'altra piega. Forse, occorreva aspettare che passasse altro tempo, per giudicare quello che stava succedendo. Forse, mutati i tempi e la mentalità, in condizioni completamente diverse, in un altro continente, Cosmo ripeteva Turi, e aveva bisogno di percorrere anche lui tanta strada, alla sua velocità, per ritrovarsi allo stesso punto. Al punto in cui si trovava lui, Turi, il navigante, che adesso aveva finito di navigare, e stava quella sera sul Riverfront, a proiettare il film della sua vita, nella sua mente di vecchio babbione, mentre ascoltava i giovani che promettono e vogliono rivoluzionare il mondo.

Ciascuno ha la sua storia, che non si vede all'esterno, chiusa nella stanza del corpo. Giorgio Corallo il siciliano errante, la drammatica Carmen Spano, Paolo Alleva detto dagli amici Personal Computer, Lala il mafioso e adesso ribattezzato Chuck Pizza, Turi Manicastri il barcaiolo giunto all'ultimo traghetto; italiani o di radici italiane: che non si conoscevano tra di loro. Come non conoscevano le migliaia di altri individui che ascoltavano e applaudivano, e si chiamavano per esempio: Schatz e Slaughter, Moreno e Gonzales, Douglas e Ritter, Maraniss e Papadopulos, Ming e Sugawara... Che avevano radici in altri paesi, parlavano altre lingue, nutrivano altri progetti per l'avvenire, a partire dal giorno dopo, quando Clinton se ne sarebbe andato, e Wondelberg Park vuoto sarebbe tornato a essere quello che era sempre stato: un anonimo spiazzo verde, sulla sponda del grande fiume. Il siculo il terrone l'italiano l'anglosassone Wasp l'anglosassone non Wasp il messicano l'ebreo il nero il cinese il vietnamita, eccetera et cetera e cetra e flauto e tromba e clarinetto e oboe e sassofono in omaggio a Clinton, l'intera l'orchestra suonava per dire questo: che tutti, uomini e donne, giovani e vecchi, di qualsiasi pelle e pelo e lingua, hanno problemi diritti speranze... E che qualcuno, un dio un politico un simbolo un pupo, o un politico-dio o un pupo-simbolo, o semplicemente un uomo, deve interpretare alla fine questi bisogni, rispondere a queste aspettative in un più vasto orizzonte, dare voce alla massa di quelli che non possono parlare, agli sconfitti, alla storia che non conta...

Clinton di voce ne aveva un filo, per gli abusi della campagna elettorale, per l'umidità crescente della notte. E con quel filo di voce arrivava in fondo al suo discorso, come un corridore allo stremo delle forze, che ha percorso le miglia di una maratona, ripagato dall'entusiasmo dei tifosi. Aveva parlato in totale appena una decina di minuti, meno della metà di Gore, ultimo di una interminabile serie di oratori.

Aveva promesso, come tutti i politici in tutte le campagne elettorali di questo mondo, aveva attaccato il concorrente Bush, aveva annunciato un cambiamento epocale, dopo la conclusione della guerra fredda. Bill Change. L'astro Clinton. La meteora Clinton. O la menzogna Clinton? Sua moglie Hillary come la Lady Macbeth di Little Rock, come profetizzavano i suoi nemici? *Three more weeks*, e poi che cosa? Chi poteva leggere nella sfera di cristallo del futuro? C'è sempre un'altra verità, *the day after*. Un sottilissimo invisibile diaframma, una lama di coltello delimitava il confine tra due soluzioni egualmente possibili: l'oscuro governatore di uno stato meridionale poteva entrare nella leggenda, sul modello di Kennedy, il suo volto essere stampato sui dollari, come quello di Washington di Grant di Hamilton; oppure, oppure rivelarsi un bluff, presidente o non presidente, poteva svanire nel nulla, come un banco di nebbia in autunno sul Mississippi...

Un tripudio! Ricchezza pace felicità... Dollari dollari dollari... Una danza di manifesti, di bandierine, che ormai formavano un tetto colorato, continuo e mobile. Di nuovo risuonarono le note di jazz, per festeggiare. Perché era stata soprattutto una festa: una festa popolare.

Clinton salutava il pubblico, agitando le braccia, sorridente e spontaneo. I suoi collaboratori, gli esponenti della comunità locale facevano la fila per congratularsi con lui, ma la gente aveva la precedenza, si affollava sotto al palco per toccargli la mano, per gridargli qualcosa, per fotografarlo, per ringraziarlo, per pronunciare un nome... Una quantità di giovani batteva le mani, a ritmo incalzante. *Adiós!*... In quel movimento, in quello slancio di saluti, sembrava che il Natchez, pavesato con le coccarde della rivoluzione francese, dopo la sosta, dovesse riprendere la sua navigazione.

Tom il tenero, che durante la prima parte del rally aveva dormicchiato sulle ginocchia del padre, si era rianimato gridando anche lui, con tutta l'energia che aveva in corpo, in gara con gli altri, sfoderando nella circostanza il suo urlo ninja. Era però rimasto senza monete e, adesso che si creava qualche varco, le cercava a terra, al buio, tra le zolle umide del prato. Insisteva, inutilmente, come se stesse cercando un tesoro. Il padre, allora, perché non restasse deluso, finse di trovare lui dei dollari. Dei dollari veri. *Ten dollars!* E glieli consegnò. Tom arricchito e trionfante annunciò che da grande avrebbe fatto il politico. Come Clinton. Ma gli venne un dubbio; dopo una leggera pausa, chiese: «Che lavoro fanno i politici?».

In prossimità della gradinata ci fu un improvviso trambusto. Qualcuno protestava, si invocava la forza pubblica. Sdraiarono una donna in posizione orizzontale, sul legno del sedile. Il deflusso era cominciato, ma troppi curiosi si accalcavano, toglievano l'aria all'infortunata, rendevano più difficili le operazioni di soccorso. Un compagno le teneva un braccio sotto la testa, le asciugava il sudore sulla fronte.

Era la giovane bionda, dalla figura slanciata, la donna incinta, che si sentiva male. Si sparse la voce.

Sopraggiunse finalmente un medico. Per l'emozione, per il chiasso, per un urto, chissà, le si erano rotte le acque, minacciava di scodellare il pargolo lì nel parco. Una bella imprudenza, mescolarsi a quel marasma, con una gravidanza avanzata! Secondo il medico, non conveniva scuoterla troppo, trasportandola: rischiavano di non arrivare in tempo in ospedale. Il marmocchio aveva una gran voglia di dare un'occhiata fuori, per vedere cosa stava succedendo, per dare il suo contributo al rinnovamento. Si decise di trasportarla sino a uno dei bus del Comitato Clinton-Gore, attrezzato a Pronto Soccorso. Almeno non avrebbe partorito a cielo aperto, sotto gli occhi di migliaia di persone che rumoreggiavano.

Si sparse la voce, allegra, di buon auspicio – perché gli uomini si alimentano anche di sogni – che una giovane bellissima donna stava partorendo, prima del tempo, in Woldenberg Park. In quella notte, sulla sponda del Mississippi, una cortina umida sospesa, nasceva all'orizzonte una nuova illusione, uno scampolo di futuro, tra le note ebbre del jazz e una pioggia di dollari falsi.

INDICE